Silêncio na cidade

Beto Seabra

Silêncio na cidade

Saíra
EDITORIAL

Copyright do texto © 2023 Beto Seabra
Copyright das ilustrações © 2023 Cacá Soares

Direção e curadoria	Fábia Alvim
Gestão editorial	Felipe Augusto Neves Silva
Diagramação	Luisa Marcelino
Revisão	Thiago Antunes Santos
Capa	Cacá Soares

Dados Internacionais de Catalogação na Publicação (CIP) de acordo com ISBD

S438t   Seabra, Beto

Silêncio na cidade / Beto Seabra ; ilustrado por Cacá Soares. - São Paulo, SP : Saíra Editorial, 2023.
280 p. : il. ; 13,5cm x 20,5cm.

ISBN: 978-65-81295-37-0

1. Literatura brasileira. I. Soares, Cacá. II. Título.

2023-2550

CDD 869.8992
CDU 821.134.3(81)

Elaborado por Vagner Rodolfo da Silva - CRB-8/9410

Índice para catálogo sistemático:
1. Literatura brasileira 869.8992
2. Literatura brasileira 821.134.3(81)

Todos os direitos reservados à Saíra Editorial

@sairaeditorial   /sairaeditorial

www.sairaeditorial.com.br

Rua Doutor Samuel Porto, 411
Vila da Saúde – 04054-010 – São Paulo, SP

"Se você não sabe para onde vai, regresse ao passado para saber de onde vem."

Eric Nepomuceno,
in *A memória de todos nós.*

Como a maioria do nosso povo, desejo um país de pessoas felizes e vivendo em comunhão. Por isso, dedico este livro às crianças e aos adolescentes do Brasil que diariamente são vítimas de violência e maus-tratos.

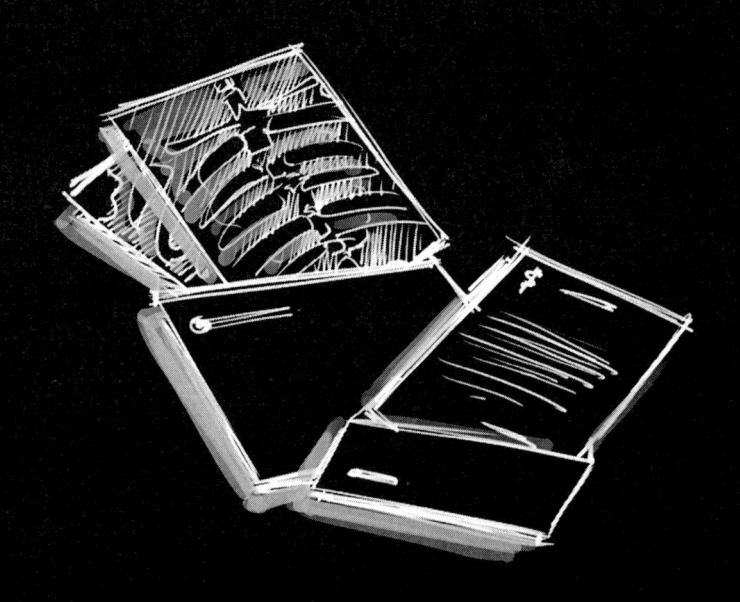

Capítulo 1

Amantino Torres chegou ao laboratório como quem vinha de uma caminhada matinal, um pouco ofegante e levemente suado. Desde a manhã bem cedo, quando acordou, viu no relógio que ainda faltavam duas horas para começar o atendimento. A moça da recepção, no dia anterior, lhe dissera que o procedimento era entregar os resultados do exame em mãos, "e somente ao paciente", acrescentou, como se houvesse mais alguém, além dele, interessado naquele troço. Ao acordar, tomou banho calmamente, arrumou-se vagarosamente, até as meias escolheu com delicadeza, como se fosse a última vez que realizaria aquela tarefa. Bebeu uma xícara de café, comeu duas bolachas cream cracker com manteiga, depois saboreou uma fatia de queijo minas. Não sentia fome, apenas vontade de mastigar, rolar alguma coisa entre os dentes, enquanto pensava. Em seguida, folheou um livro, ligou e desligou a televisão, abriu e fechou a internet, procurou uma camisa limpa no armário. Após tudo isso, apenas uma hora havia se passado.

Decidiu, então, ir para a rua. Deixou o carro na garagem e caminhou cerca de trezentos metros até a parada de ônibus. Há anos não fazia aquilo, mas tudo era tão estranho naquele dia que era preciso fazer alguma coisa diferente para que a ordem natural fosse alterada em seu curso. Quem sabe uma viagem demorada e sacudida até o outro lado da cidade fizesse a roda da vida mudar de direção?

Pegou o Grande Circular, a linha mais antiga do Plano Piloto, e viu com espanto que as pessoas tinham mudado muito nos últimos anos. Pareciam mais cansadas, mais entretidas em coisas pessoais, com fones de ouvido e cabeças baixas olhando o celular – alheias ao mundo lá fora. Sentiu-se uma criança, mirando com atenção o comércio, lendo todos os letreiros e ouvindo os barulhos que vinham da rua como se fossem novos.

Ao chegar à Asa Sul, não sabia exatamente em que ponto descer. Perguntou ao cobrador e ouviu que ainda faltavam três paradas. Decidiu ficar em pé, olhando o movimento da rua, deixando o corpo balançar nas arrancadas e freadas. Quando chegou ao ponto, desceu cuidadosamente os degraus, olhou em volta e caminhou em direção ao prédio do laboratório, localizado no final da rua que liga as avenidas W-3 e W-5, próximo ao cemitério. Pensou que o urbanista fizera bem em colocar as duas coisas lado a lado: as casas de saúde e a morada dos mortos. "Se morrer alguém, a família quer conforto e qualquer facilidade nessas horas ajuda", disse para si.

Chegou à porta do laboratório pontualmente às 8h. Impacientemente, esperou o que lhe pareceu um absurdo atraso de cinco minutos. Foi o primeiro a ser atendido. Nem precisou pegar senha. Entregou o protocolo a uma das funcionárias, que pediu sua identidade e o cartão do plano de saúde, que servia somente para os momentos de doença. Nunca fora de fazer *check-ups*. Tinha medo de morrer com saúde, imaginava-se desesperado agarrando-se ao mundo de cá, enquanto a mão sorrateira da indesejada arrastava sua alma para debaixo da cama. Sempre se via morrendo na cama, sozinho. "Minha saúde vou gastar até o fim", costumava dizer aos poucos amigos. Quando disse isso à filha, levou uma bronca e nunca mais fez a brincadeira perto dela. Mas, um dia, sentiu uma dor forte no abdômen e foi ao Dr. Lúcio, a quem conhecia de uma roda de amigos do carteado. Em poucos dias, soube que estava com câncer no estômago. Começou o tratamento imediatamente, fez uma cirurgia e agora estava ali, esperando o resultado da quimio e da radioterapia. Sabia que as chances de cura eram boas, mas estava tão alquebrado e depressivo que o resultado importava pouco.

A moça do atendimento voltou com um envelope pardo, gravemente fechado com um selo do laboratório, e entregou nas mãos de Amantino Torres, que agradeceu, mesmo achando absurdo agradecer por algo que poderia comunicar seu fim. Voltou pela mesma rua e entrou no hospital em que seu médico atendia. Perguntou por ele e ouviu da secretária que o Dr. Lúcio só chegaria às 9h. Olhou no mostrador do celular e viu que ainda eram 8h20.

– O senhor aceita uma água ou um café, seu Amantino?

Aceitou os dois e foi ler as velhas revistas que repousavam na sala de espera. Havia de tudo, mas nada que interessasse. A secretária perguntou se gostaria de ler o jornal do Dr. Lúcio, que estava na sala dele. O médico sempre chegava pontualmente na mesma hora, cumprimentava os que o aguardavam, pedia água e café e entrava no consultório. Lá ficava por uns dez minutos folheando o jornal, antes de começar o atendimento, não sem antes lavar demoradamente as mãos diante do paciente, como quem quisesse mostrar sua preocupação com o outro e, ao mesmo tempo, dizer que jornal era algo sujo, literalmente.

Amantino era o único paciente que tinha essa regalia de ler o jornal antes que o dono chegasse.

Aceitou o diário. "Por pior que seja, sempre terá alguma coisa de novo", pensou.

Quando viu a manchete, sentiu um frio na barriga:

CASO ANA CLARA: 40 ANOS DE MISTÉRIO.

Conferiu a data no cabeçalho: 11 de setembro de 2013. Exatamente 40 anos, pensou. A cada aniversário, lembrava-se da data e escrevia alguma coisa em seu diário sobre a triste efeméride. Nesse ano, talvez por causa da doença, esqueceu.

Procurou a reportagem no caderno de Cidades. Resumia-se a uma página, que leu em quinze minutos, sem encontrar nenhuma novidade em relação às reportagens anteriores. "O repórter copiou e colou os textos dos outros anos, mudando apenas os títulos", pensou. "Também, fazer o quê? Não existe mesmo nada de novo para dizer", resignou-se.

Apenas um detalhe chamou sua atenção. No canto da página, em um quadrado que mostrava a cronologia do crime, havia uma foto que ele desconhecia. Uma linha de texto lateral informava que era de uma tia de Ana Clara, que morava em Goiânia e que aceitara ser fotografada, mas não dissera praticamente nada sobre o caso, além das palavras inúteis: "Nada do que dissermos vai trazer ela de volta".

Amantino Torres devolveu o jornal à secretária e ficou pensando no que acabara de ler, ou reler. Há anos, vinha adiando a tarefa de escrever sobre o caso Ana Clara. Por preguiça ou temor de que fosse ridicularizado pelos antigos colegas.

"Para de falar nesse assunto, Tino Torres", dizia o Pacheco, que se aposentou quase na mesma época em que ele. "Quem podia fazer alguma coisa não fez... Por que você deveria?".

Agora tinha razões de sobra para retomar a ideia. Estava doente, não sabia quantos anos (ou seriam meses?) de vida teria pela frente, sua única filha só aparecia duas ou três vezes por ano em Brasília para vê-lo e a ex-esposa ligava apenas nas datas familiares para lhe dar parabéns ou feliz alguma coisa e conversar sobre a Marina, quase sempre para dizer que já estava passando da hora de ela engravidar. Ele sempre teve curiosidade de ser avô, mas a filha tinha outros planos, para tristeza da mãe.

Dias antes, a ex-esposa ligou e foi enfática:

"Você deveria falar da gravidade da sua doença. Quem sabe assim ela não decide ter logo esse bebê?"

Prometeu que teria a conversa com a filha no mês seguinte, quando ela viesse para o casamento de uma prima, mas antes precisava ter a palavra final do oncologista.

"Mande lembranças ao Dr. Lúcio. E, se precisar de alguma coisa, você sabe que pode pedir", disse Joana.

A ex-esposa era apenas dois anos mais nova que ele, mas se preservara mais na velhice. E era muito ativa, ao contrário dele.

"Pode deixar. Se precisar, eu grito", disse Amantino antes de mandar um beijo e desligar o telefone.

Lembrou-se dessas coisas enquanto aguardava o médico. "Quarenta anos. Tudo passou tão rápido. Um dia desses eu era um agente novato de polícia, tentando fazer meu trabalho de forma correta, cercado de amigos, namorada, colegas e hoje estou aqui aposentado, doente, praticamente sozinho. A vida não tem lógica", pensou. "Se temos do outro lado a morte, que é a eternidade, então a vida, do lado de cá, diminuta diante da outra, deveria ser plena, integral, sem tristezas, só alegrias. Veja uma flor. Vive pouco, mas o pouco que vive é só esplendor". Tentou levar a comparação adiante, mas viu que entre os bichos não funcionava assim. "Era nascer e começar a morrer, tendo um perigo a cada instante. Pode não fazer sentido, mas é assim para todos. Não estou só nesse calvário."

Pensou novamente no caso Ana Clara. Lembrou que estava de plantão na delegacia da Asa Norte quando apareceu um casal de meia idade acompanhado de uma freira naquela manhã de 11 de setembro de 1973.

"Lembro-me principalmente da freira; até do seu cheiro eu me lembro. Cheiro de sacristia. Não sei se sacristia tem cheiro, mas é o que me vem à lembrança agora", pensou Tino Torres. "Foi quando comecei a ouvir a história que iria marcar a minha vida e talvez a de toda uma geração da minha cidade".

Ali mesmo, no consultório, decidiu que escreveria o que sabia ou lembrava sobre a morte de Ana Clara, uma menina de apenas sete anos que, no dia 10 de setembro de 1973, foi retirada da escola por um desconhecido e assassinada de forma brutal por duas ou, mais provavelmente, três pessoas e semienterrada em um terreno baldio de Brasília.

"Não há mistérios, apenas mentiras", pensou Amantino Torres. "Por isso, preciso escrever. Vou dizer tudo o que lembro e penso. Se não fizer isso, enlouqueço."

O médico chegou, cumprimentou a todos que estavam na sala de espera, pediu água e café e entrou no consultório. Mal passou um minuto e o ramal da secretária tocou.

– Seu Amantino, o senhor pode entrar.

Assustou-se com a ordem. Por que tão rápido? Viu nisso um mau presságio. Antes de entrar na sala do médico, encheu um copo descartável com água e bebeu em um só gole. A seca na cidade chegara a níveis absurdos. A umidade relativa do ar descera a 12%. Decidiu perguntar ao Dr. Lúcio o que aconteceria se ela chegasse em zero por cento. "Morreremos todos?" Teve vontade de rir da bobagem.

Quando Amantino Torres entrou, o médico fechou o jornal. Comentou com ele a manchete, pois sabia que o paciente e amigo era policial civil aposentado.

– Essa história não tem fim, não é, Tino?

– Quarenta anos, Lúcio. Isso mesmo. Parece que foi ontem. Eu me lembro com precisão. Tinha 25 anos e trabalhava há apenas dois na Polícia Civil.

– Você acompanhou esse caso, não foi?

– Fui o primeiro a fazer a investigação. Ou melhor, a tentar fazer.

– O que aconteceu, afinal de contas?

– É uma longa história. Enquanto aguardava você chegar, pensei em colocar no papel a minha versão sobre o crime.

– Faça isso.

– Vai depender da nossa conversa de hoje. – Amantino Torres fez uma cara engraçada, entre triste e resignado, ao dizer a frase.

O médico pegou o envelope pardo e abriu com cuidado. Leu o relatório sobre os exames, às vezes balançando a cabeça de forma afirmativa, em outras fixando o olhar em algum trecho do texto.

– Tá melhor do que eu esperava. Por outro lado, você sabe que eu espero sempre o pior.

Os dois riram ao mesmo tempo.

– Agora, falando sério, Amantino, o câncer regrediu. Isso é bom. Mas poderia ter regredido mais. Poderia na verdade ter desaparecido. Mas o câncer de estômago é um dos mais complicados. A cirurgia foi um sucesso e você está respondendo bem à químio. Digamos que a regressão foi de 90%. Mas esses 10% podem voltar a virar 50% em pouco tempo se não acertamos a intensidade do tratamento. Acho difícil zerar só com a químio e a rádio. Pelo menos com os medicamentos que temos hoje. Vou te dar duas semanas de descanso e começamos de novo. Minha meta é reduzir em 98% o tumor. Enfraquecê-lo ao máximo e, quem sabe, fazermos outra cirurgia daqui a quatro ou cinco meses.

— Está melhor do que eu imaginava — disse Amantino.

O médico arreganhou os dentes e fez um muxoxo.

— Eu esperava ter reduzido em 98% desta vez, mas, como te disse, é um caso complexo. Sua sorte foi ter descoberto no começo. A chance de cura é alta, mas você ainda vai ter que esperar de seis meses a um ano para ter certeza.

— Então, posso escrever meu livro?

— Não só pode como deve. Isso vai te ajudar a enfrentar o tratamento. Agora, sem estresse, certo? Vá devagar.

— Pode deixar. Acho que essas lembranças sobre o caso Ana Clara são parte da minha doença. Se eu tivesse escrito esse livro há mais tempo, talvez nem tivesse adoecido.

O médico balançou a cabeça.

— Acho que o estresse emocional pode ter relação com o câncer, mas ainda não existem provas completas sobre isso. Pode ser que tenha. Mas, para mim, isso não faz qualquer diferença. E, quando tiver um rascunho do livro, conte comigo. Essa história me interessa muito.

Amantino Torres deixou o consultório médico e decidiu voltar caminhando até onde aguentasse. Iria flanar pelo comércio da W-3 Sul e, quando se cansasse, tomaria um ônibus. Lembrou que, exatamente no meio da avenida, a uns três quilômetros dali, havia uma lanchonete de que gostava muito, a Vitamina Central. Beberia um suco daqueles que misturavam três ou quatro frutas, comeria um enroladinho de queijo, como nos velhos tempos, e voltaria para casa para começar o trabalho. A caminhada o ajudaria a pensar no que colocar no papel. "Estou impregnado dessa história. É tanta coisa que não sei por onde começar." Então lembrou-se de uma dica dada pelo seu professor do tempo da faculdade, quando precisou escrever o trabalho final de uma pesquisa que havia feito sobre casos clínicos de psicose entre policiais do Distrito Federal.

"Comece pelo começo", havia dito o professor. "Vá em frente e, quando não tiver mais nada a dizer, conclua".

Faria isso. Começaria do começo, exatamente como lembrava. Não iria recorrer a recortes de jornais, arquivos ou qualquer outra coisa.

"Serei eu comigo mesmo. Nada mais. Uma testemunha viva do caso. Se alguém quiser contar de outra forma, que o faça. Eu farei do meu jeito. A memória de Ana Clara merece esse meu depoimento. É o mínimo que posso fazer."

Capítulo 2

Fiz concurso para a polícia e passei fácil. Naquele tempo, quase não se fazia esse tipo de coisa. A prova existia para justificar a entrada de alguns protegidos no serviço público. Eu não conhecia ninguém lá dentro, mas soube por um amigo que haveria a tal seleção. O mais difícil foi passar no teste de tiro. O avaliador disse que eu atirava mal, mas que ia me deixar entrar na polícia porque pelo menos eu sabia carregar a arma e tinha feito uma boa prova escrita.

Dito isso, por onde começar o meu relato? Bem, era setembro. Brasília naquele tempo era menos quente, ventava mais, tinha mais terra vermelha e mais árvores, apesar do rápido processo de derrubada do Cerrado para a construção das superquadras residenciais. Lembro que cheguei à delegacia logo cedo e me colocaram para fazer o boletim de ocorrência do caso de um brutamonte que havia espancado o porteiro que tentou evitar que ele fizesse xixi dentro da caixa-d'água do bloco de apartamentos. O cara estava de porre e tinha feito uma aposta com os amigos de que conseguiria subir até o terraço e urinar dentro do reservatório. O porteiro ouviu o barulho, foi lá verificar e pegou o sujeito com a braguilha aberta, tentando se equilibrar na murada da caixa-d'água. Quando tentou tirá-lo de lá, levou um soco e perdeu alguns dentes. Acho que foi isso que aconteceu.

Depois que concluí o boletim de ocorrência, fui à copa da delegacia, pois minha cabeça doía e não tinha tomado café da manhã em casa. O espaço era todo coberto de azulejo azul: disso eu me lembro. A copeira, dona Maria da Cruz, era a pessoa mais simpática do mundo, sempre sorrindo, fazendo algum agrado para a gente. Então, visitar o local era sempre confortador, naquele ambiente pesado onde eu trabalhava. Isso tudo me veio à memória porque eu estava tomando o café quando apareceu o atendente da delegacia dizendo que tinha um casal acompanhado de uma freira, querendo falar com o delegado. "O delegado só chega mais tarde", falei. "Eu já disse", devolveu o atendente, que se chamava Dirceu, "mas eles querem falar com alguém", completou.

Bebi o resto do café e fui atender aquela trinca estranha. Um casal em uma delegacia era algo banal, mas a companhia de uma freira tornava o caso um tanto curioso.

Não preciso nem consultar meus arquivos para citar com exatidão os nomes do homem, da mulher e da religiosa que os acompanhava. Ele se chamava Marco Aurélio de Farias Mattoso, mas a mulher só o chamava pelo último nome. Ela só tinha dois nomes: Lúcia Mattoso. A freira apresentou-se como irmã Fabrícia.

O homem perguntou novamente pelo delegado, eu repeti o que ele tinha ouvido do atendente e foi então que ouvi pela primeira vez a voz da freira, que falava com um forte sotaque espanhol:

"Desculpe, Dr. Mattoso", disse a freira interrompendo o homem e olhando na minha direção, "mas o senhor pode receber *una denuncia* e fazer algo a respeito? É urgente".

Respondi que sim, que apenas o delegado teria poderes para tomar alguma decisão no sentido de iniciar uma investigação policial, mas que eu poderia receber a queixa e comunicá-lo imediatamente, mesmo que precisasse ligar para a casa dele.

A freira sentou-se na minha frente, no que foi acompanhada pelo casal. Ajeitou o véu e começou a contar a história.

"Sou professora em um colégio religioso aqui da Asa Norte, onde estuda Ana Clara, filha do senhor Mattoso e da dona Lúcia. Ontem, no final da tarde, por volta das cinco e meia, um homem que ainda não sabemos quem é levou a menina embora do colégio. Meia hora depois..."

"Qual a idade da menina?", perguntei.

"Sete anos", disse a mãe.

"Obrigado. Pode continuar, irmã."

"Bom, trinta minutos depois, um pouco mais talvez, a dona Lúcia passou no colégio para buscar Ana Clara, como sempre faz todos os dias, e foi informada de que a menina tinha ido embora, na companhia de alguém da família".

"E vocês sabem quem foi essa pessoa da família?"

"Não, não sabemos", antecipou-se o pai, cortando a palavra da freira.

"É verdade que não sabemos, senhor..."

"Amantino Torres. Mas podem me chamar de Tino. É como todos me conhecem por aqui".

"Não sabemos *exactamente* quem foi até lá buscar Ana Clara, senhor Tino, mas o porteiro do colégio poderia descrever as características do homem", retomou a irmã.

"Então foi um homem. E por que o porteiro não veio junto?"

"Ele só chega ao colégio às 13 horas. Achamos mais prudente vir logo pela manhã cedo, mesmo sem a presença dele".

"Mas por que só vieram agora e não ontem, quando Ana Clara desapareceu?", perguntei.

Os três se entreolharam e não decidiram quem falaria, até que a mãe tomou a iniciativa.

"Recebemos um telefonema por volta das 8 horas da noite. Uma pessoa que não se identificou disse que Ana Clara estava em seu poder e que queria dinheiro para devolvê-la. E ordenou que não falássemos nada com a polícia. Caso contrário, a menina iria morrer".

"Quem atendeu à chamada?"

"Eu", disse o pai. "Era um homem, pediu duzentos mil cruzeiros para devolver a menina. Eu disse que não tinha aquele dinheiro, que, mesmo que vendesse tudo, não teria aquela soma. Falei 'vamos negociar', 'me deixa falar com ela', essas coisas, mas ele cortou a conversa e não quis negociar".

"Nós temos um filho", disse a mãe. "Que não aparecia em casa desde o dia anterior. Nossa esperança é que ele tivesse ido buscar Ana Clara no colégio para tomar sorvete, como gostava de fazer às vezes. Ele chegou em casa mais tarde, por volta das 10 da noite, sozinho. Falamos do sumiço de Ana Clara e da ligação que recebemos."

"E o que ele disse?", perguntei, diante do silêncio que se seguiu.

"Não disse nada", falou o pai. "Na verdade, soltou um palavrão e, em seguida, trancou-se no quarto. Hoje, pela manhã, fomos logo cedo ao colégio conversar com a irmã Fabrícia, que é a coordenadora pedagógica. E ela nos convenceu a vir até aqui".

"Fizeram bem", respondi.

"O tal homem voltou a ligar?"

"Não", respondeu a mãe. "A impressão que eu tenho é que ele ligou só para nos assustar, que não queria na verdade dinheiro, apenas nos intimidar para que não viéssemos procurar vocês".

"Pode ser, pode ser. Vou pegar mais alguns dados de vocês e, em seguida, ligarei para o delegado para que autorize uma busca. Vamos precisar de uma foto recente da Ana Clara. Quero falar com o filho de vocês. Urgente. E preciso do endereço do porteiro. Vamos buscá-lo em casa. Não podemos esperar até de tarde".

Despedi-me do casal e da freira. Pedi que dona Maria da Cruz servisse água e café aos três e fui para a sala do delegado, de onde liguei para a casa dele, pedindo autorização para iniciar as investigações. Lembro que o delegado chefe, o Dr. Fontoura, soltou um palavrão do outro lado da linha, quando fiz um resumo do caso. "Esse caso está cheirando a coisa grossa. Vá com calma e me informe sobre tudo. Tudo, entendeu?"

Desliguei o telefone, pedi um carro e segui para o colégio de Ana Clara. Na volta, pensei, faria o interrogatório do porteiro do colégio. Ele estava sendo procurado pela delegacia do Gama, cidade onde morava.

O colégio de freiras ficava em uma das avenidas mais movimentadas da Asa Norte: a L2. Para quem não conhece bem Brasília, vai aqui uma explicação. Esse "L" significa Leste, e o 2 indica que ela é a segunda avenida paralela ao eixo rodoviário principal da cidade. Então, estamos no lado leste da cidade, no sentido norte, a uns dois quilômetros do Lago Paranoá.

Naquele tempo, a L2-Norte era a fronteira entre a cidade e o Cerrado. Atrás dela, e até o Lago, havia uma floresta quase intocada, com algumas trilhas e pequenos clarões, que serviam de acampamento para andarilhos e crianças aventureiras, mas também como esconderijo para malfeitores. A Universidade de Brasília, dona daquela área, ainda tinha poucos prédios.

Pensei nisso quando deixei o pátio do colégio na companhia da irmã Fabrícia e fui conhecer os fundos do terreno.

"Seja quem foi que levou a menina, deve ter vindo por aqui. Seria muito arriscado sair com ela pelo portão da frente e dar de cara com a mãe ou o pai", disse eu.

A irmã colocou as mãos no rosto e começou a chorar. Balbuciou algumas palavras, lembrou que aquele tipo de coisa nunca havia acontecido antes no colégio, que eles tinham total controle sobre a entrada e a saída de alunos, professores e parentes.

Tentei consolá-la, lembrando que era apenas uma hipótese. Que, naquele momento, Ana Clara poderia estar a salvo em algum lugar seguro, que tudo poderia ser apenas um mal-entendido.

"O senhor acredita mesmo, seu Tino?", perguntou a irmã.

Engoli seco e disse que sim, que todos os dias recebíamos algum alarme falso de criança desaparecida. Mas, no fundo, eu estava tão preocupado quanto ela. Os casos de desaparecimento envolviam lugares de grande movimento, como feiras e parques de diversão. Em geral, a criança reaparecia algumas horas depois, trazida por algum policial ou adulto solidário. O caso de Ana Clara era diferente. Ela foi retirada de dentro da escola por alguém que não sabíamos quem, e esse mesmo alguém, ou outra pessoa mancomunada, havia ligado pedindo um resgate pela criança.

"Irmã Fabrícia, ainda tem alguma coisa nessa história que não está encaixando."

"O quê?", perguntou ela.

"A forma como os pais falam de Ana Clara, com certa frieza e distância, apesar de demonstrarem preocupação. Notei que a chamam o tempo todo de *menina*, e não de *filha*. Tem alguma coisa que eu não saiba?"

"O senhor é observador. Realmente tem um detalhe que eles não disseram, não sei se por esquecimento ou para evitar especulações. É que Ana Clara é filha adotiva. Foi adotada ainda bebê, se não me engano."

"Agora as coisas começam a fazer sentido. Não estou querendo aqui fazer juízo de valor. Sei que muitos pais adotivos são mais amorosos e dedicados que os pais biológicos, mas notei um jeito estranho na hora de falar na menina. É como se os dois quisessem proteger alguém."

"Quem seria?", perguntou irmã Fabrícia.

"Não sei. Agora que a senhora disse que ela é adotada, as coisas mudam um pouco de figura. Quem sabe o pai ou a mãe biológica de Ana Clara teriam resolvido pegá-la de volta? Sei lá. Me desculpe se eu estiver falando bobagem, mas tenho que pensar em tudo, a senhora entende?"

"Na verdade, talvez essa fosse a melhor das opções", disse irmã Fabrícia, com o olhar um pouco assustado.

Capítulo 3

Já passava das 11 horas quando o porteiro do colégio de Ana Clara chegou à delegacia. Parece ter notado a minha cara de poucos amigos, pois foi logo se desculpando. "Não sabia que a polícia queria falar comigo. Saí cedo de casa e só voltei no meio da manhã", disse o homem, que se chamava Antônio. Era um senhor que aparentava uns 50 anos. Simpático, vestido de forma simples. Tinha o cabelo muito preto e a pele queimada de sol. Seu olhar era de uma pessoa atenciosa e servil, sem ser subserviente. Tinha certa dignidade nos modos e no jeito de falar, que me impressionaram.

"Quero apenas algumas informações do senhor. O agente deve ter explicado alguma coisa no caminho. Quero saber se o senhor conhecia a pessoa que foi buscar Ana Clara ontem no colégio, no final da tarde."

"Na verdade, eu vou explicar ao senhor o que aconteceu desde o começo", disse ele. "Perto das seis horas, que é quando começa a apertar o serviço na guarita, eu não costumo sair lá de perto. Mas, ontem, me chamaram lá dentro na direção da escola. Como não tinha ninguém para me substituir, tranquei o portão da frente e corri lá dentro para saber do que se tratava. Era um telefonema para mim. Disseram que era urgente, mas, quando fui atender, desligaram. Achei estranho. Só a minha mulher me liga no trabalho, do telefone do posto, que lá em casa não tem linha."

"Quanto tempo durou essa sua ausência na guarita?"

"Cinco, dez minutos no máximo, acho que nem isso. Aproveitei que estava lá dentro e usei o banheiro. Foi tudo rápido. Quando voltei, estava tudo normal, não tinha ninguém querendo sair nem entrar na escola. Mas, quando fui abrir o portão, pois estava chegando a hora da sirene, ele já estava destrancado. Fiquei assustado. Será que esqueci aberto? Não pode ser... Eu tinha certeza de que havia trancado. Tranquei novamente o portão e fui falar com a dona Zulmira, que trabalha na limpeza. Ela estava terminando de varrer o pátio da escola. Me disse que viu uma das alunas, aquela loirinha da turma A do terceiro ano, ir na direção da saída dos fundos do colégio, de mãos dadas com um homem. Ela pensou que eles estariam indo à casa das freiras, que fica nos fundos do colégio. Lá tem uma capela e muitas pessoas gostam de ir lá rezar no final da tarde, na hora da Ave Maria."

Seu Antônio pediu um copo d'água, bebeu em dois goles e continuou.

"Mas, logo em seguida que ela me disse isso, a sirene tocou e a meninada saiu. Vi que realmente Ana Clara não estava com as amigas. Perguntei sobre ela e uma das meninas disse que ela havia saído um pouco antes de acabar a aula, pois um tio dela tinha vindo buscá-la. A professora dela, dona Sandra, apareceu logo em seguida e fiz a mesma pergunta. Ouvi a mesma resposta. E pensei: diacho! Não vi nenhum adulto entrando na escola para buscar aluno antes da hora. Não sabia o que fazer, eu estava sozinho na guarita."

"E a mãe dela, demorou a chegar?"

"Não, chegou logo, no horário de sempre, seis e dez, seis e quinze no máximo. Quando ela perguntou pela menina, me deu um frio na barriga. Eu gaguejei, não sabia o que responder. Ela me olhou com a cara estranha e pediu para falar com a irmã Fabrícia. Logo depois as duas voltaram para a guarita. Contei para elas como tudo havia acontecido. E foi isso."

"E qual foi a reação delas?"

"Irmã Fabrícia ficou braba! Começou a dizer umas frases em espanhol que eu não entendo. A mãe de Ana Clara ficou nervosa, me fez um monte de perguntas. As duas decidiram ir até a casa das freiras, mas logo voltaram dizendo que a menina não estava lá. Perguntaram se eu vi o rosto do homem. Eu repeti que não, que a dona Zulmira é que havia visto, mas de costas, muito rapidamente. Eu não sei como esse homem entrou aqui."

"Certo, seu Antônio. Por hoje é só. Vou precisar conversar com dona Zulmira e saber se alguma criança ou a professora chegou a ver a pessoa que buscou Ana Clara."

"Perguntei para elas. Ninguém viu."

"Mas como uma pessoa entra no colégio, retira uma criança da sala de aula antes do horário e ninguém vê?"

"Eu também estou encucado, seu policial", disse seu Antônio e esfregou as mãos no rosto como quem quisesse acordar de algum pesadelo.

Dispensei o porteiro e entrei na sala do delegado, que ouvira toda a conversa pelo sistema de som da delegacia. "Acho que ele está falando a verdade", disse o Dr. Fontoura.

"Concordo com o senhor, chefe. Mas alguém está mentindo", disse.

"Ou então a pessoa planejou tudo, deu o falso telefonema para liberar a guarita e se aproveitou de algum descuido para tirar a menina da sala sem ser visto."

"Ninguém que seja um estranho abre uma porta da sala de aula e tira uma aluna na frente da professora e dos coleguinhas sem ser visto", eu disse. "A não ser que conte com a ajuda de alguém da família, ou da escola, ou de ambos."

"Acho que você está pensando a mesma coisa que eu", respondeu o delegado.

Eu precisava saber se o pai ou a mãe de Ana Clara havia escrito algum pedido na agenda dela, informando que ela sairia mais cedo. Ou seja, algo que tivesse facilitado a retirada da menina da sala de aula. Mas, se houvesse acontecido isso, eu teria sido informado na conversa que tive com eles mais cedo, pensei. A não ser que outra pessoa, além dos pais, tenha tido acesso à agenda dela. O irmão, outro parente, alguém da escola?

Olhei no relógio e eram 11 e meia. Estava correndo contra o tempo. Precisava ouvir a dona Zulmira, a última pessoa da escola que havia visto Ana Clara. Em seguida, eu almoçaria e faria uma visita ao casal Mattoso, para falar sobre a agenda da menina e pedir notícias do filho.

Capítulo 4

A conversa com a dona Zulmira não trouxe nenhuma novidade. Ela apenas confirmou o que disse o seu Antônio e tentou descrever o que viu.

"Era um homem alto e vestia um casaco preto de motoqueiro."

"Como os dois estavam? De mãos dadas? Reparou se Ana Clara estava indo de boa vontade?"

"Acho que sim. Os dois saíram conversando. Notei que ela olhava sorrindo para o homem, como se estivesse contando alguma coisa que tinha acontecido no colégio. Pensei até que fosse o pai dela, mas depois lembrei que o pai dela era mais baixo e meio careca."

"A senhora nunca tinha visto esse homem?"

"Que eu me lembre, não, senhor."

Liberei a mulher e sentei-me à máquina de escrever para terminar o relatório parcial quando o telefone tocou. Era Lúcia, mãe de Ana Clara. Estava retornando uma ligação minha para dizer que seu filho, Júlio, não tinha dormido em casa novamente, e ela não sabia mais o que fazer.

"Ana Clara sumiu e agora meu filho não aparece mais em casa, nem dá um telefonema. Eu não sei o que fazer, seu Tino. Vocês estão procurando Ana Clara?"

"Claro que sim, dona Lúcia. Avisamos todas as delegacias e postos policiais. Tiramos várias cópias da foto dela e mandamos para todos os grupos que estão fazendo a busca. Mas a conversa com o seu filho é fundamental. Talvez ele saiba algo que possa nos ajudar."

"Seu Tino, meu filho é uma pessoa boa. Ele seria incapaz de fazer alguma coisa contra Ana Clara."

"Mas alguém fez, dona Lúcia, e precisamos saber quem foi. O Júlio pode nos ajudar a encontrar essa pessoa. A irmã Fabrícia me disse uma coisa que a senhora preferiu guardar: o fato de a Ana Clara ser filha adotiva."

Silêncio do outro lado.

"Essa é uma informação importante para nós. Significa que existem pessoas que poderiam querer tomar ela da senhora. Ou será que estou errado?"

"Os pais biológicos da Ana Clara morreram. E não conheço nenhum parente vivo dela. Quando eu a adotei, ainda bebê, apenas conhecia o médico que atendeu os pais dela no hospital, que sofreram um acidente de carro. A Ana Clara estava no banco de trás e não sofreu nada. Lutei muito para ficar com essa criança e a amo como se fosse minha filha de sangue, seu Tino."

"Acredito na senhora, dona Lúcia. Mas preciso que vocês me contem tudo. Só assim poderei ajudá-los. A senhora e o seu marido podem me receber, na casa de vocês, logo depois do almoço? É que interceptamos o telefonema de ontem à noite e descobrimos que ligaram daqui mesmo, da Asa Norte, de um telefone público próximo da sua casa."

"Claro que sim, quando o senhor quiser. Ficaremos em casa. Quem sabe até lá o Júlio já voltou?"

Lembro que desliguei o telefone e tentei arrumar as ideias antes de começar a escrever. A história estava cheia de lacunas, que eu não sabia como preencher. Como o tal homem conseguiu entrar na escola e retirar a menina de dentro da sala de aula sem ser visto? Por onde saíram, uma vez que me certifiquei de que o portão dos fundos vivia trancado? Teria ele as chaves dos dois portões? Como fez tudo isso em poucos minutos sem chamar muita atenção? E se conversava amigavelmente com a Ana Clara, devia ser alguém da família, ou amigo da família, ou do próprio colégio. Poderia ser o pipoqueiro, pensei. E comecei a rir sozinho, meio sem graça. O pipoqueiro seria o mordomo dessa história? Mas a verdade é que o tempo estava passando e não havia nenhuma pista sobre o sumiço da garota, e isso me deixava preocupado. Pedi para uma das secretárias da delegacia enviar uma mensagem de rádio para todas as delegacias alertando para a urgência do caso.

Era uma hora da tarde, e eu não havia almoçado. Ana Clara estava sumida há quase 20 horas, embora a delegacia só tivesse sido informada cinco horas atrás. Passei em uma lanchonete que funcionava em uma barraca ao lado da delegacia e comi um sanduíche de presunto e queijo e tomei um refrigerante."

Acabei de lanchar e decidi que iria de ônibus até a casa do casal Mattoso para observar melhor a região e pensar na conversa que teria com eles. Se o filho não tivesse voltado para casa, teríamos mais um problema a resolver. Primeiro a filha é sequestrada, agora o filho mais velho some e não quer nem saber do sumiço da irmãzinha. Puxa vida, eu não queria mesmo estar na pele desse casal.

Capítulo 5

Quem por acaso ler este meu relato não deve esquecer que a história se passa em tempo pretérito. Um tempo em que não havia telefone celular nem internet. Ou seja, cada pessoa podia realmente ser uma ilha, se assim desejasse. Hoje é impossível. Estamos cercados de aparelhinhos de comunicação que nos apontam o tempo todo o que aconteceu, o que devemos fazer e por onde devemos seguir.

Essa breve explicação com ares filosóficos é para tentar justificar meu erro por ter desperdiçado uma hora do meu horário de trabalho esperando um ônibus na parada, quando poderia ter ido de viatura policial. Resultado: quando cheguei ao apartamento dos pais de Ana Clara, por volta das 14h30, o mundo estava de cabeça para baixo.

Logo que desci na parada, levei um susto. Havia um carro de polícia e uma ambulância estacionados em frente ao bloco residencial. Senti uma pontada no estômago e imaginei um monte de coisas. Será que encontraram a menina, ela estaria machucada e por isso trouxeram a ambulância para socorrer? Não, não faz sentido. Seria melhor levá-la direto para o hospital. Será que um dos pais passou mal? Ou será que o filho apareceu, houve uma briga e alguém saiu machucado? A mente humana tem essa capacidade terrível de pensar um monte de bobagens ao mesmo tempo.

Encontrei o Eduíno, motorista da delegacia e ajudante do delegado, embaixo do bloco, fumando, pensativo. Ele me olhou com uma expressão terrível no rosto, que me fez gelar.

"Encontraram a menina."

"Ela está lá em cima?"

"Não, está no Instituto Médico Legal. A ambulância é para a mãe, que está em estado de choque."

"Mas como está Ana Clara. Está viva?"

"Você não entendeu, Tino Torres? A menina está morta. Foi encontrada na hora do almoço, em um matagal da Asa Norte."

Senti o mundo rodar e uma campainha disparou dentro do meu ouvido. Subi correndo as escadas até o terceiro andar, pois não havia elevador no bloco dos Mattoso. Encontrei o Dr. Fontoura e um agente, acompanhados de dois paramédicos.

"Por onde você andava, Tino? Disseram que você saiu para almoçar e não voltou..."

Não sabia se respirava ou se tentava responder alguma coisa. Soltei um suspiro longo e barulhento para ganhar tempo e mostrar que eu já sabia o que havia acontecido.

"Almocei e vim direto para cá. Mas inventei de pegar um ônibus para observar melhor as redondezas do colégio e da quadra onde a família mora. Acabei demorando mais do que queria."

"Já está sabendo?"

"Sim... o Eduíno me contou. E dona Lúcia, como está?"

"Foi medicada e deitou-se. Ela está sem dormir desde ontem. O marido está lá com ela."

"O que aconteceu, chefe? Quem fez isso? Encontraram alguma pista junto ao corpo?"

"Esse caso é seu, Tino. Você é que deve responder", disse o delegado, num tom de ironia.

"Puxa, pega leve, né, doutor? Começamos a investigar agora pela manhã, mais de 12 horas depois do desaparecimento da menina. E pelo jeito ela foi morta de noite, concorda?"

"É o mais provável. Eu estou brincando com você, Tino, para amenizar o clima", disse e deu um sorriso tímido. "Mas vê se não desaparece de novo! Vamos aguardar o laudo do IML para decidir o que fazer. Nosso objetivo principal, que era recuperar a menina viva, foi para o brejo", disse o delegado. "Agora temos que pegar quem fez essa barbaridade."

"E o irmão dela apareceu?"

"Descobrimos que estava dormindo na casa da namorada, que mora lá no Guará. Mandamos um carro buscar os dois para um depoimento. Acho melhor você voltar para a delegacia e arrancar alguma coisa deles."

Desci as escadas devagar, pensando na situação toda. Puxa, em dois anos de polícia não tinha visto nada igual. Sequestro, seguido de morte, de uma criança de sete anos e com "requintes de crueldade", como se costuma dizer de forma banal no jornalismo policial. Brasília perdia sua inocência, pensei.

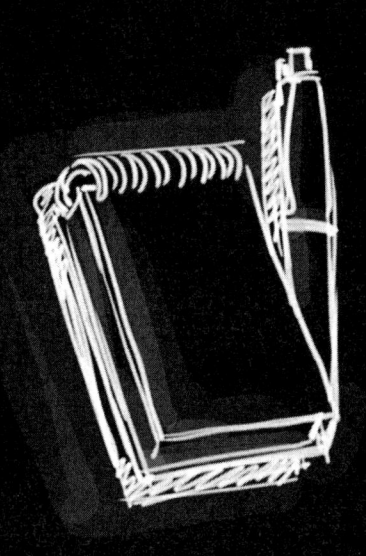

Capítulo 6

Este relato não é uma tentativa de reconstituição do caso Ana Clara. Deixo isso a cargo de jornalistas ou de estudiosos da criminologia. Meu intento, aqui, é fazer um grande desabafo, que ficou reprimido por quarenta anos. Por isso, não vou citar todos os detalhes da história, apesar de alguns momentos surgirem na minha memória de forma completa, como um filme que eu esteja vendo naquele momento. Não farei isso porque a memória é traiçoeira. Ela pode jogar uma isca para eu morder e me desviar do meu caminho. Ana Clara foi morta brutalmente, e seus assassinos nunca foram punidos. O que me interessa é deixar aqui o depoimento de um cara que acompanhou toda a história e que, quatro décadas depois, sabe muito bem quem matou a menina, apesar de não ter em mãos provas cabais. Além disso, o crime prescreveu faz tempo. Mas, como diria um amigo meu da polícia, o Alceu, que era um cara genial e que morreu de cirrose e de desgosto, "o pior da impunidade é o silêncio".

Cheguei à delegacia e reconheci, na hora, o filho do casal Mattoso. Era a cara do pai. Talvez um pouco mais alto, mas o mesmo rosto fino e o nariz forte e comprido. Os cabelos eram ralos e levemente aloirados. Tinha os olhos profundos, ao mesmo tempo tímidos e desconfiados. Acho que o nome dela era Sabrina, pois o tal do Júlio só a chamava de Brina. Na cópia do processo que tenho guardado no fundo do meu armário, deve ter o nome completo dela, mas não acho que isso seja importante agora. Ela calçava umas botas extravagantes, tinha os cabelos longos e desgrenhados e era ainda mais desconfiada que o namorado. Faziam um casal que combinava.

Cumprimentei os dois rapidamente e segui direto até a sala do delegado para pegar uma pasta em que estavam arquivados os outros depoimentos. Pedi para a secretária ligar para o IML e saber se havia saído algum laudo preliminar que pudesse me ajudar na investigação. A secretária não deve ter gostado do que ouviu, pois passou o telefone para mim.

"Quantas vezes eu já te falei que não existe laudo preliminar, Tino Torres?!", disse com mau humor, do outro lado da linha, o legista chefe do caso, que se chamava Israel.

"Eu sei, eu sei, mas vocês precisam me ajudar. Tenho que colher dois depoimentos importantes agora e preciso saber alguma coisa sobre a vítima. Me passe algumas informações pelo telefone mesmo... eu prometo que não coloco nada no relatório. É só para me ajudar no interrogatório."

"Se fosse outro caso, tudo bem, Tino, eu faria isso, mas a morte dessa menina está causando um alvoroço danado. Até o secretário de Segurança esteve aqui hoje pedindo sigilo total à equipe do IML."

"Como assim? Quer dizer que não vão liberar o laudo dela, é isso?"

"Não estou dizendo isso, Tino. Não ponha palavras na minha boca. Só estou dizendo que esse caso está sendo tratado pela alta cúpula da Polícia Civil de Brasília, entendeu?". E, em seguida, pediu licença e desligou o telefone.

Olhei para Marluce, a secretária do delegado, mas que tinha o olhar extremamente frio, o que me causava certo mal-estar, e pedi que ela ligasse para o perito do Instituto de Criminalística que acompanhava o caso. Atendeu um cara chamado Anselmo, que eu conhecia só de nome. Ele respondeu a mesma coisa que o colega do IML, que pediram sigilo etc. Não aguentei e explodi.

"Sigilo para a imprensa, né, colega? Mas não para a própria polícia, que está investigando o homicídio. Como vou prosseguir com as investigações sem as informações de vocês?"

"Você terá as informações, mas só depois que o chefe ler o laudo. Foi essa a orientação que recebi", disse ele. E desligou o telefone.

Não estava gostando nem um pouco daquela história. Sigilo dentro da própria polícia e, pior, dentro da própria equipe que estava encarregada da investigação? Nunca tinha ouvido falar nisso. A solução era esperar o delegado chegar e conversar com ele. "Nesse mato tem coelho", pensei.

Deixei a sala do delegado, fui para a sala de interrogatórios e pedi que mandassem entrar o filho do casal Mattoso. Não sabia ainda o que iria perguntar ao tal Júlio, mas sabia que esse caso me daria muito trabalho.

Júlio Mattoso era um tipo comum. Rapaz de seus 20 e poucos anos, desempregado, vivendo à custa da família enquanto frequentava um curso técnico de contabilidade que poderia no futuro lhe dar alguma profissão. Falava pouco e não gostava de ser inquirido. Era um tipo irritadiço, impaciente, que se segurava para não explodir na frente dos outros. Fisicamente, era 80% a genética do pai. Tinha apenas os olhos da mãe. Quando entrou na sala, estava de casaco de lã, apesar do calor que fazia àquela hora.

"Lamento muito o que aconteceu com a sua irmã. Sei que você gostaria de estar com seus pais, mas infelizmente precisamos conversar com você ainda hoje."

Ele apenas abaixou a cabeça e não disse nada.

"Esquentou o tempo, não é?", perguntei. "De manhã cedo estava frio, mas agora começou a fazer calor, não acha?"

"Essa cidade é assim mesmo. Faz frio e calor no mesmo dia. O senhor não é daqui?"

"Sou, sim. Quer dizer, vim ainda menino para cá, como todos nós. Na verdade, sou de Minas. Mas ainda me surpreendo com o clima, especialmente nessa época do ano. E você, nasceu onde?"

"Em Anápolis. Minha família é de lá."

Eu usava essa estratégia de falar sobre o tempo e outras amenidades antes de começar qualquer interrogatório. O pessoal da delegacia implicava comigo. Eu era chamado de psicólogo. Quando aparecia algum caso mais simples, que não exigia um interrogatório mais duro, ou mesmo algum tipo de tortura física ou psicológica, era eu o escolhido: "Manda esse para o psicólogo", diziam os outros agentes, entre cínicos e condescendentes.

Tanto falaram que acabei decidindo fazer mesmo um curso de psicologia. Era difícil conciliar as duas coisas e eu não era um aluno muito frequente. Mas gostava do clima de faculdade, mesmo sendo particular e custando uma boa parte do meu salário. Tinha gente nova, alguns bons professores e um clima de colégio que eu praticamente não vivi, pois precisei começar a trabalhar muito cedo e tive que abandonar a escola regular e fazer o que na época chamavam de madureza, uma espécie de segundo grau para os atrasadinhos, com poucas aulas e muitas provas. Em um ano e meio, terminei o que hoje chamam de Ensino Médio e comecei a estudar para o concurso da polícia.

A estratégia parece ter dado certo, pois Júlio Mattoso relaxou tanto que resolveu tirar o casaco e pedir um copo d'água. Perguntei se queria café também, mas ele disse que não bebia café, pois tinha uma gastrite.

"O clima de Anápolis não é muito diferente do daqui, é?"

"É, sim. Lá é menos seco, chove mais. Mas faz mais calor do que aqui."

"Então, Júlio, eu preciso fazer algumas perguntas a você, para tentar descobrir quem ou quais pessoas teriam matado a sua irmã. Você esteve na escola dela ontem à tarde?"

"Não."

"Sabe quem poderia ser a pessoa que levou ela da escola, por volta das 17h30, 17h45 de ontem?"

"Não posso nem imaginar. Só quem buscava minha irmã era minha mãe. Às vezes, quando ela não podia, eu buscava quando estava em casa."

"Onde você estava ontem nesse horário?"

"Na casa da minha namorada."

"Você não deveria estar no curso de contabilidade?"

"Eu senti uma dor de cabeça muito forte depois do almoço, tomei umas gotas de dipirona e me deitei um pouco na casa da Brina. Quando acordei, não dava mais tempo de ir para a aula, que fica aqui na Asa Norte."

"E a que horas você voltou para casa?"

"Voltei tarde, por volta das 22 horas. Depois saí de novo e acabei dormindo na casa dela de novo, que veio me buscar no carro do pai dela."

"E como é que foi quando chegou em casa?"

"Meu pai perguntou onde eu estava, falou que a Ana Clara tinha sumido e que algum estranho tinha buscado ela no colégio. Perguntou se eu sabia de alguma coisa."

"O que você respondeu?"

"Eu falei qualquer besteira lá e fui para o quarto. Eu sempre avisei a eles que aquele colégio fica numa região muito perigosa."

"Como assim?"

"O senhor já viu o que tem lá atrás? É só Cerrado e um monte de gente estranha morando por lá. Bêbados, mendigos, andarilhos..."

"Você acredita que foi algum bêbado ou andarilho que entrou no colégio da sua irmã e a levou pela mão, à vista de professores e alunos?"

"Não, não sei. Só estou falando o que eu acho."

"Você ou alguém da sua família tem alguma rixa com alguém, está devendo dinheiro a alguém ou algo do gênero?"

"Por que o senhor quer saber?"

"Porque é muito comum pessoas tentarem se vingar de alguém atingindo o ponto fraco da pessoa, um segredo que ela tenha, ou ferindo uma pessoa querida."

Júlio ficou em silêncio. Tentei incentivá-lo a falar, a citar o nome de alguém que poderia ter algum motivo para fazer aquilo que foi feito com Ana Clara. Ele parecia nervoso. Esfregava as mãos e olhava para o teto, mas não abria a boca. Nesse momento, a porta da sala de interrogatório se abriu.

"Tino Torres, o delegado quer falar com você." Era a secretária, num tom impositivo.

"Diga que estou no meio de um interrogatório e que já vou."

"Ele disse que é urgente. Que é para você interromper o que está fazendo e ir até a sala dele."

Saí da sala, bufando. Quando o cara parecia querer falar alguma coisa, eles me faziam parar com tudo. O interrogatório tem uma dinâmica que não pode ser interrompida. O interrogado não pode saber sobre o que será perguntado. Caso contrário, terá sempre uma resposta pronta a dizer. Minha saída da sala quebrou o clímax do interrogatório.

Expliquei isso ao Dr. Fontoura, que parecia concordar comigo, mas se mostrava um pouco abatido.

"Tino, acabo de receber uma ordem do diretor da Polícia Civil. Esse caso será conduzido a partir de agora por um grupo especial da Delegacia de Homicídios, indicado pelo secretário de Segurança. Tentei argumentar, mas eles foram irredutíveis. Devemos liberar imediatamente o rapaz e a namorada. A equipe já está atrás de dois suspeitos que fugiram da prisão recentemente."

"Mas, delegado, sabemos que a menina não foi levada por criminosos comuns, mas por alguém conhecido dela e que tinha acesso à escola."

"Não é essa a tese deles."

"Tese? Mas que tese? Estou falando de fatos!"

"Tino, nós temos duas opções: ou fazemos o que eles mandam ou tomamos uma suspensão administrativa ou algo pior, e eles assumiriam o caso do mesmo jeito."

Tentei argumentar mais um pouco, mas vi que não teria a mínima chance. O Fontoura era um cara sério, apesar de tolerar alguns excessos de sua equipe. Mas nunca havia se metido com sacanagem, até onde sei. Deve ter gente grande envolvida nesse crime, pensei, e estão tentando arrumar alguém para pagar o pato e livrar a cara de algum bacana.

Quando voltei à sala de interrogatório, ela estava vazia. Não deixaram nem eu me despedir do cara. O negócio deve ser para lá de escabroso.

Capítulo 7

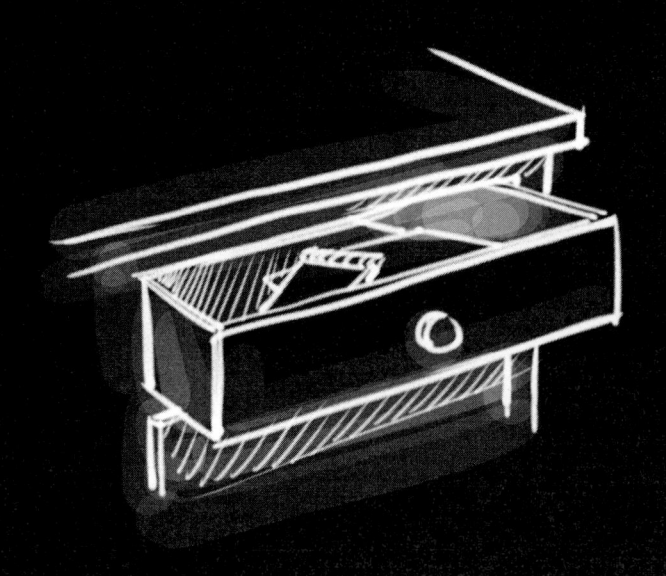

Eu estava me sentindo muito perdido. Sete horas antes, eu começara mais um dia morno de trabalho e agora estava envolvido na investigação de um crime horroroso, sobre o qual nada poderia saber. Meu chefe também não sabia o que me dizer e todas as pessoas na delegacia olhavam para mim como se eu fosse um pobre coitado.

"Estou de mãos amarradas", pensei. Posso apenas ficar parado, quieto, esperando os fatos se desenrolarem, ou me mexer e tentar descobrir o que está acontecendo. Se se tratasse apenas de mim, da minha autoestima profissional, talvez eu aceitasse ficar quieto. Mas o caso envolvia a morte de uma criança de sete anos, brutalmente assassinada. Eu não poderia ficar parado.

Pelos meus cálculos, a intervenção do diretor da Polícia Civil acontecera antes que o caso vazasse para a imprensa. Ou seja, não queriam que o Dr. Fontoura ou qualquer pessoa da equipe falasse com os jornalistas. "Devem estar organizando uma entrevista coletiva no gabinete do diretor para falar sobre o assunto", pensei. Decidi ligar para um amigo meu do jornal *Diário Brasiliense*, que costumava cobrir as notícias policiais de maior impacto. O nome dele era Geraldo Raimundo de Castro e Sousa. Sobrenome de gente importante. No jornal, assinava apenas Geraldo Sousa. Mas, entre os amigos, o apelido era Geramundo, um misto dos dois primeiros nomes.

Liguei para a redação, e a secretária disse que ele estava a caminho da Polícia Civil para participar de uma coletiva. "Acertei na mosca", pensei. "Os caras são muito previsíveis."

Voltei à sala do delegado e pedi permissão para acompanhar a coletiva do diretor da Polícia Civil. Ele pareceu surpreso quando contei sobre o meu palpite feliz.

"Só se prometer não abrir a boca. Entrar mudo e sair calado. Não sabemos ainda onde estamos pisando, Tino."

"Claro, Dr. Fontoura. Vou ficar quietinho, só ouvindo."

"Quando acabar lá, venha direto para a minha sala e me conte tudo o que ouviu."

Pedi que o Eduíno me levasse à sede da Polícia Civil, que naquele tempo funcionava na zona central de Brasília em um prédio emprestado do Governo Federal. Estava aliviado com a pequena reviravolta que eu havia conseguido dar em poucos minutos. Se o delegado tivesse me impedido de comparecer à entrevista, a situação seria a pior possível, mas ele parece ter entendido que estamos no mesmo barco e que não podemos abandonar completamente o caso. Imagine se a imprensa sabe dessa decisão de tirar o caso da nossa delegacia poucas horas depois da abertura do inquérito? Talvez o Dr. Fontoura esteja querendo se resguardar. "A minha presença na coletiva, mesmo que de maneira informal, pode servir de escape caso algum repórter apareça com alguma pergunta mais petulante", pensei.

Ou será que a minha presença lá serve aos interesses da cúpula da Polícia Civil? Bom, agora já era tarde. O motorista me deixou na porta do prédio e, mal desci da viatura, dei de cara com o assessor de imprensa do diretor da Polícia Civil.

"Você deve ser o agente Tino Torres, da delegacia da Asa Norte... certo?"

"Sim", respondi assustado. "Como sabia que eu vinha para cá?"

Ele riu e se apresentou: "Meu nome é Wellington Salgado. Vamos subindo que a coletiva vai começar. No elevador eu te explico."

Salgado, como era chamado por todos, era um cara jovial e que gostava de conversar. Todo policial de Brasília já tinha ouvido falar no todo poderoso assessor de imprensa do diretor geral da Polícia Civil. Ele explicou que seu chefe estava bastante preocupado com o assassinato da menina Ana Clara e com a repercussão do caso junto à imprensa local e nacional e que achava temerário deixar a delegacia à mercê de uma horda de jornalistas.

"Mas por que não convidaram o delegado Fontoura?", perguntei.

"Em outro momento, ele virá. Mas o diretor achou melhor centralizar as coisas aqui na sede, pois temos uma estrutura melhor para lidar com a imprensa."

"Salgado, eu estava no meio da investigação do crime quando veio uma ordem para parar tudo. Isso não se faz. O que eu falo se algum repórter vier me perguntar alguma coisa?"

"Ninguém vai perguntar nada, Tino. Deixa comigo. Já orientei todos eles. Parece que o crime envolve um traficante de drogas; então, o negócio é da alçada da Polícia Federal, mas nós vamos investigar por que ocorreu o homicídio de uma criança. Então o esquema é esse: nós levantamos as informações e repassamos aos federais, que vão continuar com a investigação. Na verdade, vamos trabalhar em conjunto."

"Se vamos trabalhar juntos, por que não me deixaram terminar com o interrogatório do irmão da Ana Clara?"

"Porque já tinha repórter ligando aqui querendo saber quem estava cuidando do caso, querendo ir direto à delegacia. Foi então que o chefe decidiu centralizar a investigação aqui no gabinete."

Bom, pelo menos o cara tinha bons argumentos. Não era uma desculpa esfarrapada. Mas, ainda assim, eu estava desconfiado. A história do tráfico de drogas batia com o que eu vinha pensando. Mas por que procurar o culpado entre fugitivos, e não nas relações com a família ou com os funcionários do colégio onde a menina estudava? Ia perguntar isso a ele quando fomos praticamente empurrados por uma turba de jornalistas e fotógrafos que acabara de chegar ao pequeno auditório da Polícia Civil.

Salgado me convidou para sentar ao lado dele na primeira fila das cadeiras, enquanto o diretor e mais dois delegados ocupavam a mesa colocada sobre o palco.

Aquilo na verdade não foi uma entrevista coletiva, como informaram, mas um comunicado oficial. O diretor fez um rápido relato do que havia acontecido, pediu a compreensão da imprensa, pois o caso envolvia "uma quadrilha de traficantes de tóxico da mais alta periculosidade" e disse que tudo indicava que a menina Ana Clara fora confundida com outra criança, esta sim filha de um casal suspeito de ser consumidor de drogas. "Dois dos membros da quadrilha", disse ele, "eram fugitivos do centro de reclusão da Polícia Civil."

"Qual o nome do casal?", perguntou um repórter.

Em tom de censura, o diretor disse que não poderia divulgar os nomes, pois outros inocentes poderiam morrer, como aconteceu com Ana Clara.

"Garanto a vocês que em breve teremos a solução do caso e prenderemos toda essa quadrilha de traficantes e assassinos. Mas peço um pouco de paciência", disse o diretor, dando por encerrada a entrevista.

Não acreditei no que via e ouvia. Com base em uma investigação que mal havia começado, o diretor informava à imprensa que a menina Ana Clara teria sido morta por engano. "Um terrível engano", frisou. E o rapto dela dentro da própria escola? E o telefonema para a casa dos pais pedindo o resgate? E o nervosismo do irmão? E quanto aos sinais deixados no corpo da vítima e no local do crime? Nenhuma palavra? Tentei cobrar isso de Salgado, mas ele já estava ao lado do chefe, tentando convencer os jornalistas a não publicarem fotos da menina morta.

"Vocês imaginem o pânico que poderão causar às famílias de Brasília", discursava o diretor para os microfones e os gravadores da imprensa. "Daqui a pouco, os pais não vão mais querer mandar as crianças para a escola. Vamos com calma para não criar intranquilidade", finalizou, de forma professoral.

Os jornalistas continuaram disparando perguntas, mas o diretor deu meia-volta e sumiu atrás da porta do gabinete.

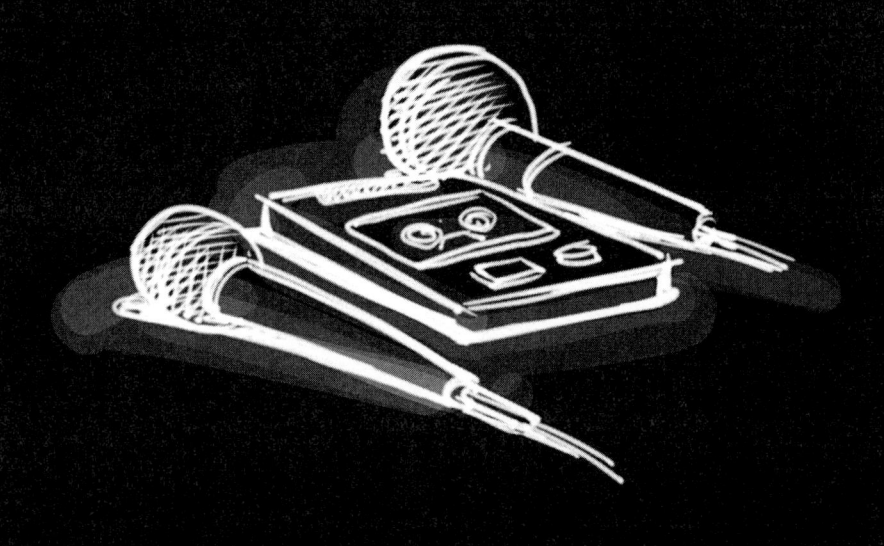

Capítulo 8

Amantino Torres sou eu, este narrador que vos escreve. Tino Torres, ou simplesmente TT, como eu gostava de assinar em meus textos, virou um personagem da própria história. O primeiro está aposentado, amargurado, doente e separado da mulher com quem viveu durante quase 30 anos. A única filha do casal trocou o Brasil pelo mundo. Virou aeromoça de voos internacionais. Os únicos divertimentos de Amantino são: ler os livros que comprou e nunca leu, jogar cartas com alguns poucos e recentes amigos e ir ao cinema. A namoradinha que arranjou logo depois da separação não suportou seu mau humor e os ciúmes e arranjou alguém mais novo, com menos dinheiro no bolso e menos problemas.

Sempre desejei a solidão. Ela chegou, completa, e não sei o que fazer com ela. Daí que falar de Tino Torres, esse alguém que um dia eu fui, talvez seja mesmo uma saída para a enrascada em que me meti. Preferia mil vezes viver novamente aquele momento de quarenta anos atrás, quando o mundo parecia ter apenas duas cores e as pessoas tinham que escolher sempre entre duas opções. Você é contra ou a favor? Em relação a quê? Sei lá, do governo, do divórcio, da escalação da seleção brasileira, do Mao Tsé-Tung, da Guerra do Vietnam, do escambau...

Na época, eu escolhi o lado que estava perdendo a guerra, mesmo trabalhando dentro do sistema. Por isso, eu me sentia um espião, ou um traidor, ou apenas um cara deslocado. As pessoas que pensavam como eu estavam nas universidades, nos grupos de teatro ou nas redações dos jornais, tentando fazer a cabeça da nossa geração. Eu estava trabalhando em uma delegacia horrorosa, cheia de caras boçais, que só falavam de futebol e mulher. E olha que eu sempre gostei das duas coisas. Mas era difícil aguentar o nível. Lembro que, dois dias depois de encontrarem o corpo de Ana Clara, chegou um agente novo, que só chamavam de Miro, transferido da delegacia do Gama. O cara era um verdadeiro energúmeno. Não sabia abrir um boletim, mas era bom para intimidar gente e arrancar confissões. E botaram esse cara para trabalhar comigo logo depois que eu comecei a chiar sobre os rumos do caso Ana Clara.

Aonde eu ia, o cara ia atrás. Era um negócio horroroso. E ele se fazia de amigo, me abraçava, me chamava para sair no final do expediente, tudo embromação, eu saquei logo. A única coisa em comum é que nós torcíamos pelo mesmo time: o Flamengo. Quando ele descobriu isso, a coisa piorou. Queria ver jogo lá em casa, ficava falando do Doval, do Fio e de um jogador novo que estava aparecendo e que um dia ia dar o que falar: "um tal de Zico". Eu cortava todas essas tentativas dele de se aproximar de mim.

Depois daquele teatro de mau gosto da entrevista coletiva dada pelo diretor da Polícia Civil, eu tratei de conversar com pessoas que conhecia, para saber o que estava acontecendo de fato. O primeiro que procurei foi o Geramundo. Ele esteve na coletiva e sabia de tudo. Liguei para ele e, quando tentei falar sobre o assunto, ele desconversou.

"Tino, precisamos conversar pessoalmente. Pode ser? No final da tarde, te encontro no lugar de sempre, perto da faculdade."

Geramundo estava cursando o último ano de Jornalismo na mesma faculdade em que eu fazia Psicologia. Mas era um jornalista experiente, que começou a trabalhar antes mesmo da existência do primeiro curso de Comunicação Social em Brasília. E era mais esperto do que eu. Viu que conversar sobre aquele assunto por telefone era perigoso.

Cheguei antes dele ao bar que frequentávamos, que àquela hora ainda estava vazio. Pedi uma bebida e uma porção de mandioca frita enquanto esperava pelo Geramundo. A certa altura, virei o pescoço para ver o movimento na rua e tive a impressão de ter visto um carro da Polícia Civil arrancando. "Deve ser apenas uma coincidência", pensei. "Não é possível que estejam me vigiando."

Antes que eu bebesse a primeira garrafa, o Geramundo chegou.

"Salve, nosso Sherlock Holmes tupiniquim! Vamos ou não vamos desmontar essa farsa?", disse ele em voz baixa, inclinando-se na minha direção.

"Geramundo, eu confesso que estou com medo dessa história. Agora mesmo, eu tive a impressão de ter visto um carro da polícia estacionando ali atrás. Quando me virei, ele parece ter arrancado."

"Tino, acabe logo com essa bebida e vamos embora. Vamos sair pelos fundos e beber em outro boteco. Pode ser cisma sua, mas pode não ser."

Quando chegamos ao outro boteco, o repórter fez o papel dele e me fez um monte de perguntas. Para apenas uma eu não tinha resposta:

"Você sabe se fizeram exame toxicológico do sangue da menina?"

"Não sei. Não consegui nem conversar direito com o perito que cuidou do caso. Conversei apenas com o médico do IML, que foi grosso e não me passou nenhuma informação. Pelo que sei, o perito destacado para o caso era o Anselmo, que é o melhor de todos. Mas, na última hora, mandaram uma moça nova que chegou lá agora e que eu não conheço."

"Será que é a Vera? Conheci uma que tinha esse nome."

"É a própria", respondi.

"Pois o tiro deles pode sair pela culatra, meu amigo. Essa Vera é uma jovem perita brilhante. O pai dela é o Dr. Hermano, um famoso advogado criminalista ligado à política. E o irmão, médico legista. E, além do mais, é mulher, ou seja, tem todas as razões para ver esse crime esclarecido."

Conhecia o Dr. Hermano de nome. Era professor de Direito na mesma faculdade em que eu estudava. Já tentara algumas vezes fazer uma disciplina dele, na área da criminologia, mas nunca havia vagas.

Bebemos mais um pouco, comemos alguma coisa e pagamos a conta. Geramundo pediu o carro do jornal pelo telefone do bar e me levou junto com ele:

"Vamos até a redação conversar com o editor-chefe do jornal. Tenho uma proposta para te fazer."

Capítulo 9

O prédio do Diário Brasiliense ficava no Setor Gráfico, que naquele tempo era quase todo desocupado. Apenas uma dezena de gráficas e mais cinco ou seis jornais existiam na região. O jornal ocupava um edifício de apenas três andares. No térreo, funcionavam a gráfica e o arquivo. No segundo andar, a redação. E, no terceiro andar, a diretoria do jornal e o setor administrativo. Já tinha ido várias vezes à redação do Diário. Eu era um cara que lia, que me informava, e jornalista gosta de fontes assim. Certa vez, aconteceu um acidente horroroso no Eixão Norte, próximo à Ponte do Bragueto, no qual morreram três pessoas. O repórter queria mais informações: diziam que o motorista estava embriagado, coisa e tal, mas não conseguiu nenhuma informação segura. Ligou para mim e passei tudo para ele, com o consentimento do Dr. Fontoura. É que, naquela época, os policiais, assim como alguns jornalistas, faziam o que chamamos de *autocensura*. Isso era comum.

A sala de Osvaldo Quintana, editor-chefe do *Diário*, era ampla e com uma grande mesa de reunião no centro. Quando cheguei, ele estava lendo as páginas do caderno de Cidades, que aguardavam o seu OK para seguir para a gráfica. Ele me mostrou a manchete do caderno: "Polícia Civil procura assassino de Ana Clara entre fugitivos da prisão".

"Dr. Quintana, esse título tá furado", disse Geramundo.

"Como assim, Geraldo? Foi o diretor da Polícia Civil que afirmou isso!"

"Bom, essa é uma longa história, chefe. Por isso, eu trouxe o Tino Torres comigo, nosso melhor informante dentro da polícia", disse Geramundo, dando um tapinha nas minhas costas.

Não gostei nem um pouco daquela palavra: informante. Mas, pensando bem, hoje, eu era aquilo mesmo, um informante infiltrado dentro da corporação policial, mas agindo em prol da sociedade e não contra ela. Pelo menos, eu achava isso. Tentei relaxar e responder à pergunta do editor-chefe do jornal.

"Então, seu Tino, é verdade ou não é?"

"Acho que o Geramundo tem razão, Dr. Quintana. Temos uma série de indícios que apontam para o envolvimento de familiares ou amigos da família no assassinato de Ana Clara. Essa história de buscar culpados entre bandidos comuns foragidos é um velho truque."

"O Tino esqueceu-se de dizer também que o governo está escondendo informações sobre o caso, Dr. Quintana. Não liberaram o laudo pericial e o IML, com o perdão da imagem, é um verdadeiro túmulo: não dá um pio."

O editor-chefe pegou o telefone e pediu à secretária que chamasse o editor de polícia.

"Vamos ouvir a opinião de Adalberto, que também esteve na coletiva. Não se preocupe, Tino: Adalberto é da minha total confiança."

"Que bom que o senhor diz isso, porque eu mesmo não confio", disse Geramundo.

"Deixa disso, Geraldo. O cara tem boas fontes na cúpula da polícia, só isso. Confie em mim."

Adalberto chegou e fez cara de espanto quando nos viu na sala do editor-chefe do jornal.

"Ué, transferiram a editoria de polícia para cá?"

Geramundo não gostou nem um pouco da brincadeira e devolveu a provocação na hora, mas, antes que os dois esquentassem ainda mais o ambiente, Osvaldo Quintana interrompeu o diálogo e pediu que todos se sentassem em torno da mesa de reuniões. Pediu água e café e fez uma advertência:

"O que vamos conversar aqui é do interesse apenas do jornal. Se alguma coisa vazar, eu sei que terá sido um de vocês três. Estamos entendidos?"

A ameaça serviu para esfriar os dois e me deixar mais tranquilo. Eu era quem mais tinha a perder com o vazamento daquela conversa.

Adalberto Figueira Martins era um jornalista de quatro costados. Sua família, por parte de mãe, fundara um dos primeiros jornais no Paraná, ainda no século XIX. Seu avô paterno, Martins, foi deputado e sócio de um jornal que era o principal adversário do jornal dos Figueira. Ou seja, seus avós paternos e maternos eram inimigos políticos, até que, nos anos 1930, uniram-se para atacar um adversário comum: Getúlio Vargas. Apoiaram os revolucionários paulistas em 1932, que queriam a deposição do presidente gaúcho. Mesmo com a derrota de São Paulo, os Figueira e os Martins conseguiram escapar do braço pesado do Estado Novo, aliando-se ao novo empresariado de origem alemã que ganhava espaço nos estados do Sul e que tinha a simpatia de Vargas.

Adalberto foi o primeiro e único rebento da união entre as duas famílias, que voltaram a brigar anos depois de um período de paz em razão da divisão em torno do governo de Juscelino Kubitschek. Os Figueira defendiam JK e seus planos desenvolvimentistas, inclusive a construção de Brasília. Os Martins apoiaram o levante militar que tentou impedir a posse de Juscelino. Adalberto cresceu ouvindo a mãe falar bem de JK e o pai chamá-lo de "aventureiro irresponsável". Sempre quis conhecer Brasília, mas os negócios da família no Paraná nunca permitiram, até que, em 1966, aos 30 anos, decidiu tentar a sorte na nova capital a convite do amigo Osvaldo Quintana. Vendeu sua parte no jornal da família e fundou em Brasília, com Quintana, uma das primeiras gráficas da cidade. Em 1970, no entanto, teve que se desfazer do negócio em razão de dívidas. Com o dinheiro que sobrou, comprou uma pequena parte do *Diário Brasiliense*, que estava mudando de mãos. Quintana era editor-chefe do jornal e também sócio. Adalberto pediu para cuidar da editoria de polícia, uma vez que o jornal deixaria de ser uma "versão local do *Washington Post*", como gostavam de dizer os antigos donos, e passaria a ser um jornal mais popular, bem ao gosto dos novos ventos que sopravam em Brasília.

Fiz questão de fazer esse rápido perfil de Adalberto por duas razões: primeiro, porque ele lançou recentemente um livro autobiográfico, que li com interesse e no qual fui citado em poucas linhas. Aproveitei a leitura para fazer um resumo de quem foi ele. E Adalberto foi também figura chave na trama que levou o caso Ana Clara às manchetes nacionais. Além de jornalista, ele era empresário e tinha um raro senso de oportunidade.

De Osvaldo Quintana não tenho muito o que dizer. Ele simplesmente foi embora de Brasília logo após o arquivamento do caso e nunca mais soube dele. Vendeu sua parte no jornal ao Adalberto e, ao que parece, aposentou-se.

Geramundo é, até hoje, um grande amigo. Nos vemos pouco, pois ele foi morar em São Paulo. Quando disse a ele que iria escrever sobre o caso Ana Clara, ele ficou eufórico.

"Vou te arrumar um bom editor, Tino. E pode contar comigo para ler os originais. Essa história não pode ser esquecida", disse.

Ao final daquela reunião que aconteceu na sala de Osvaldo Quintana, Adalberto deu a ideia de manter a manchete "furada" na capa, para não levantar suspeitas sobre o jornal. Seu plano era fazer uma investigação paralela do crime e só publicar a nova versão quando tivéssemos informações suficientes para desmascarar o truque da cúpula da Polícia Civil. Geramundo ficaria encarregado da investigação paralela, que teria a minha ajuda e a supervisão de Quintana. Adalberto continuaria fazendo o de sempre, mas tentando arrancar de delegados amigos, ligados ao governo, alguma pista que pudesse ajudar na reportagem que Geramundo preparava.

A posição de Adalberto causou surpresa. No início, Geramundo ouviu a sugestão com desconfiança, mas no final gostou.

A reunião terminou tarde e, de carona no veículo do jornal, voltei para o bar, onde havia deixado meu carro. Naquela noite não dormi bem, preocupado com o rumo que o caso Ana Clara havia tomado.

Capítulo 10

Menos de 24 horas depois de encontrado o corpo de Ana Clara, a polícia já tinha prendido dois suspeitos do crime, foragidos da cadeia. A nova equipe responsável pelas investigações simplesmente abandonou o trabalho feito pela delegacia da Asa Norte. Aquela hipótese de que Ana Clara fora confundida com outra menina, filha de um casal envolvido com o tráfico de entorpecentes, foi descartada pela Polícia Civil. Na verdade, depois eu soube, eles temiam a entrada da Polícia Federal nas investigações, pois os crimes de tráfico de drogas eram da alçada da PF.

No dia seguinte, fui trabalhar normalmente e me fingi de morto. Não perguntei nada sobre o caso, não procurei saber detalhes da investigação e evitei até mesmo passar em frente à sala do delegado. Quando o brutamonte do Miro veio puxar conversa sobre o assunto, eu desconversei.

"Viu lá, Tino? Já pegaram os caras que fizeram aquela barbaridade com a menina. É o que eu digo: a polícia, quando quer, prende."

"É... Eu soube. Ouvi no rádio."

"Eu queria estar lá na Delegacia de Homicídios para receber os caras. Eu ia fazer questão de participar do depoimento deles. Iam confessar até os crimes dos antepassados deles", disse Miro com uma gargalhada.

"Pois é, Miro, ia ser uma festa mesmo. Mas deve ter gente boa, lá, para fazer isso, né?"

"Ah! Tem. Tem o Sandoval, que é um cara bom de serviço. Foi ele que arrancou a confissão daquele homem que invadia as casas dos outros sem deixar marcas, lá em Planaltina, lembra? O cara era tão matreiro que achavam que ele chegava pelo ar. No último assalto, teve uma morte e o caso foi parar na Homicídios. O Sandoval o fez confessar um monte de crimes."

"Mas me parece que o promotor não gostou nem um pouco da investigação. Disse que não há indícios de que o ladrão das casas é o mesmo que matou o comerciante."

"Isso é conversa de advogado, Tino. A Delegacia de Homicídios tem a melhor equipe de investigadores da Polícia Civil. Você acha que eles iriam pegar o cara errado? Nunca!"

Fiz que sim com a cabeça para me livrar dele, mas no fundo eu sabia que o caso Ana Clara seguia o mesmo caminho do caso de Planaltina. Quando o processo chegasse às mãos do promotor, haveria uma série de questionamentos. Mas, até lá, acreditava eu, a investigação paralela que eu iria fazer juntamente com o Geramundo desmontaria a farsa planejada pela cúpula da Secretaria de Segurança.

O que eu ainda não sabia é que o buraco era muito mais embaixo (ou, nesse caso, muito mais em cima, já que até gente ligada ao Governo Federal estava envolvida na trama). A malvadeza do Miro era fichinha perto do que se preparava no âmbito do governo central.

Aproveitei que ele tinha ido ao banheiro e saí de fininho da delegacia. Informei à secretária do delegado que precisava dar um pulo na faculdade para pegar uns livros na biblioteca e que voltaria só depois do almoço.

"O Dr. Fontoura perguntou por você, Tino", disse ela.

"Ele falou o que queria comigo?"

"Acho que queria só saber sua opinião sobre a prisão dos assassinos da menina."

"Bom, se ele voltar a me procurar, diga que fiquei sabendo das prisões por você e que fiquei bastante satisfeito com o desfecho, certo?"

Deixei rapidamente a delegacia, entrei no meu fusca e fui almoçar mais cedo do que o de costume. Depois passei em casa para pegar uns livros, pois mais tarde iria direto para a faculdade. Deitei na cama e cochilei uma meia hora. Tinha dormido muito mal à noite. Quando acordei, olhei o relógio e vi que passava das duas da tarde. Decidi não voltar direto para a delegacia, mas passar antes no colégio de Ana Clara. Precisava ter uma conversa com a irmã Fabrícia.

A sala da diretora da escola era simples, com apenas uma mesa, um armário e um crucifixo na parede. Uma grande janela aberta para os jardins do colégio deixava entrar apenas o barulho dos pássaros. Parecia que estávamos em um mosteiro. Senti, ainda mais forte, o mesmo cheiro de sacristia que havia sentido na delegacia, quando conheci a irmã Fabrícia. Será que as freiras usavam alguma fragrância restrita a elas? Ou será que o cheiro vinha da roupa?

Ela estava bastante abatida e me cumprimentou de forma surpreendente, segurando minhas mãos por longos segundos. Expliquei para ela a decisão de me tirarem das investigações, mas disse que eu não poderia deixar o caso sem antes me despedir.

"O senhor foi muito gentil. Eu não entendo nada do trabalho de vocês, mas acho estranho interromper uma investigação e começar outra antes de qualquer conclusão."

"A senhora está certíssima, irmã. Mas é uma ordem superior, não podemos contestar. De qualquer forma, eu vou continuar acompanhando o caso pelos jornais. Qualquer informação nova, a senhora pode me ligar. Se eu puder ajudar..."

"Esqueci-me de dizer ao senhor algo importante. No final da tarde de ontem, recebi a visita do novo delegado que está cuidando do caso. Ele veio acompanhado de outro policial, que ficou circulando pelo colégio", disse a irmã.

"Eu imaginava que mandariam alguém. Falaram somente com a senhora?"

"Acho que sim. O senhor acredita nessa história de que dois homens que haviam fugido da prisão poderiam ter feito isso com Ana Clara? Não vejo como um homem desses poderia entrar no colégio e levar a menina embora."

"Também não acredito nisso, irmã. O rapto da menina foi bem planejado e contou com a ajuda de pessoas conhecidas da família; disso eu tenho certeza. Acho que a polícia anunciou logo a prisão de dois suspeitos para acalmar a opinião pública. A ordem agora é não causar histeria popular."

"Hoje dispensamos os alunos. Os pais estavam ligando direto para cá para saber de detalhes sobre a morte de Ana Clara."

A decisão da escola explicava o silêncio do local. Pensei em aproveitar a ocasião e conversar com a professora de Ana Clara e, novamente, com o seu Antônio, o porteiro, e dona Zulmira, que vira a menina sendo levada. Expliquei para a irmã Fabrícia que não colheria nenhum depoimento oficial, mas apenas conversaria com os três para tentar esclarecer a história e poder ajudar numa possível reviravolta do caso.

Ela entendeu meu pedido a autorizou as conversas. Também pedi que mantivesse em sigilo a minha visita ao colégio naquela manhã. "Podem interpretar mal... a senhora entende."

"Senhor Tino, eu quero saber quem levou Ana Clara daqui de dentro e não acredito que tenha sido um foragido da penitenciária. Se a menina estivesse na rua, pode ser, mas aqui dentro, não. Pode contar com o meu apoio e o meu silêncio."

Percorri sozinho o corredor do colégio. Parei em frente à sala de aula onde estudava Ana Clara, que ficava próxima à saída do prédio, o que poderia ter ajudado no crime. Refiz o suposto percurso do sequestrador, do portão à sala de aula, da sala aos fundos da escola, passando pelo pátio, conforme a descrição dos funcionários. Levei menos de dez minutos. Tentei encontrar alguma abertura na cerca dos fundos, que era bastante alta, mas vi que ela estava intacta. Mas notei um detalhe que antes havia me escapado: a corrente que fechava o portão era velha, um pouco enferrujada, enquanto o cadeado era novo. Perguntei ao seu Antônio sobre isso e ele me respondeu com surpresa:

"Ué, trocaram esse cadeado ontem, no final da tarde, na hora em que a polícia esteve aqui."

"Mas quem trocou?", perguntei. "Não é o senhor que cuida disso?"

"É sim, mas o policial me disse que precisava levar o cadeado velho para fazer uns exames. Fui ao comércio, comprei um novo e ele levou o velho. Colocou dentro de um saco plástico. Fez isso com o cadeado da frente também."

"O que mais eles fizeram, seu Antônio?"

"Só isso. Fizeram algumas perguntas, e só."

Agradeci e fui atrás da professora de Ana Clara, chamada Sandra, que estava na sala dos professores.

Ela estava com os olhos inchados e sendo consolada por duas colegas.

Apresentei-me e pedi que nos deixassem a sós. A professora era loira, tinha um rosto de menina e os olhos claros. Estava com a cara inchada de chorar.

"Quando alguém me via com a Ana Clara, perguntava se ela era minha filha. Era a minha aluna mais doce, mais querida. Estou arrasada."

"Posso imaginar, professora. E lamento pelo ocorrido. Mas preciso conversar com a senhora sobre o que aconteceu. Estou intrigado com a forma como Ana Clara foi retirada da escola."

"Em geral, o final do turno é sempre um pouco tumultuado, com as crianças guardando material, correndo pela sala, fazendo barulho. Na segunda-feira, não foi diferente. Lembro-me apenas de ter ouvido a minha ajudante, a Nazira, dizer que a Ana Clara iria sair antes de tocar o sinal, que alguém da família viria buscá-la meia hora mais cedo. Eu estava rodeada de alunos e apenas fiz que sim com a cabeça. Lembro-me de ter visto a porta se abrindo e a menina saindo."

"A senhora viu a pessoa?"

"Não, não vi. E a Nazira também não viu. Veio um recado na agenda da Ana Clara dizendo que alguém viria buscá-la mais cedo. Ela própria, Ana Clara, arrumou a mochila e avisou à Nazira que um 'tio' dela havia chegado. Na confusão, a Ana Clara deixou a sala e só voltamos a pensar nela meia hora depois, quando a irmã Fabrícia me procurou. Houve uma falha nossa, eu reconheço, mas só as pessoas autorizadas entram no colégio em horário de aula."

Essa informação sobre o recado escrito na agenda da menina fechava o círculo e confirmava minha suspeita: a de que alguém da família estaria envolvido no crime. Isso mais o telefonema anônimo ao vigia da escola faziam sentido. Na hora em que ele deixou a guarita, alguém que tinha a chave do cadeado abriu o portão e entrou. Rapidamente, se dirigiu até a sala de aula. Deve ter colocado o ouvido na porta e ouvido o barulho para então abrir vagarosamente a porta e chamar a Ana Clara sem ser visto pela professora e sua ajudante.

Notei também que, quando a pessoa entrava na escola, havia um pátio interno rodeado pelas janelas das salas de aula. Uma pessoa alta poderia ver o que estava acontecendo lá dentro e planejar a retirada da menina.

"Mas tudo isso muito rápido. Aproveitando a saída do vigia", pensei.

Conversei por mais alguns minutos com a professora Sandra, mas sabendo que ela não poderia ajudar muito. Apertei a mão dela, que estava molhada e quente, e disse que voltaria em breve para conversar mais.

Ela se levantou e me abraçou, pedindo que eu encontrasse quem fez aquilo com Ana Clara.

Capítulo 11

O depoimento da professora de Ana Clara confirmou várias suspeitas. A primeira, e mais importante, era a de que alguém na casa da menina teria escrito um bilhete informando sobre a saída da aluna mais cedo, o que conflitava com a chegada da mãe no horário habitual, por volta das 18h15. A segunda, a de que o homem que buscou a menina era conhecido dela, pois conseguiu fazer isso com a ajuda da própria vítima e sem qualquer tipo de violência, o que reforçava também o depoimento da dona Zulmira.

Agora era preciso encontrar a agenda da menina e fazer um exame grafotécnico da letra do bilhete. Uma investigação simples, claro, não fosse esse um caso cheio de recomendações superiores. Era preciso falar com essa perita que assumiu as investigações. Só ela pode pedir esse exame grafotécnico e confrontar com as grafias dos outros membros da família.

Passei pela delegacia para saber das novidades e tive que aguentar as brincadeiras do brutamonte do Miro.

"E aí, psicólogo? Gostei do apelido. Vamos fazer uma ronda?"

"Agora não posso, Miro. Preciso concluir meu relatório com os depoimentos sobre o assassinato da Ana Clara."

"Deixa disso, rapaz. A Homicídios já assumiu esse caso."

"Eu sei. Por isso mesmo, quero deixar pronto meu relatório, com todos os depoimentos que consegui colher. Não quero ser acusado de nada depois."

Miro me olhou de esguelha, soltou um muxoxo e saiu da sala, batendo a porta.

Aproveitei que estava sozinho e liguei para o Instituto de Criminalística para falar com a perita Vera Hermano. Ela atendeu e mostrou que esperava a minha ligação.

"O Geramundo me falou sobre você. Que tal passar por aqui para tomar um café?"

Respondi que sim. O problema agora seria driblar o Miro e fazer a visita ao IC sem levantar suspeitas. Só havia uma saída: pedir o apoio do Dr. Fontoura. Entrei na sala dele sem ser anunciado e expliquei a situação sem entrar em detalhes.

"Não podemos abandonar completamente esse caso, chefe. Eu preciso que o senhor me dê cobertura para que eu possa fazer uma investigação paralela, com toda a discrição, claro."

O delegado me olhou com uma cara de preocupado, mas sabia que eu tinha razão. Logo a imprensa iria descobrir a farsa da prisão dos supostos assassinos e iria procurar informações junto à delegacia da Asa Norte.

"Precisamos nos resguardar", eu disse.

Dr. Fontoura pegou o telefone e chamou o Dirceu, que cuidava do atendimento na delegacia. Explicou que, a partir daquele dia, eu cuidaria dos processos antigos, que aguardavam informações de outros órgãos do governo e que ele, Dirceu, passaria a fazer dupla com o investigador Miro.

"Estamos com muitas investigações encalhadas e o promotor-chefe está me ligando toda semana, pedindo celeridade no andamento das informações complementares. O Tino vai fazer uma pesquisa para tentar liberar algum material e você vai acompanhar o trabalho de rua."

"E o atendimento, doutor?"

"A Marluce vai cuidar do atendimento. Instrua-a para isso. Eu ficarei sem secretária por uns tempos, sem problemas."

Animado, deixei a sala do delegado. Agora eu tinha um álibi para continuar com as minhas investigações.

Vera Hermano não tinha cara nem jeito de policial, nem mesmo de uma perita criminal. Era pequena, frágil e vestia-se impecavelmente. Parecia uma dessas bonequinhas infantis cujas roupas podem ser trocadas a cada cinco minutos. Numa época em que as mulheres faziam questão de se vestir desleixadamente, até para mostrar que eram iguais aos homens, Vera fazia questão do contrário. Quando começava a falar, no entanto, mostrava-se outra pessoa.

"Boa tarde, policial Torres. Na próxima vez, deveremos nos encontrar em outro local para não levantar suspeitas. Avisei meu chefe que você viria até aqui, a pedido do delegado Fontoura, conversar a respeito de alguns processos que estavam parados na delegacia. Ele parece ter acreditado. Vamos lá. Por onde podemos começar?"

Fiquei impressionado. Eu não havia comentado nada com ela sobre a minha estratégia e ela já vinha com o prato pronto.

"Ah, esqueci-me de dizer que liguei há pouco para o seu chefe e conversei com ele", disse ela e, em seguida, sorriu.

"Puxa, que eficiência, Dra. Vera!"

"Não me chame de *doutora*, por favor. Sou apenas uma advogada. Acho esse negócio de chamar tudo quanto é advogado de *doutor* uma bobagem. Nem meu pai, que é o tal da advocacia, aceita ser chamado de *doutor*. Se for para lhe dar um título, ele prefere ser chamado de professor, já que também dá aulas".

"Eu sei, ele dá aulas na mesma faculdade em que estudo Psicologia. Ainda quero fazer uma disciplina com ele. Mas sim, Vera, sobre o caso Ana Clara, você está responsável pelo laudo técnico do crime, não é isso?"

"Sim, me comunicaram ontem sobre essa decisão. Parece que o Anselmo estava com muito trabalho, e passaram o caso para mim."

"Você foi ao local do crime?"

"Fui, sim, mas depois que já haviam levado o corpo. Mas consegui coletar um monte de provas. Juntamente com o relatório do IML, acho que teremos um bom material para começar. Veja o que já tenho."

Ela abriu as gavetas de uma grande mesa de ferro e começou a mostrar o material coletado. Fios de cabelo, pedaços de roupa, um botão de camisa.

"Puxa! Os caras deixaram um rastro imenso", falei.

"Meu pai diz que a certeza da impunidade emburrece o criminoso. E ele tem razão. Fiz também um molde de gesso de umas marcas de pneu de moto que encontrei perto do local. As marcas dos pneus de um carro foram muito mexidas. Não sei se será possível comparar. Por onde podemos começar?"

Falei sobre o bilhete na agenda escolar de Ana Clara. Vera arregalou os olhos.

"Seria uma prova fundamental. Podemos voltar ao local e procurar nas redondezas. Quem sabe ele ou eles não jogaram fora a agenda ali por perto?"

"Você acha que foi mais de uma pessoa?"

"Suspeito que sim. Encontraram três tipos diferentes de pelo no uniforme de Ana Clara, ou no que sobrou dele. E pelas marcas dos pneus encontrados, havia pelo menos um carro e uma moto no local. Também recolhemos alguns 'pedaços' de impressão digital na tesoura. Nada muito animador, mas pode ajudar."

Fiz para ela um resumo sobre as minhas investigações. Vera também ficou intrigada com a forma como a família de Ana Clara tratou o assassinato da menina.

"Mesmo que não localizemos a agenda, ela é um indício importante, afinal o bilhete foi visto pela professora. E só pode ter sido escrito por alguém que esteve com Ana Clara antes de ela ir para a escola. Ou seja, a mãe, o pai, o irmão."

"Ou a namorada do irmão", concluí.

Vera abriu uma agenda que estava em cima da mesa e começou a fazer várias anotações.

"Pelo visto essa menina foi vítima de uma verdadeira quadrilha. Minha pergunta é: por que a mataram?"

"É o que venho me perguntado há dois dias", respondi.

Entrei no carro de Vera Hermano e seguimos em direção ao local onde foi encontrado o corpo de Ana Clara. Em 1973, como já disse, a Asa Norte era pouco habitada. Entre a Avenida L2 e o Lago Paranoá havia a Universidade de Brasília. Mas, naquele tempo, a UnB não era o que é hoje. Resumia-se a meia dúzia de prédios além do Minhocão, um gigantesco edifício baixo com quase um quilômetro de comprimento, lembrando realmente uma grande minhoca de concreto.

A uns dois quilômetros do colégio onde estudava Ana Clara, entre a avenida e a universidade, havia uma floresta de Cerrado bastante fechada, com algumas trilhas que levavam a clareiras que eram frequentadas por todo tipo de gente. Eu mesmo, quando era mais jovem, costumava andar quilômetros naquela Asa Norte deserta com a turma de amigos em busca de uma nascente de água que formava uma grande lagoa e onde nos banhávamos despreocupadamente. E não era raro que nesses passeios encontrássemos uns tipos estranhos, que pareciam saídos de um filme de terror.

Olho, neste fim de inverno quente, enquanto escrevo este memorial, pela janela do meu apartamento, aquela região, hoje repleta de prédios e de um parque arborizado, e fico pensando: "Como éramos corajosos na nossa infância". Brasília era um paraíso para as crianças e os adolescentes que gostavam de viver pequenas e grandes aventuras. Não tínhamos medo de nada porque também nada, ou quase nada, nos acontecia. Andávamos horas em meio ao Cerrado quase intocado, nos metíamos em túneis abertos para a construção de galerias de água, que poderiam desmoronar a qualquer momento. Nadávamos em córregos e lagoas sem temer qualquer perigo. É claro que acidentes aconteciam, alguns inclusive graves, mas era o risco de ser criança em uma cidade que começava a surgir do nada.

A morte de Ana Clara foi um divisor de águas. As mães passaram a vigiar os filhos, a não deixar que se afastassem das redondezas das quadras. "Cuidado com o tarado do Cerrado", era o que diziam, de forma quase ingênua. Mal sabiam que Ana Clara não tinha sido morta por um maníaco qualquer, mas por pessoas de aparência normal que frequentavam as rodas sociais da capital federal.

Eu e Vera chegamos ao local do crime depois de passar por uma trilha cheia de buracos e pedaços de troncos de árvores. Ainda precisei trocar um pneu do carro, que furou quando tentamos atravessar um trecho de mata fechada.

"Teremos que deixar o carro aqui e seguir a pé", disse Vera corajosamente. "Sei que estamos perto, mas não sei como chegar até lá de carro".

Cocei a cabeça e lembrei que havia esquecido meu revólver na delegacia. Aquele buraco em que nos metemos era longe de qualquer lugar onde se pudesse ouvir um grito de socorro. Estávamos literalmente no mato sem cachorro. Reparei que Vera arrancava uns carrapichos, que estavam grudados na calça de veludo, sem demonstrar qualquer temor.

"Então, vamos?", me incentivou a perita.

"Esqueci a minha arma na delegacia", eu disse. "Não acha melhor eu seguir sozinho e você esperar no carro? Pode ser mais prudente."

"Não seja por isso", disse ela, puxando de dentro da bolsa uma pistola calibre 22 novinha em folha.

"Esqueceu que eu também sou tira? Detesto armas, mas tenho que andar com uma na bolsa. São os ossos do ofício".

Vera me passou o revólver, que eu acomodei na cintura e por debaixo da camisa, e fomos em frente.

Chegamos ao local onde o corpo de Ana Clara havia sido deixado. A área estava cercada por piquetes e fita vermelha. Vera rapidamente me mostrou como a menina tinha sido encontrada, de acordo com as fotos do IML. Apontou as marcas de pneus e o mato pisado que formava uma pequena trilha.

"Vocês seguiram a trilha até o fim?", perguntei.

"Eu não. Mas um colega da Delegacia de Homicídios, sim. Disse que encontrou uns restos de fogueira, sem nada de interessante, e algumas garrafas quebradas. Tentamos colher impressões digitais nos cacos de vidro, mas foi impossível."

"Vamos seguir essa trilha?", perguntei.

Ela parece ter entendido a minha ideia, pois respondeu com outra pergunta.

"Vamos. Quem sabe não encontramos algum vestígio do material escolar da Ana Clara?"

Vera foi à frente e eu a segui sempre com a mão pousada no revólver. Os assassinos de Ana Clara poderiam voltar ao local, fosse para recuperar alguma prova esquecida, fosse por algum tipo de atração que os criminosos têm pelo local do crime.

Chegamos ao fim da trilha e vimos aquilo que o outro agente já tinha comentado.

"Nenhuma novidade", disse Vera.

"Mas quero procurar mais um pouco pelas redondezas. Eles devem ter feito a fogueira justamente para queimar os objetos da menina. E, nesse processo, alguma coisa pode ter voado ou sido atirada longe, sei lá".

Fiquei rodando em círculos em volta do local, inspecionando cada tufo de mato que poderia esconder alguma coisa. Encontrei apenas uma caixa de fósforos vazia. Peguei-a cuidadosamente com um lenço para entregar a Vera quando, de repente, ouvi um grito.

"Que susto!", disse ela, "É apenas um gato morto. Parece que o assassino também não gostava de gatos".

"Puxa, você também me assustou. Guarde essa caixa de fósforos. Pode ter alguma impressão digital nela. Olha, não encontrei nada e acho melhor irmos embora, não estou gostando desse lugar", eu disse.

"Tudo bem, vamos embora. Mas essa vinda nossa aqui me fez pensar em uma coisa. Será que a menina foi mesmo morta aqui ou apenas trouxeram ela para cá para se livrar do corpo?"

"Por que você diz isso?"

"Não sei, é só uma impressão. Não acho que tenham feito tudo aqui. Acho que escolherem esse lugar, próximo à escola dela, de forma proposital para tentar nos despistar do verdadeiro local onde tudo aconteceu."

"Você tem razão, faz sentido. E reforça a tese da cúpula da polícia de que o crime teria sido cometido por fugitivos que se escondem no meio do mato."

"Precisamos saber para onde levaram a Ana Clara depois que ela deixou o colégio. A chave do crime está nessa informação."

Capítulo 12

Talvez o leitor esteja querendo abandonar este manuscrito por não ver nele algo além de um mero diário de um policial aposentado. E, na verdade, é isso mesmo o que estou escrevendo. Na cena do capítulo anterior em que a minha colega solta um grito, eu pensei em fantasiar e acrescentar uma série de coisas que não aconteceram, cenas que caberiam bem em qualquer romance policial.

O problema é que não foi isso o que aconteceu e eu me dispus, desde o começo, a contar a história como a vi. Não tenho nada contra a fantasia, muito pelo contrário. Já tentei escrever livros de ficção e tenho vários "começos" malsucedidos guardados na minha gaveta. Sempre tive atração por romances policiais, e meu sonho na verdade era ser escritor, não policial.

Mas depois de décadas de tentativas frustradas de seguir os passos de um Rubem Fonseca ou de um Conan Doyle, eu me assumi um reles servidor público que tentou a vida inteira fazer a coisa certa, mas que nunca conseguiu ir além dos limites da repartição, no meu caso uma delegacia de polícia e, nos últimos anos da minha carreira, uma sala no serviço de atendimento social da Polícia Civil de Brasília, onde recebia policiais com transtornos mentais. Um fim digno, eu acho.

Ao tirar dos meus próprios ombros o peso de "ter que ser um escritor", eu me libertei da sombra daqueles gigantes e agora poderei escrever a história que quero contar, da forma como eu vi, sem preocupações em ser ou parecer verossímil – o que, convenhamos, não é pouco.

Ana Clara era uma menina de sete anos quando foi torturada e assassinada por pessoas que pertenciam, e talvez ainda pertençam, à alta sociedade. É incrível que um crime tão escabroso e sobre o qual surgiram tantas provas não tenha sido desvendado durante mais de quarenta anos após a sua ocorrência.

Portanto, esse meu escrito nada mais é do que uma homenagem que presto à posteridade daquela menina. É possível que ninguém leia este texto ou que os poucos que lerem não tenham força de levá-lo adiante, mas o importante é que ficará o depoimento de alguém que acompanhou de perto o desenrolar do crime e das investigações, que viu de que forma a polícia e o governo acobertaram os assassinos e que, nas últimas décadas, vem acompanhando o lento apagamento do caso da memória da minha cidade.

Depois da incursão que fiz com Vera ao local onde fora encontrado o corpo de Ana Clara, passei rapidamente na delegacia para pegar as minhas coisas e fui para casa. Tomei um banho demorado e fiquei pensando em tudo o que acontecera nos últimos dias.

"A minha colega tinha total razão. Seja quem for que sequestrou, torturou e matou a Ana Clara, não fez isso no meio do mato. Não posso esquecer que o sequestrador ligou para a família e pediu um resgate. Nenhum criminoso que acaba de fugir da prisão faz esse tipo de coisa. Como eles saberiam o telefone da casa da vítima? E não posso esquecer também que a Ana Clara foi tirada de dentro da escola por alguém que a conhecia. Ou seja, a versão da polícia era tão absurda que seria impossível continuar com ela. Logo eles iriam retomar o trabalho que começamos lá na delegacia, ouvindo os familiares e o pessoal da escola. Ninguém vai acreditar na versão oficial. O problema é que já se passaram três dias desde que encontraram o corpo da menina. De lá pra cá, eu e a Vera Hermano já colhemos um caminhão de novos indícios e provas sobre o crime, mas estamos de mãos amarradas porque não podemos interrogar ninguém. Enquanto isso, os assassinos apagam os vestígios e montam os álibis. Acho que chegou a hora de sentar com o pessoal do jornal e montar uma reportagem denunciando todo o esquema. Se não fizermos isso agora, eles darão mais tempo para que o autor ou os autores do crime possam se safar."

Saí do banho, liguei para o Geramundo e marquei um encontro no lugar de sempre. Ele perguntou: "Na segunda opção?". Eu disse: "Sim!". Por questões de segurança, trocamos "o lugar de sempre" por outro, próximo dali, mas escondido de possíveis arapongas. Não se tratava de paranoia, não. Eu não sabia se o pessoal da cúpula tinha engolido o meu plano de, aparentemente, ficar fora das investigações e fazer uma apuração por dentro, com a ajuda da Vera Hermano.

Quando me preparava para sair de casa, recebi um telefonema do meu chefe.

"Tenho um presente para você, Tino Torres."

E me disse que havia conseguido, de um amigo que trabalhava na Delegacia de Homicídios, e que seria "nosso homem" lá dentro, dois novos depoimentos feitos pela equipe: da Sabrina, namorada do Júlio, e de um motorista de táxi que teria procurado a polícia para dizer que viu um homem com uma menina parecida com Ana Clara tomando sorvete em uma lanchonete na cidade de Sobradinho, a uns 20 quilômetros de Brasília, no dia em que ela desapareceu, por volta das seis e meia da tarde.

Anotei todos os dados que o delegado tinha sobre os dois depoimentos. Peguei o telefone e fiz uma rápida pesquisa junto à empresa de ônibus da cidade para saber os horários das linhas que faziam o trajeto entre a avenida que passava em frente ao colégio de Ana Clara e a cidade onde ela supostamente foi vista pela última vez. Vi que seria impossível ela ser levada de ônibus até lá, naquele horário, sem ser vista. Ela foi retirada da escola por volta das 17h45 e o próximo ônibus só passou no local às 18h15. Do colégio até a cidade, a viagem costumava durar 50 minutos.

"Eles foram de carro", pensei.

Decidi ligar para a casa do motorista de táxi. Chamava-se João Elpídio. Fui informado de que ele estava trabalhando. Decidi ligar novamente para o Geramundo e adiar o encontro para um pouco mais tarde.

"Vou atrás de uma informação e te encontro às 20h no lugar combinado."

Era fim de tarde, o mesmo horário em que Ana Clara havia sido levada da escola. Decidi ir até a sorveteria citada pelo motorista no depoimento. Sobradinho é uma cidade próxima do Plano Piloto, mas naquele tempo o acesso era mais difícil do que hoje. Em compensação, havia menos carros. Em meia hora cheguei à cidade e, perguntando nas ruas, consegui encontrar fácil a sorveteria.

O lugar estava vazio. Reparei que havia apenas uma bela mulher sentada em uma mesa nos fundos da loja, além de um casal com duas crianças que tomavam sorvete.

Conversei com o dono da sorveteria, um pernambucano muito simpático, que disse que conhecia o motorista.

"O João Elpídio fica naquele ponto de táxi", disse ele, apontando para uma casinha embaixo de uma frondosa árvore.

Aproveitei para perguntar se ele teria visto uma menina parecida com Ana Clara. Mostrei a foto dela, e ele foi enfático:

"Vi, sim. O João Elpídio conversou comigo antes de procurar a polícia. Era a menina sim. Ela estava com o uniforme do colégio. Me chamou atenção porque eu tenho um sobrinho que estuda naquela escola. Achei estranho uma menina como ela com um homem mal encarado daquele tomando sorvete no horário da escola".

Perguntei mais sobre a aparência do homem, se ele já tinha sido visto por ali outras vezes etc.

"Era um cabra alto, de rosto fechado. Tinha umas costeletas grandes e vestia calça jeans, casaco e bota de couro. Até pensei que fosse motoqueiro, mas os dois saíram de carro. Se não me engano, era um carro marrom."

Agradeci ao sorveteiro, que se chamava Juvenal, e fui falar com o João Elpídio. Ele estava jogando xadrez com outro colega embaixo da árvore.

"Esse cara deve ser bom", pensei. "Xadrez é coisa de gente inteligente."

Apresentei-me, mostrei o distintivo da polícia e João Elpídio se mostrou desconfiado.

"Já procurei a polícia e falei tudo o que sabia", disse ele. "O senhor trabalha na Delegacia de Homicídios?"

Pedi licença ao colega com quem ele jogava xadrez, chamei-o num canto e expliquei. Disse que não trabalhava na Homicídios, que trabalhava na Delegacia da Asa Norte e que eu fui a primeira pessoa a receber a denúncia do desaparecimento da menina. "Estou fazendo uma investigação paralela", disse, "pois não acredito que Ana Clara tenha sido vítima de um criminoso comum, de um foragido da prisão, como acredita a Polícia Civil".

A decisão de falar a verdade com aquele homem foi um ato arriscado da minha parte. Mas, não sei por quê, eu confiava nele. Talvez pela iniciativa que ele teve de procurar a polícia para falar sobre o que viu na sorveteria, talvez pela cara, talvez pelo jogo de xadrez. Não sei, mas alguma coisa me dizia que eu podia confiar nele. Falei que tinha um palpite de que Ana Clara teria sido levada para algum lugar naquela região, e que em seguida seu corpo foi levado para o terreno baldio na Asa Norte.

Ele acenava com a cabeça, concordando com o que eu dizia. Disse que o tal homem entrou em um carro marrom com a menina e que saiu cantando pneu do local. Disse também que, mesmo antes de saber do crime e de ver a foto de Ana Clara nos jornais, já havia desconfiado daquele homem. "Se eu fosse um policial, eu teria chegado junto e pedido um documento: ia querer saber se ele era o pai daquela menina... sei lá. Vocês podem fazer isso, não podem?"

Respondi que sim. Que, no linguajar policial, isso recebia o nome de abordagem para averiguação. Eu fazia muito isso, principalmente quando via jovens desacompanhadas em estabelecimentos noturnos ou meninas acompanhadas de homens mais velhos em situações fora do comum.

"Lembro que uma vez peguei um cara que estava levando uma menina de 13 anos para morar na roça. Ele tinha "comprado" a menina dos pais. Disse que iria casar com ela e dar um lar para ela. Ele devia ter uns 50 anos. Encaminhei os dois ao Juizado de Menores, e descobriram que o cara tinha várias passagens pela polícia. Difícil foi levar a menina de volta para casa e convencer os pais a aceitarem a nova situação."

"Acontece de tudo", disse o João Elpídio.

O motorista mostrou que estava disposto a ajudar. Perguntei por que não constava no depoimento dele à polícia o carro marrom. Ele disse que falou sobre isso à polícia e que inclusive passou o número da placa, mas havia jogado o papel fora. Senti novamente aquele frio na barriga. Se retiraram do depoimento a informação sobre o carro usado pelo suposto sequestrador de Ana Clara, é porque haviam descoberto alguma coisa sobre o dono do carro e preferiram poupá-lo.

Na verdade, o trabalho da cúpula da polícia estava sendo no sentido de acobertar os verdadeiros autores do crime e dar tempo ao tempo para que eles sumissem ou forjassem álibis e contraprovas. A situação estava escancarada. Com as informações daquele taxista, se minha suspeita fosse verdadeira, seria possível chegar rapidamente ao autor do crime. Perguntei se ele não conseguiria se lembrar da placa do carro. Ele disse que não, mas deu ideia de quem poderia ajudar. Antes de falar, pediu o meu compromisso de que preservaria a pessoa que poderia ter esse número anotado em algum lugar.

Achei estranho o pedido, mas disse que sim. João Elpídio me levou a um bar que ficava ao lado da sorveteria e me apresentou a uma bela mulher que estava sentada em uma mesa retirada. Notei que era a mesma que eu havia visto na sorveteria uns dez minutos antes.

"Esta é a Marli. É ela quem faz nossos joguinhos do bicho todos os dias. Ela deve ter anotado a placa do carro. É comum as pessoas daqui jogarem as placas dos carros estranhos que aparecem na região. Marli, o Tino Torres é cana, mas pode ficar tranquila que ele não vai te fazer mal não. Ele só quer saber o número da placa daquele carro dirigido por aquele cara estranho, que levava aquela menininha linda, lembra? Acho que comentei com você."

Ela me olhou com olhos desconfiados, mas dei um sorriso, seguido de um "Boa tarde!", que desmontaram a carranca. Ela abriu a bolsa e tirou lá de dentro vários caderninhos de apostas. Perguntou o dia em que o carro tinha sido visto por ali. Respondi sem pensar muito: "10 de setembro". Marli voltou várias folhas de um dos caderninhos e chegou a um comprovante cor de rosa.

"Acho que foi esse", disse e mostrou antes ao João Elpídio.

"Foi esse mesmo!", ele completou. "Lembro que o número da placa lembrava alguma coisa do meu endereço. Você falou que eu deveria apostar no bicho e eu disse que não, que não gostava de jogo, que você sabia disso, a não ser xadrez".

Marli riu e disse que no dia em que xadrez desse algum dinheiro ela poderia pensar em aprender a jogar. João Elpídio disse que estava à disposição para ensinar e piscou para mim. Eu não pude evitar um gracejo e afirmei que, se ela precisasse de um parceiro para aprender junto, eu topava, pois também não sabia nada de xadrez. Ela finalmente riu para mim e disse que iria pensar no meu caso.

Peguei com ela o número da placa do carro marrom. Fiz mais algumas perguntas aos dois sobre o homem, de forma que eu fizesse uma espécie de retrato falado mental. Perguntei se eles viram em que direção teria ido o homem, além de outros detalhes sobre o carro. Quando eu estava de saída, Marli me chamou, pediu o papel de volta e anotou atrás alguma coisa.

"Meu telefone de casa. Se precisar de mais alguma coisa, é só me ligar."

"Caramba! Como rendeu aquela tarde!", pensei. "Em hora e meia consegui mais informações sobre o suposto assassino do que em três dias de investigações. E para completar havia conhecido uma dona que era um sonho para qualquer homem solitário como eu".

Despedi-me dos dois, com beijinhos na bochecha de Marli, e fui embora. Antes passei na sorveteria e agradeci ao seu Juvenal. Ele me disse uma frase que me deixou preocupado:

"O senhor vai com coragem porque essa história tá me cheirando muito mal."

Capítulo 13

Não sou do tipo fascinado pela tecnologia, mas reconheço que algumas maquininhas facilitam muito a nossa vida. Imagino-me em 1973 trabalhando com todo o aparato atual e sei que a história seria outra. Naquela época, não existia fax, celular e muito menos internet. Para conseguir qualquer informação, era preciso recorrer a mil expedientes, alguns pouco ortodoxos.

Eu precisava saber urgentemente quem era o dono do tal carro marrom que provavelmente pertencia ao sequestrador de Ana Clara, saber também seu endereço e a ficha policial do indivíduo. Tudo isso antes de encontrar o Geramundo, para tentar estampar algum furo no jornal do dia seguinte e provocar uma reviravolta no caso. Mas eu estava no caminho de volta para a delegacia, sem qualquer meio de comunicação, pois usava o meu carro particular, e sem apoio oficial para a investigação, a não ser a cumplicidade do meu chefe. Antes de deixar a sorveteria ainda tentei falar com Vera Hermano pelo telefone, mas ela estava fora da sala dela. Também tentei falar com o Geramundo e não consegui. Olhei no relógio e vi que faltavam 15 minutos para as 19 horas. "Daqui a pouco, o Departamento de Trânsito fecha e não conseguirei as informações de que preciso", pensei.

Tive então que usar o tal método pouco ortodoxo. Estacionei o carro em um posto de gasolina, fui até o orelhão e liguei para o número central do Departamento de Trânsito. Pedi para falar com o assessor de imprensa do órgão, que eu havia conhecido em um almoço na casa do Geramundo. Apresentei-me, o cara lembrou vagamente de mim e decidi testá-lo. Disse sobre a investigação paralela, que tinha o consentimento da minha chefia, falei sobre o interesse do jornal do Geramundo no caso e pedi que ele me conseguisse com urgência as informações sobre o motorista do carro marrom. Ele pediu que eu aguardasse na linha e demorou alguns minutos, que pareceram horas. Minhas fichas de telefone estavam acabando, até que ele retornou. Disse que seria muito difícil, que esse caso estava nas mãos da Delegacia de Homicídios e que qualquer pedido de informação deveria passar pelo diretor geral do órgão.

Tampei o fone do aparelho e soltei um palavrão. Pedi que ele ligasse para o Geramundo e explicasse a situação, pois eu estava no meio da rua, falando de um orelhão, e tínhamos pouco tempo para agir. Ele continuava irredutível, mas disse que ligaria para o jornal e pediu que em dez minutos retornasse para ele.

"Não posso", disse eu. "Minhas fichas acabaram e estou perto de Sobradinho. Levarei pelo menos uma meia hora para chegar à delegacia. Converse com o Geramundo e me ligue nesse orelhão que eu aguardarei aqui", disse e passei o número para ele.

Se ele conseguisse falar com o Geramundo, eu teria uma chance de conseguir as informações ainda no dia. Esperei dez minutos e nada. Decidi então ligar a cobrar para a casa da Vera Hermano. Atendeu a empregada, que informou que a Dona Vera só chegaria mais tarde. Pedi que ela ligasse para o trabalho da patroa e passasse um número de telefone do Tino Torres, para ligar com a máxima urgência. Ela titubeou: "A Dona Vera não gosta que ligue no trabalho...". Eu quase explodi com a pobre da mulher. Disse que era uma emergência e que, se a "Dona Vera" soubesse que ela não quis passar o meu recado, a coisa ir ficar feia para o lado dela.

Ela respondeu com um "Sim, senhor" e desligou o telefone. Menos de um minuto depois, o telefone tocou, e era Vera.

"Graças a Deus, você ligou, Vera", eu disse. Expliquei tudo e ela foi de uma praticidade que me animou.

"Passe-me o número da placa. Tenho uns contatos lá no Departamento de Trânsito que poderão nos ajudar. Aquele assessor de imprensa pode ser amigo do seu amigo, mas é um bundão. Não vai nos ajudar. Se ficar calado, já ajuda. No máximo em trinta minutos eu terei os dados, pode deixar."

Fiquei animado com a conversa. A Vera era realmente a parceira ideal para tocar esse caso. Calculei que o tempo que ela levaria para conseguir as informações seria o mesmo que eu teria para chegar à delegacia e conseguir um carro com motorista, rádio e tudo aquilo de que eu precisava para ir atrás daquele carro marrom. Botei o telefone no gancho e caminhei até o meu carro, quando ouvi o aparelho tocando. Corri para atender, mas desligaram.

"Bom, se foi o 'bundão' do assessor de imprensa que ligou, já era. Quando chegar à delegacia, tento falar novamente com o Geramundo e explico toda a situação. Vou sugerir que ele reserve a manchete da capa para o caso Ana Clara", pensei, falando em voz alta para mim mesmo. Eu precisava ouvir alguma voz, mesmo que fosse a minha, para ganhar coragem.

Mal pisei na delegacia, o telefone da minha sala tocou. Era a Vera Hermano com uma bomba nas mãos.

"Tino, o negócio é mais complicado do que eu pensava. Mas não dá para conversar por telefone, não. Onde podemos nos encontrar?"

Pensei um pouco antes de responder. Se eu sugerisse que o encontro ocorresse na redação do *Diário Brasiliense*, e alguém estivesse na escuta, eu estaria envolvendo o pessoal do jornal na investigação paralela. Por outro lado, se os resultados da nossa investigação fossem mesmo publicados no jornal, a ligação entre nós e a redação do *Diário* ficaria óbvia. Meu temor era que o fato de conversar sobre o assunto por telefone, naquele exato momento, pudesse atrapalhar nosso esforço para publicar as novas informações na imprensa, desencadeando algum processo de censura prévia ao material, o que era muito comum naqueles tempos.

"Vou pegar uma viatura e passo aí para te buscar. No caminho, vamos conversando", sugeri.

Corri até a sala do Dr. Fontoura, que estava atendendo dois advogados de um preso. Ele se levantou da cadeira e me levou até a porta da sala, onde pudemos conversar sem sermos ouvidos. Expliquei que precisava deixar novamente a delegacia. Daquela vez, com viatura e motorista.

"Encontrou alguma coisa?", ele perguntou.

"Parece que sim. Depois te explico os detalhes. Mas vou precisar da sua autorização para liberar algumas informações para os nossos colegas da imprensa."

"Puxa, Tino, você me coloca em cada fria. Precisamos mesmo passar isso agora para a imprensa?"

"Não temos outra opção, chefe. Eles estão apagando todas as provas e acobertando os suspeitos. Se a imprensa não nos ajudar, a investigação vai ficar travada. Confie em mim: é só o que peço."

O delegado olhou para os sapatos, depois para o teto, coçou o queixo, enfiou as mãos nos bolsos e me olhou diretamente nos olhos.

"Faça como achar melhor. Mas não repasse nenhuma informação sem provas, entendeu? Nada de suposições ou impressões. Trabalhe apenas com os fatos que você conseguir recolher. Assim teremos como nos proteger se o porrete vier lá de cima."

"E virá, chefe, pode ter certeza."

Entrei na viatura com o Eduíno e seguimos em direção ao prédio do Instituto de Criminalística, onde pegaria a Vera e de lá iríamos até o jornal. No caminho tive uma conversa séria com ele, o experiente motorista da delegacia da Asa Norte, que se tornara uma espécie de investigador assistente dos agentes. Expliquei que tudo o que eu e a Dra. Vera conversássemos dentro do carro deveria ser guardado em total sigilo.

"Estou fazendo uma investigação sobre aquele caso da menina Ana Clara. O Dr. Fontoura não acredita nessa história contada pela Secretaria de Segurança e me autorizou a ir atrás de outras informações."

"Tá me estranhando, Tino Torres? Dentro dessa viatura eu sou um robô. Dirijo e obedeço às ordens de vocês. Mas quer saber de uma coisa? Eu também não acredito nessa história de que ela teria sido confundida com outra criança ou de que foi vítima de um maníaco foragido da prisão. Aquilo que fizeram com a menina foi coisa de bandido grande e teve a participação de gente conhecida dela."

"Eu também acho, Eduíno, mas ainda não entendi por que fizeram isso."

"Eu tenho um palpite, Tino: entorpecentes. Essa menina deu azar de ser escolhida por algum traficante de drogas. Esses caras que vendem drogas são muito violentos. E, quando misturam comércio com consumo, então, eles perdem os limites. Vi o jeito do irmão dela, quando apareceu aqui na delegacia. Ele estava escondendo alguma coisa. Talvez tivesse uma dívida com os traficantes e os caras descontaram na pobre da irmã dele."

Concordei com a opinião do Eduíno. De fato, fazia sentido o que ele dizia. Explicava não apenas o sequestro de Ana Clara, mas também o pedido frustrado de resgate, o suposto envolvimento do irmão da menina e a morte violenta, como uma espécie de condenação aplicada pelo tráfico de drogas.

"Você tem razão, Eduíno. O único problema é que não posso trabalhar com palpites. Preciso fornecer apenas fatos que eu possa provar. Por outro lado, sem esses palpites, as coisas não fazem sentido. Vou ficar te devendo essa."

"Nada que uma feijoada não possa pagar", disse Eduíno e soltou uma sonora gargalhada.

"Tá fechado", eu disse, "mas, além dos palpites, preciso de mais um favor seu. Colocaram aquele tal do Miro para me vigiar. Felizmente, parece que ele engoliu a isca que joguei. Ele pensa que estou envolvido com tarefas burocráticas da delegacia. Se ele te perguntar alguma coisa sobre mim, por favor, reforce isso."

"Se preocupe não, Tino. Aquilo é burro feito uma porta. Colocaram o cara errado pra te vigiar."

Além da Vera Hermano, eu havia acabado de encontrar mais um colega que poderia ajudar nessa investigação. Eduíno seria o parceiro ideal para o trabalho: experiente, inteligente, discreto, que não levantava suspeitas de ninguém, em razão de uma falsa aura de ingenuidade que parecia ter. E era de uma fidelidade canina com o Dr. Fontoura, que o trouxera para a polícia.

Capítulo 14

Vera Hermano entrou na viatura e imediatamente impregnou o ar com seu perfume. Eduíno respirou fundo e deu um sorriso.

"Boa tarde, Dra. Vera! Vá desculpando o estado da nossa viatura", disse ele.

Vera pareceu ter gostado da gentileza, pois devolveu o cumprimento e em seguida olhou para mim com um misto de sorriso e surpresa.

"Podemos conversar sobre a investigação na frente do Eduíno, Vera. Aliás, ele tem um ótimo palpite sobre as razões do crime."

Resumi para ela o que havia conversado com Eduíno. Ela respondia apenas balançando a cabeça afirmativamente. Quando terminei,

Vera ficou em silêncio. Abriu a bolsa, tirou lá de dentro o batom, passou nos lábios, em seguida tirou um espelhinho da bolsa, abriu, retocou o que havia feito, ajeitou os cabelos, fechou o espelhinho, guardou tudo de volta na bolsa. Olhou para nós dois e disse apenas: "Que tempo seco, meu Deus! Meus lábios estão arrebentados".

Vi que ela estava fazendo aquilo para ganhar tempo e pensar no que iria dizer. Mas minha ansiedade era tanta que não pude deixar de cobrar uma opinião.

"E aí, você não tem nada a dizer? Concorda com essa tese?"

"Claro que concordo. Acho que o Eduíno entendeu toda a história. E as informações que eu consegui corroboram a tese. Mas, antes que eu prossiga, eu preciso ter certeza de que estamos fazendo a coisa certa."

"Como assim, Vera?", perguntei.

"Tino, o assassinato da Ana Clara provavelmente envolve criminosos da pesada, ligados ao tráfico de drogas. Mas não apenas isso. Envolve também consumidores de drogas da pesada. Não é à toa que a cúpula da Polícia Civil está fazendo de tudo para acobertar o caso. Você sabe disso. Antes eu achava que tudo não passava de uma tentativa de evitar a histeria da população, a velha censura política com medo de que o caso Ana Clara pudesse trazer pânico e alguma instabilidade social. Recentemente, foi assassinada uma menina no Espírito Santo, em condições parecidas com as da Ana Clara, envolvendo gente rica do estado."

"A menina Araceli", eu disse.

"Sim", disse Vera. "E você vê como o governo trata essa questão da meningite, que virou uma epidemia, mas a imprensa não pode tratar do assunto?"

Era verdade. Durante semanas, o governo tentou abafar um surto de meningite que assolou a capital da República. O resultado é que, em razão da falta de informações, o surto virou epidemia, dezenas de crianças morreram e só então o Ministério da Saúde lançou uma campanha de vacinação emergencial. Ainda assim, quando surgia um caso novo, que havia escapado da vacinação, a imprensa era impedida de citar.

"Quem abafa um surto de meningite pode abafar qualquer outra coisa", disse ela.

O frio na barriga voltou. Perguntei-me se eu teria forças e coragem para continuar naquela investigação. Sempre me achei um cara fraco, sem muita capacidade de decisão. Fui impelido a fazer essa investigação paralela pelas circunstâncias. E agora, passados poucos dias do assassinato de Ana Clara, descobria que a manipulação do assassinato da menina poderia encobrir algo bem maior.

"Então, o que temos aí nesse caderninho?", perguntei a Vera, sabendo que ela se preparava para abrir a agenda e soltar as informações que havia descoberto junto ao Departamento de Trânsito.

Ela pigarreou, abriu a agenda, pegou um lápis que estava marcando a página procurada e começou a falar.

"Não sei por onde começar. Bom, vamos lá. Você disse que a Ana Clara foi vista, uns 40 minutos depois de ser levada do colégio, em uma sorveteria na cidade de Sobradinho, na companhia de um homem cuja descrição bate com as informações dadas pela faxineira da escola, a única pessoa que realmente viu o sequestrador, ainda que de costas."

Confirmei com a cabeça. Ela prosseguiu.

"Segundo testemunhas ouvidas em Sobradinho, o suposto sequestrador entrou com a menina em um carro marrom, placa tal, e seguiu em direção ao norte da cidade."

"Isso mesmo", eu disse.

"Os poucos vestígios de marcas de pneu de carro que encontrei no local onde foi deixado o corpo de Ana Clara conferem com essa informação. Voltei lá com um assistente e fiz moldes de gesso das marcas dos pneus de carro. Mostrei o material a um borracheiro e ele disse que aqueles pneus eram de um carro da mesma marca. Eu não disse nada. Apenas mostrei, e ele confirmou. E completou: 'os pneus são novos'."

Respirei fundo, pois sabia que viria coisa mais pesada pela frente. O Eduíno interrompeu Vera para dizer que, como o carro era único na categoria, não era muito difícil identificar as marcas do pneu. Vera agradeceu a informação e continuou.

"Agora vem o principal. O carro pertence a um sujeito chamado Jair Amâncio da Costa, morador de Sobradinho. A ficha dele é limpa, eu chequei. Mas o carro recebeu três multas de trânsito nos últimos meses e nos três casos quem estava dirigindo não era o Jair, mas outra pessoa. Eu sei disso porque o motorista foi pessoalmente ao Departamento de Trânsito pagar as multas. Se não era ele quem dirigia, certamente foi ele que pagou as multas, talvez no lugar do verdadeiro motorista."

"Quem é a pessoa?", perguntei.

Vera suspirou fundo. "É um nome comum: Antônio da Silva Neto. Mas peguei os dados da habilitação de motorista e pedi mais informações. Elas chegaram minutos antes de vocês estacionarem para me buscar."

"Puxa! Que suspense, Vera! Desse jeito minha gastrite vai queimar até o pescoço."

Ela riu. Em seguida, ficou séria e começou a falar.

"Esse Antônio da Silva Neto é motorista particular. Quem assina sua carteira é uma mulher chamada Josefina Maria Neves da Fonseca."

"Esse nome me soa familiar", respondi.

"Claro que sim: é a esposa do senador Neves da Fonseca, um dos políticos mais influentes do Congresso Nacional, líder do partido do governo."

Uma geleira tomou conta do meu estômago.

"E tem mais...", ela disse. "Por coincidência, uns dois meses atrás, meu irmão, que é médico, foi convidado para uma festa junina numa chácara em Sobradinho. E sabe de quem era a chácara – na verdade, um sítio com haras e o escambau? Do senhor senador Neves da Fonseca. O senador mantém esse sítio em sociedade com o ministro Júlio Batista de Andrade. O famoso JB, pai do 'Jotabezinho', um dos maiores playboys da cidade. Que, por sinal, é muito amigo do filho do senador, claro, uma vez que os pais são sócios. Brasília é um mundinho pequeno, Tino Torres. Todo mundo se conhece, especialmente na alta roda."

"Você acredita que a menina tenha sido morta nesse sítio, é isso?", perguntei.

"Vamos com calma. Por enquanto, é apenas uma suposição, mas muito forte. Se temos dois figurões da República, ou os filhos deles, o que é mais provável, envolvidos com o crime, então isso explica todo o sigilo da investigação promovida pela cúpula da Polícia."

Toda essa conversa se deu com a viatura em movimento, na viagem entre o local onde Vera trabalhava e o bar onde Geramundo me esperava. Expliquei para Vera qual era o meu plano: liberar as informações que tínhamos para o *Diário Brasiliense* e, dessa forma, criar um fato e impedir que a nossa investigação fosse atropelada mais uma vez.

Ela pediu uns minutos para pensar. Olhou para o Eduíno, clamando por sua opinião, olhou de volta para mim e soltou: "Sei não, acho precipitado...".

"Mas não temos alternativa, Vera", respondi. "Precisamos de um mandado judicial para entrar naquele sítio. Você acha que alguém da promotoria vai nos ouvir? Meu plano é passar apenas algumas informações para o jornalista. Com isso, ele poderá dizer que um setor da Polícia Civil trabalha com outra hipótese no caso Ana Clara, envolvendo traficantes de drogas e pessoas conhecidas da cidade, e que já teria inclusive alguns suspeitos. Se essa reportagem sair, amanhã toda a imprensa vai correr atrás do assunto e nós teremos mais alguns dias para recolher outras provas."

Vera concordou. Nós dois olhamos ao mesmo tempo para Eduíno, para ouvir o que ele tinha a dizer. Ele apenas soltou a frase: "Vamos em frente, antes que o bicho fuja".

Capítulo 15

Era início da noite de uma sexta-feira, e o Diário Brasiliense começava a fervilhar com a chegada dos repórteres que traziam as notícias da rua, além de redatores, editores e diagramadores que já trabalhavam no fechamento das primeiras páginas que seguiriam para a sala de fotolitos. De lá, o material seria enviado para a fotomecânica, para a confecção das placas que iriam ser acopladas à impressora, uma rotativa de fabricação alemã. Em meados dos anos 1970, os jornais brasileiros eram todos em preto e branco; portanto a impressão exigia apenas "uma passada na máquina", o que permitia fechar o jornal mais tarde. Ou seja, a oficina podia esperar a notícia até o início da madrugada. Hoje, os jornais fecham mais cedo, por questões econômicas e porque o computador e a internet facilitaram as coisas.

De acordo com a tradição do jornal, o primeiro caderno a ir para a gráfica era o de Cultura, seguido por Classificados, Esportes e Cidades, que trazia também o noticiário policial. Por último, seriam impressos os cadernos de Economia e o Primeiro Caderno, que, além da capa, trazia as notícias de Política e Internacional e os artigos de Opinião. Aprendi tudo isso com o Geramundo, pois naqueles dias eu vivi parte das minhas noites e madrugadas na redação do jornal.

Pelo adiantado da hora, cancelei a minha conversa com o Geramundo no bar e seguimos direto para o jornal. Quando chegamos à sala do editor-chefe do *Diário Brasiliense*, o caderno de Cidade já estava quase todo pronto. A pedido de Geramundo, reservaram meia página para a matéria sobre o caso Ana Clara, que há dois dias não aparecia nos jornais.

"Impressionante. Já esqueceram a morte da menina", cochichou Vera Hermano para mim.

Adalberto Figueira Martins, o editor de polícia do jornal, parece ter adivinhado o comentário de Vera, pois tentou explicar-se.

"Depois da prisão dos dois traficantes suspeitos de terem assassinado a menina, a polícia não soltou mais nenhuma informação sobre o caso. Ninguém da família quis comentar o assunto e a promotoria está aguardando a conclusão do inquérito para começar a trabalhar. Ou seja, estão todos de acordo, com exceção de vocês, claro", disse Adalberto, olhando para mim.

Geramundo chegou em seguida, com Osvaldo Quintana, editor-chefe do jornal. Cumprimentou-me, foi apresentado a Vera, a quem conhecia apenas de nome, e deu um forte abraço em Eduíno, velho amigo de copo e futebol.

"Com esse trio vamos longe, Dr. Quintana. Acho melhor reservar pelo menos uma página no caderno de Cidade e a manchete da capa."

"Vamos devagar, Geramundo", disse Adalberto. "Não podemos,

depois de quase uma semana sem dar notícias novas sobre a morte da Ana Clara, soltar uma bomba dessas do nada, apenas com as informações repassadas pelos nossos colegas aqui da polícia. Preciso de fotos, de entrevistas, ou pelo menos de desenhos explicando a nova versão do crime, segundo o relato que você me antecipou".

"Acho que o Adalberto tem razão, Geramundo", ponderei. "Ainda não concluímos nossa investigação. A ideia é escrever algo menor hoje, apenas para ocupar o terreno e esquentar novamente o assunto. Lembro que você disse que tem um promotor amigo. Ele poderia questionar a versão oficial e exigir uma nova frente de investigação, baseado nas informações que passaremos a vocês. O que acha?"

Geramundo não gostou do que ouviu. Ele imaginava soltar uma bomba no dia seguinte capaz de abalar a cúpula da Polícia Civil e, quem sabe, permitir a entrada dos Federais no caso por se tratar de crime envolvendo o tráfico de drogas, além da suposta participação das autoridades do governo, que apareceria em um segundo momento.

Osvaldo Quintana tentou mediar o assunto. "Acho que eles têm razão, Geramundo. Vamos com calma. Vamos manter a meia página no caderno interno e colocar uma submanchete na capa do jornal, de forma a assustar o pessoal da cúpula. Com isso, o nosso pessoal da polícia ganha tempo para terminar a apuração sem levantar muitas suspeitas."

"Meu medo é que a publicação desse material sirva apenas para alertá-los de que tem um grupo dentro da polícia boicotando o pacto de silêncio. Eles poderiam facilmente fechar as portas para o trabalho do Tino e da Vera e matar o nosso 'furo' em poucas horas. Se for atirar, devemos atirar para acertar o alvo e não para assustar."

Após alguns minutos calada, Vera Hermano pediu a palavra e começou a falar.

"Meia hora atrás, eu também estava com medo de divulgar essas primeiras informações. Mas mudei de opinião e concordo com o Geramundo. Se vamos fazer um ataque surpresa, que seja um ataque mortal. Temos testemunhas que viram Ana Clara com um homem em Sobradinho pouco depois de ser levada do colégio. Temos a descrição da funcionária do colégio que bate com a descrição do taxista. Temos as marcas do pneu no local onde o corpo de Ana Clara foi encontrado, que conferem com o carro citado pela testemunha, e temos material coletado no terreno baldio, fios de cabelo e impressões digitais, que poderiam demonstrar se, de fato, os dois homens presos participaram do assassinato da menina. Vamos agir em duas frentes: montando uma nova versão sobre o crime e colocando em dúvida a versão oficial."

"E, afinal, qual seria a nova versão?", perguntou Adalberto.

"Fale você, Tino", disse Vera.

Limpei a garganta, olhei para o Geramundo, que se sentia animado com a fala de Vera, e expliquei:

"Isso que a Vera falou é verdade. Temos todas essas provas materiais e testemunhais. Mas nossa hipótese, que foi formulada pelo Eduíno, ainda carece de informações, mas é bastante plausível. Ana Clara foi sequestrada para saldar uma dívida do irmão dela com o tráfico de drogas. Os caras tentaram arrancar dinheiro da família Mattoso, que é uma família de classe média (média baixa, na verdade), e viram que entraram numa furada. Mas aceitaram a Ana Clara como uma espécie de pagamento macabro pela dívida contraída. Na verdade, isso é típico dessas novas quadrilhas de traficantes que existem nas grandes cidades brasileiras e que pelo visto estão chegando a Brasília: quem pisa na bola com eles é morto. No caso, eles fizeram um acordo e aceitaram a Ana Clara como pagamento."

"Meu Deus, mas essa história é escabrosa", disse Osvaldo Quintana. "Mataram uma menina de sete anos por causa de uma dívida?"

"É essa a nossa hipótese, Dr. Quintana", respondi. "E não sei se o Geramundo comentou com o senhor sobre quem estaria por trás disso tudo."

"Preferi deixar essa parte para você, Tino", disse Geramundo.

"Pois é... Tudo leva a crer que tem filho de gente graúda envolvido no crime", eu disse.

"Isso explica por que a cúpula da Polícia Civil estaria tentando acobertar o caso", disse Adalberto.

Osvaldo Quintana trocou olhares com Adalberto e Geramundo. Pediu licença e chamou os dois a um canto. Depois de quase cinco minutos confabulando, os três voltaram com a decisão.

"Vamos dar todo destaque ao caso", disse o editor-chefe do jornal. "Quero que vocês três conversem com o nosso desenhista, que vai fazer uma arte mostrando como aconteceu a morte de Ana Clara, segundo a hipótese de vocês. Está claro que a prisão dos dois fugitivos foi uma cortina de fumaça. Os caras eram assaltantes de banco e não tinham conexão com o tráfico de drogas. Vamos contar em detalhes tudo o que vocês conseguiram recolher, sem citá-los nominalmente. O Geramundo vai escrever a matéria. E eu vou ligar para o chefe da promotoria, que parece ser um cara sério. Vou alertá-lo sobre a reportagem. Vou também pedir garantias para que vocês três continuem as investigações."

Não é preciso dizer como ficou o meu estômago depois das palavras do editor-chefe do Diário Brasiliense.

Capítulo 16

Quando deixamos o jornal, já passava da meia-noite. Depois de quase duas horas conversando com o Geramundo e o desenhista do jornal, fomos jantar na sala do editor-chefe. Ele ligou para o restaurante Roma e pediu filé à parmegiana para todos, além de refrigerante. Foi um momento de descontração que me permitiu conhecer melhor as ideias de Osvaldo Quintana sobre o Brasil. Ele não era exatamente um opositor ferrenho, mas não gostava dos rumos do regime.

"O Castelo Branco errou ao deixar a linha dura tomar conta do governo. Deveriam ter mantido as eleições diretas e negociado uma chapa de centro com o apoio do Juscelino e do Lacerda. Afastariam os radicais da esquerda e da direita e colocariam o país novamente nos trilhos da democracia", disse.

Eu não ousava discutir política com o poderoso editor-chefe do *Diário Brasiliense*, mas tinha lá minhas ideias sobre o assunto. Para mim, os militares demoraram a tomar o poder (vinham tentando desde a saída de Vargas, em 1945) e, agora que conseguiram, não iriam deixá-lo tão fácil.

Lembro-me de que arrisquei algumas ideias: "No fundo, Dr. Quintana, eu vejo esse movimento como mais um racha nas nossas elites. Um grupo que estava fora do poder, que não participava das grandes decisões e que assistia de camarote à briga entre nacionalistas e entreguistas viu que aquele era o momento de tomar as rédeas do país. De certa forma, não foi isso o que aconteceu também em 1930? A diferença é que Vargas e seu grupo foram mais ambiciosos e de fato mexeram na estrutura social do país, apesar dos métodos errados."

"Vamos fazer a revolução, antes que o povo a faça, dizia Antonio Carlos, um grande político mineiro da época. Mas você tem razão, em parte, Tino Torres. No Brasil, o que comanda não é a ideologia, mas as circunstâncias e os interesses contrariados. Mas ainda acho que os militares estavam certos em 1964. Erraram depois, quando se afastaram das lideranças civis", disse Quintana.

"Meu pai costuma dizer que ninguém toma o poder para entregá-lo aos outros", disse Vera Hermano.

"Acho melhor mudarmos de assunto", disse Eduíno. "Esse filé está bom demais para estragá-lo com política."

"Você acaba de citar, talvez sem querer, Eça de Queiroz, meu caro. 'Não estrague a boa mesa com má política', escreveu o grande escritor português", afirmou Quintana.

"Puxa, esse tal de Eça tinha razão, seu Quintana", disse Eduíno e, em seguida, deu uma grande garfada no filé à parmegiana.

Cheguei em casa por volta de duas da manhã e não consegui dormir. "Em poucas horas, o *Diário* estaria nas bancas e a reviravolta no caso Ana Clara me colocaria no *front* da batalha", pensei. De repente, lembrei que havia me esquecido de ligar para o Dr. Fontoura avisando sobre a reunião no jornal e a decisão de publicar as informações imediatamente. "Se ele souber pela imprensa, vai ficar fulo". Resolvi ligar para a casa dele. Já fizera isso outras vezes quando estava de plantão na delegacia e aparecia alguma situação delicada, em que eu precisasse ouvi-lo para tomar alguma decisão.

O telefone tocou várias vezes, até que uma mulher atendeu.

"Desculpe pelo horário, mas preciso falar com o Dr. Fontoura. É Tino Torres, aqui da delegacia."

"Vou chamá-lo", disse a mulher e pousou com estrondo o aparelho em cima da mesa.

"Bom dia, Tino Torres", atendeu bem-humorado o delegado.

"Dr. Fontoura, desculpe pelo horário, mais uma vez. Mas o assunto é urgente. Fiquei reunido com o pessoal do jornal até agora há pouco. Eu, a Vera Hermano e o Eduíno."

"Ué, o que o Eduíno estava fazendo lá?"

"Ele está ajudando muito. Todos os palpites dele estão se confirmando. Na verdade, a tese geral sobre o assassinato é dele, sobre o envolvimento do tráfico de drogas na morte da menina. Não sei se ele conversou antes com o senhor."

"Não, não conversou. Mas tudo bem, eu estou acompanhando o assunto por você. Bom, pelo horário, você não ligou apenas para dizer que esteve reunido com o pessoal do jornal, não é? Isso eu já sabia."

"É que decidimos nessa reunião, inicialmente até contra a minha vontade, que daremos tudo na edição de amanhã, quer dizer, na edição de hoje, que daqui a pouco vai estar na rua. O jornal vai dizer que a Polícia Civil trabalha com uma segunda hipótese sobre o crime, na qual Ana Clara teria sido sequestrada para quitar uma dívida do tráfico e, no final, morta por vingança. E que no crime estariam envolvidos consumidores de drogas, jovens da cidade, filhos de gente rica. Mas não citaremos nomes, ainda. Nossa prova mais robusta é o carro que foi utilizado para levar a menina da escola. Ele pertence a uma pessoa desconhecida, mas era guiado pelo motorista de um figurão da República."

"Quer dizer que eu posso me preparar para apanhar... é isso que você quer dizer?"

"Calma, chefe, nós tomamos algumas medidas para nos resguardar. O Osvaldo Quintana pediu a cobertura do chefe da promotoria. E, além disso, o Adalberto, editor de polícia, que o senhor deve conhecer, vai ligar hoje cedo para algumas pessoas influentes da política que são amigas dele para repercutir o caso e tentar blindar a nossa investigação."

Fontoura fez um silêncio do outro lado, suspirou alto e em seguida fez a pergunta que eu esperava.

"Tino, todo esse esquema montado por vocês tem uma razão de ser. Deve ter mais gente envolvida nesse crime. O que você deixou de me contar?"

"Deixei a melhor parte para o final, chefe. Mas, será que eu posso ir até a sua casa agora? Não sei se posso falar desse assunto pelo telefone."

"Venha logo, então, que eu vou preparar um café pra gente."

O Dr. Fontoura ouviu toda a história em silêncio. Não fez nenhuma intervenção e ficou o tempo todo brincando com a colherinha do café, que por sinal estava muito bom. Quando acabei de falar, ele se levantou da cadeira, deu uma volta pela cozinha e voltou a se sentar.

"Tino, o negócio é muito maior do que eu imaginava. Temos pelo menos dois figurões do governo federal envolvidos no caso. Eles não vão deixar barato. Pode se preparar para o pior. Esse chefe da promotoria, com todo o respeito, é um bobão e não tem qualquer influência política. Não poderá nos ajudar em nada. Conto mais com os contatos que serão feitos pelo Adalberto Figueira. Aquele ali é esperto, sabe onde pisa."

"Pensei também em recorrer à irmã Fabrícia, do colégio em que Ana Clara estudava", eu disse. "Eles querem ver esse crime esclarecido e os verdadeiros culpados presos. E, afinal de contas, a Igreja ainda tem poder. Eu vou procurá-la logo cedo. Ela pode mobilizar pais e professores, fazer algum barulho a nosso favor. Até para obrigar a família de Ana Clara a sair do silêncio."

O delegado concordou com a estratégia e me deu sinal verde para prosseguir.

Deixei a casa do Dr. Fontoura por volta das quatro horas da manhã. Precisava dormir pelo menos algumas horas para poder segurar o rojão que viria pela frente. Mas tomei tanto café que o sono foi embora. Resolvi então tomar um banho morno, trocar de roupa e ficar assistindo à televisão até a hora de sair de casa. Na telinha passava um filme policial antigo, *Relíquia macabra*, com o Humphrey Bogart e a Mary Astor. No auge do suspense do filme, o meu telefone tocou. Olhei no relógio, eram seis e meia da manhã. "O jornal já deve estar nas bancas", pensei, "e o Dr. Fontoura está me ligando para comentar a notícia".

Atendi o telefone e do outro lado uma voz áspera disse apenas uma frase:

"Tino Torres, você é um homem morto."

Em seguida, bateu o telefone no gancho.

Capítulo 17

Em 1973, o grande veículo de comunicação jornalística ainda era o rádio, especialmente quando se tratava do noticiário policial. Corri até a banca da quadra para comprar o jornal e voltei a tempo de ouvir o programa do radialista José Mário, que certamente trataria da reviravolta do crime. "Se ele se posicionar a favor da nova hipótese, nós ganharemos mais um aliado", pensei.

O programa dele era o de maior audiência da cidade. E ele era um tipo audacioso, que enfrentava a polícia, denunciava quem devia denunciar. Com isso, ganhara muitos inimigos dentro da polícia e da própria imprensa. "O Zé é um cara competente. Mas é capaz de passar por cima da própria mãe para dar uma notícia", diziam seus inimigos. Uma referência que, em se tratando de jornalismo, soava como um elogio.

Onze anos depois, o jornalista Mário Eugênio, que seguiu os passos do José Mário, seria vítima da própria audácia. Denunciou a existência de um esquadrão da morte na polícia de Brasília e foi morto a mando da cúpula da própria entidade. O crime, até hoje, não foi totalmente esclarecido. Um dos autores foi preso, mas o verdadeiro mandante do crime foi inocentado por falta de provas.

Esperei a Dona Ilma, proprietária da banca de jornal, terminar de abrir as portas e colocar para dentro a pilha de jornais que estava guardada em um armário ao lado da banca.

"Antigamente, o jornal era deixado aqui na porta. Mas começaram a roubar e eu tive que fazer esse armário", lamentou. "Nossa cidade está a cada dia mais perigosa. O senhor viu a morte daquela menina do colégio de freiras? Meu Deus, onde vamos parar? Eu que não deixo minha filha andar por aí, solta".

Quis explicar a ela que Ana Clara não fora morta por "andar solta pela rua", mas sim que havia sido retirada de dentro da própria escola por alguém conhecido da família. Mas eu estava com pressa. Avancei sobre o jornal, paguei e deixei a banca. Abri o *Diário* e li com calma o título estampado em letras garrafais:

REVIRAVOLTA NO CASO ANA CLARA: POLÍCIA TRABALHA COM HIPÓTESE DE CRIANÇA TER SIDO "TROCADA" POR DÍVIDA DE DROGAS.

A manchete estava boa. Era isso mesmo. Ana Clara fora trocada por uma dívida de drogas. Uma vida que não tinha preço, uma menina na flor da idade, linda, alegre, adorada por todos na escola e completamente inocente entregue de bandeja aos algozes. Imaginei a cena dela tomando sorvete com o sequestrador e me enchi de raiva. "Quem fez isso com ela terá que pagar", falei para mim mesmo e não pude evitar que meus olhos ficassem úmidos.

Caminhei em direção ao meu prédio. No fundo, sabia que eu não teria forças para carregar aquele caso nos ombros. Olhava desconfiado para os lados, temendo que a qualquer momento aparecesse um carro de chapa fria para também me sequestrar. Aquele telefonema logo cedo me intimidando queria que eu parasse as investigações, mas agora não podia mais parar.

"Espero que a Vera e o Eduíno tenham mais coragem do que eu. Não é bem covardia o que sinto. Eu seria capaz de dar a vida para ter aquela menina de volta. É fraqueza mesmo, ou tibieza, como diria meu saudoso pai, que morou boa parte da vida na roça, mas sabia como poucos definir as verdades da alma humana. Vou precisar da sua ajuda, velho", pensei e subi correndo as escadas.

A voz potente do radialista soou pela casa. José Mário anunciava uma reviravolta no caso Ana Clara, leu a manchete do Diário e disse que mais detalhes seriam anunciados no final do programa. E começou a falar de um crime escabroso ocorrido na periferia de Brasília, com a desova de vários corpos de supostos bandidos.

Liguei para a casa de Eduíno, que ainda dormia. "Não acorda ele, não. Diga apenas que Tino Torres ligou". Em seguida, telefonei para Vera Hermano. "Está no banho", disse uma voz de homem. "Será que é o namorado dela? Acho que a Vera não é casada, não", imaginei. Deixei recado e desliguei. Finalmente, liguei para o Geramundo, que foi acordado pelo meu telefonema.

"Puxa, Tino Torres, fui deitar eram quase duas da manhã."

"Sorte sua. Eu não consegui pregar o olho. A manchete ficou muito boa, viu?"

"A manchete quem fez foi o Adalberto. E a minha matéria você leu? Ficou boa?"

"Li sim, está perfeita, sem reparos. Aliás, tenho um reparo sim. Não gostei daquela frase em que você diz que 'pessoas importantes do governo podem estar envolvidas com o acobertamento do caso'. Escreveu isso no final da matéria, sem qualquer explicação, ficou estranho."

"Foi proposital, Tino. Como não podíamos citar os nomes dos filhos do senador e do ministro, que devem estar metidos nessa história até o pescoço, optamos por colocar essa informação no final como uma espécie de senha. Os figurões vão saber que temos dados que os comprometem."

"E qual é a vantagem disso? Eles poderão partir para cima da gente, antes que possamos esclarecer o caso."

"Pode ser, mas a minha ideia, e o Quintana concordou com ela, é que, se não colocássemos isso, eles poderiam tentar negociar com a direção do jornal algum 'cala boca', você me entende? Agora eles sabem que declaramos guerra e que vamos até o fim."

Geramundo tinha razão, mais uma vez. Por isso, ele era o jornalista e eu apenas o escrivão da polícia. Mas me deu vontade de perguntar uma coisa, que acabei guardando comigo. "E se o efeito for contrário? E se a cúpula da polícia e os figurões se juntarem para abafar a investigação, impedindo que possamos chegar aos verdadeiros criminosos?"

Antes de desligar o telefone, falei com ele sobre a ameaça que recebi. Geramundo ficou preocupado e disse que iria ligar para um radialista amigo, pedindo que dissesse isso no ar. "Isso pode te proteger, Tino", disse. "E não ande sozinho. Acho melhor o Eduíno te pegar em casa, nada de ir dirigindo sozinho para a delegacia. Isso serve para Vera também, claro."

Desliguei o telefone e comecei a fazer conjecturas. Precisávamos urgente de uma autorização judicial para entrar no sítio e também de um mandado de busca e apreensão para o carro marrom usado no crime. "Havia também uma moto na história. Precisamos descobrir de quem é essa moto", pensei. E lembrei que o irmão de Ana Clara carregava um capacete quando foi até a delegacia para ser interrogado. De todas as hipóteses, seria a mais terrível: o fato de o próprio irmão ter entregado a menina para os traficantes de droga seria de uma crueldade tremenda. "Mas não podemos descartá-la", refleti.

Depois de quase uma hora, Vera Hermano retornou a ligação.

"Desculpe a demora, Tino, mas eu estava no banho e queria ler o jornal antes de te retornar".

"Desculpe perguntar, mas quem atendeu ao telefone?"

"Meu irmão. Meu pai achou melhor ele dormir aqui em casa. Além de médico, ele é atirador. Sabe usar uma arma melhor do que eu, que sou da polícia".

Fiquei aliviado. Quando liguei para a casa dela e desliguei o telefone, a primeira ideia que me veio à cabeça foi que Vera não era descompromissada, como eu imaginava. Só depois pensei que poderia ser algum estranho que havia invadido a casa dela e que atendeu o telefone para me despachar. "Se tem gente ligando pra minha casa e me ameaçando, pode acontecer o mesmo ou algo pior com ela", pensei. Falei da ameaça recebida e da conversa com o Geramundo. Pedi que ela não saísse sozinha e que, no máximo em trinta minutos, eu e o Eduíno passaríamos para buscá-la. "Se prepare. O dia hoje será quente, menina", eu disse. "Mais quente? Mas eu já estou fervendo", respondeu ela e deu uma risada.

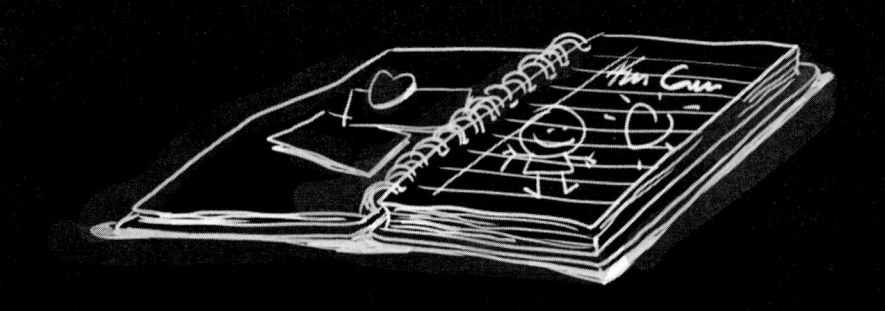

Capítulo 18

Quando chegamos à delegacia, reparei que o carro do Dr. Fontoura já estava por lá. "O chefe madrugou também", eu disse para Vera e Eduíno.

Entramos no prédio baixo e fomos direto para a sala do delegado. No caminho, olhei para dentro da minha sala e vi Miro sentado e lendo o jornal. Ele levantou a cabeça, me encarou e disparou, quase cuspindo:

"É você quem está por trás disso, não é, Tino Torres?"

Ignorei a pergunta e continuei andando, mas ainda consegui ouvir dele um palavrão e uma frase típica de quem se considera inalcançável pela lei:

"Se acham que vão conseguir alguma coisa atirando para cima, estão enganados. Cuidado que o teto pode cair na cabeça de vocês."

Cheguei à sala do chefe vermelho de raiva.

"Dr. Fontoura, o senhor precisa devolver esse Miro para o lugar de onde ele veio. Esse cara é um escroto."

"Um o quê, Tino?", perguntou o Eduíno, assustado com a minha expressão.

"Um mau caráter, Eduíno, dedo-duro, que está aqui a serviço da cúpula da Polícia Civil."

"E, além de tudo, é incompetente, pois fizemos toda a investigação sem ele desconfiar de nada", disse Vera Hermano. "Desculpe, delegado. Ainda não nos conhecíamos pessoalmente; só por telefone."

"Encantado, Dona Vera. Conheço seu pai. Fui aluno dele. Tenho muita admiração por sua família."

"Mas, por favor, não me chame de *dona*. Logo hoje que coloquei essa roupinha para enganar meus possíveis algozes."

Eu estava tão preocupado que não havia reparado nesse detalhe. Vera Hermano estava vestida como um rapaz, ou uma moça descolada. Jeans, camiseta branca e um colete preto por cima. Por baixo do colete, depois eu vi, uma arma, a Magnum calibre 22 – um revólver pequeno, mas de alto desempenho, como explicam os manuais. Eu não gostava de armas. Achava que a polícia deveria usá-las em último caso, quando todos os outros métodos falhassem. Vera era da polícia técnica, mas costumava andar armada. Sabia atirar e estava sempre com alguma pistola guardada na bolsa. "Minha família tem muitos inimigos", costumava dizer, "e quase todos da pior espécie", completou. Já Eduíno, apesar de oficialmente ser apenas o motorista do delegado, era um tira clássico das grandes cidades. Andava armado e fazia questão de mostrar isso.

O delegado Fontoura disse que, por enquanto, não podia fazer nada com o Miro. "Aliás, nem sei se é bom devolvê-lo. Enquanto ele estiver aqui, estarei de olho nele", argumentou.

Tive que concordar. Ruim com ele por perto, pior com ele lá fora, seguindo os nossos passos.

Falei com o delegado sobre a urgência de conseguir os mandados para recolher o carro marrom e entrar no sítio.

"O carro é fácil. Vou ligar agora para o juiz de plantão, e ele já expede um mandado de busca e apreensão. Mas para entrar no sítio é mais complicado. Qual argumento usaremos para pedir o mandado de busca no local?"

"Por enquanto, não temos argumento, só depois de ouvir o motorista do carro e arrancar dele quem estava dirigindo o carro no dia em que a Ana Clara foi sequestrada. Vamos precisar do endereço desse sítio e tentar entrar escondido, chefe, o mais rápido possível, antes que eles limpem tudo por lá."

"Logo você, Tino Torres, que é tão certinho?", disse o delegado, com um sorriso sarcástico.

"Pois é, chefe, mas a situação é especial. Estamos trabalhando contra o tempo e contra a própria polícia. Não é o senhor que gosta de dizer que o policial deve usar o que estiver ao seu alcance para alcançar o criminoso?".

"Quase tudo, Tino. Você sabe que eu não concordo com esses métodos que usam violência e tortura."

"Tudo bem. Então, corrigindo, tudo o que estiver ao seu alcance, menos tortura e outros tipos de violência."

"Pronto. Assim ficou melhor."

"Ontem deixei ordens para que a minha secretária encontrasse o endereço do sítio", disse Vera. "Ela é esperta e deve ter conseguido com os contatos que tem no arquivo da polícia". Em seguida, ligou para o instituto em que trabalhava, pediu uma caneta e começou a anotar no papel. Piscou para mim e disse:

"Pronto, Tino. Já temos informações para cometer nosso pequeno delito do bem."

Eu confesso que não achei graça nenhuma naquela brincadeira.

O sítio onde supostamente Ana Clara fora morta ficava em uma região serrana do Distrito Federal. Era uma área ocupada por florestas de Cerrado e matas ciliares, ladeada por pequenos córregos e riachos que irrigavam a região. Para se chegar lá, era preciso percorrer uma estrada de chão de mais ou menos uns seis quilômetros.

A secretária de Vera havia conseguido o endereço, mas, para chegar a uma chácara ou sítio naquela região, isso não bastava. Era necessária alguma indicação. Paramos em uma vendinha próxima a um dos córregos que dava nome ao Núcleo Rural onde ficava o sítio.

O local parecia uma daquelas vendinhas do interior do país. Cachos de banana dependurados junto com rolos de fumo. Uma infinidade de bebidas baratas nas prateleiras e um vendedor de poucas palavras. Tomamos café – que estava ralo e doce – e esperamos os dois únicos clientes saírem para perguntar sobre o endereço ao dono da venda.

"O senhor sabe o nome do dono do sítio?", perguntou ele para mim.

Vera pegou o caderninho de anotações e leu um dos possíveis nomes do proprietário.

"Com esse nome, eu não conheço não", disse o homem.

Ela em seguida leu outros seis ou sete nomes, listando a mulher e os filhos do ministro e os nomes do senador e de sua esposa, além do único filho do casal. O homem parece ter reconhecido o nome do filho do senador.

"Alfredo Neves da Fonseca?", repetiu Vera.

O homem assentiu com a cabeça. "Deve de ser o sítio dos cavalos que tem aqui pra cima", respondeu ele.

Sim, o sítio dos cavalos, pois ninguém sabia o que era haras naquele tempo. Perguntamos como se chegava lá. O homem explicou cheio de cautelas, falando um pouco e calando, para ver qual seria a nossa reação.

"Os senhores são da polícia?"

"Somos sim", respondi. Não precisava. O carro lá fora dizia tudo, mas ele queria ouvir da nossa boca.

"Não se preocupe não, seu...", afirmou Eduíno.

"Neco, pode me chamar assim."

"Não se preocupe, seu Neco. O que conversamos aqui morre aqui. Ninguém precisa saber que o senhor nos ensinou a chegar lá", completou Eduíno.

"Eu acho até bom ter um carro da polícia andando por aqui de vez em quando, sabe?", disse ele.

"Por quê, seu Neco?", perguntei.

"Têm acontecido umas coisas estranhas pra estas bandas."

"Como assim?", perguntou Vera.

"Muito movimento, muito entra e sai de gente estranha durante a semana toda. E é uma gente esquisita, que não dá bom-dia nem boa-tarde. Dia desses, parou um aqui e me tratou muito mal. Em vinte anos que eu trabalho nesse ramo, nunca alguém falou daquele jeito comigo."

Agradecemos ao seu Neco, pagamos o café e saímos.

A historinha contada por ele dizia muita coisa. Aquele sítio devia ser durante a semana um ponto de encontro de traficantes. E, nos finais de semana, era local de descanso e de festas para as famílias Neves Fonseca e Batista de Andrade. "Trouxeram Ana Clara para cá enquanto pensavam o que fazer com ela", deduzi.

Disse o que pensava a Vera e Eduíno, e eles concordaram.

"Só não entendo por que a trouxeram para cá e correram esse risco de serem descobertos, afinal não é uma chacrinha qualquer, mas o sítio de um senador e um ministro da República", observou Vera.

"Vou repetir o que já disse outra vez. A certeza da impunidade deixa o criminoso cego. Vieram para cá porque é aqui que eles se escondem de dia. É aqui que eles guardam as drogas, onde compram e vendem, onde se reúnem. Enfim, é o quartel general do grupo", expliquei.

Eduíno concordou com a cabeça e completou: "Esses filhinhos de papai não fazem nada na vida. E Brasília virou o paraíso desses caras. Se a polícia prende, o papai solta."

"Espera aí, Eduíno. Também não é assim, não", disse Vera. "Primeiro, precisamos separar os que vendem dos que consomem. Eu tenho amigos que fumam maconha e que usam até algumas drogas mais pesadas, mas nem por isso saem matando meninas por aí. Talvez uns dois ou três anos atrás eu me encaixasse nesse modelo 'filhinha de papai' que você mencionou. Não trabalhava, só estudava e frequentava festas na UnB – onde, aliás, rolava de tudo."

Eduíno ficou sem graça, mas não perdeu a chance de completar o que pensava.

"Você pelo menos estudava, Vera, e não acho que seu pai livraria sua cara se você fizesse alguma besteira. Estou falando desses playboys de Brasília que não fazem nada, recebem uma mesada grande para gastar e, quando cometem algum crime, têm alguém da família para livrar a cara. Vão fazer o que na vida? Besteira, não tem outra."

Mesmo entendendo os argumentos de Vera, eu tinha que concordar com o Eduíno. Eu vivia em Brasília desde 1959, quando meu pai viera para cá para trabalhar na empresa responsável pela construção do Congresso Nacional, e nunca mais deixamos a cidade. Cresci junto com ela, vendo sumir aos poucos o Cerrado e a terra vermelha e surgir no lugar os prédios e os monumentos. E vendo, principalmente, a formação de sua gente. Quando eu era adolescente, estudava e trabalhava e nas noites de folga ia zanzar pela cidade com os amigos. Naquele tempo, não havia grandes diferenças entre os jovens. Éramos quase todos iguais: filhos de trabalhadores e servidores públicos, que se misturavam nas escolas e nas ruas.

Com o tempo, foi surgindo uma nova classe em Brasília: a das famílias dos políticos, dos altos servidores públicos, inclusive dos militares de alta patente, e dos primeiros grandes empresários da cidade. Formavam a elite brasiliense. E, como toda elite endinheirada, ela atraiu gente da pior espécie. Essa mistura deu no que deu: uma rapaziada literalmente sem freios, que adorava fazer pegas de carros nas ruas da cidade. E que, quando alguma coisa dava errada, chamava o pai deputado ou o tio general.

Vera desistiu de argumentar. "Não concordo com você, Eduíno, mas você tem razão." Em seguida, sorriu.

Deixamos a discussão de lado porque a nossa missão era entrar naquele sítio e tentar saber se Ana Clara fora, de fato, morta naquele local. E fazer isso sem sermos vistos.

Vera esfregou as mãos e olhou para mim.

"Temos um plano?"

Afirmei que sim com a cabeça e disse que estava aberto a sugestões.

Depois de rodar por uns quinze minutos, encontramos o haras. Passamos pela entrada e fomos estacionar a uns duzentos metros dali. O Eduíno abriu a porta carro, desceu e andou até a cerca do sítio.

"Tenho uma ideia", disse de repente Eduíno. "Vocês me deixam aqui que eu vou tentar entrar no sítio sem ser visto. E vocês vão até a entrada e tentam arrancar alguma coisa dos funcionários. Combinamos de nos encontrar nesse mesmo lugar daqui a uma hora. O que acham?"

A proposta de Eduíno era boa. A minha presença e a de Vera na entrada principal do sítio atrairiam para lá as atenções, deixando Eduíno agir livremente. Mesmo que não nos permitissem entrar no local, que era o mais provável, poderíamos conseguir algumas informações, enquanto Eduíno faria uma varredura no local. Minha única preocupação era com os cachorros, cujos latidos ouvíamos a todo instante.

"O barulho do carro deve atraí-los para a entrada. Mas, por via das dúvidas, vou levar um porrete. Se algum deles se engraçar para o meu lado... Podem ir e segurem os caras lá na entrada o máximo que puderem."

Chegamos até o portão de entrada do sítio e nos surpreendemos com a estrutura do local. Havia uma portaria ampla, com cabine para o vigia e uma grossa corrente.

Quando descemos do carro, um homem veio nos receber. Apresentou-se como José, disse que tinha ordens para não deixar ninguém entrar e que, no máximo, eu poderia conversar com o caseiro do sítio.

"Pois, chame ele", determinei. "Diga que a polícia está aqui e queremos conversar com alguém que mora aqui."

Passaram-se uns dez minutos até que o homem aparecesse. Pediu desculpas pela demora, disse que estava dando comida aos cachorros – lembrei-me do Eduíno e torci para que os cachorros estivessem sendo realmente alimentados – e que não poderíamos entrar, pois o dono do sítio não estava.

"Quem é o dono do local?", perguntou Vera.

"É o senador Neves da Fonseca, senhora."

"E o senador vem muito ao sítio, seu...?", questionei.

"Tião", responde ele. "Quase todo final de semana."

"E, durante a semana, alguém da família vem aqui?"

O homem coçou a cabeça, olhou para o chão e demorou a responder.

"E aí, seu Tião?", reforçou Vera. "Responda ao que o agente perguntou. O senhor pode ser convocado a depor na delegacia e vai ter que falar. É melhor falar agora, não acha?"

"É que o patrão disse que eu não poderia falar nada sobre o sítio com estranhos."

"A que 'estranho' o senhor se refere, seu Tião? Nós somos da polícia. Não vamos entrar porque não temos mandado. Mas podemos fazer perguntas ao senhor. Se o senhor não quiser falar, tudo bem, mas isso vai constar no meu relatório", completei.

"O senhor só quer saber se vem alguém da família durante a semana, só isso?"

Balancei a cabeça.

"Bom. Depois das seis da tarde, nós soltamos os cachorros e vamos para as nossas casas. E a ordem que recebemos é de não aparecer por aqui à noite. Eu sei que às vezes o pessoal da família vem de noite, os filhos, uma rapaziada, mas a gente não fica por aqui para ver, não."

"E o que essa rapaziada vem fazer aqui de noite?"

"Ah, seu policial, isso aí eu não sei dizer, não. Acho que eles vêm para dormir, para namorar, sei não", e soltou um risinho maldoso.

"E o senhor nunca viu quem é que vem?"

"Só quando eles precisam de alguma coisa, eles vão lá me chamar."

"O senhor lembra se na noite do dia 10, segunda-feira passada, essa tal rapaziada esteve por aqui?"

Ele coçou a barba rala e novamente demorou a responder.

"Acho que sim. Eles vieram, ficaram aqui até tarde e depois foram embora."

"E o senhor viu alguma coisa de diferente acontecendo?"

"Como assim?"

"Algum barulho diferente, sei lá?"

"Não. Lembro que eles chegaram e ligaram a vitrola com música bem alta. Só isso que eu lembro."

"E eles sempre fazem isso?"

"Não, geralmente chegam em silêncio. Só quando tem festa é que ligam o som alto."

Por último, perguntei se alguma vez ele havia visto alguém que frequentasse o sítio dirigindo determinado carro marrom. O homem engoliu em seco, olhou para o porteiro e perguntou.

"Você sabe, Zé, se tem algum carro marrom desse pessoal que vem aqui?"

O tal balançou a cabeça negativamente e não soltou nem um "a".

Agradecemos as informações, perguntamos mais algumas coisas sobre o sítio: o que tinha lá dentro, quantos cavalos etc., mais para passar o tempo do que pela importância das respostas, e fomos embora. Vera me olhou de lado e verbalizou o que eu pensava.

"Música alta, assim sem mais nem menos, para abafar o quê? E é claro que ele já viu o carro, pois ele pertence à mulher do senador. Ele está mentindo. E, se está mentindo, é porque tem coisa errada para esconder."

Senti de novo o frio na barriga. Para mim, estava ficando claro que aquele sítio era usado para atividades ilegais. A proibição de os empregados pisarem lá de noite, a forma como os filhos ou os amigos dos filhos chegavam ao local e iam embora são todas situações suspeitas. E o fato de o caseiro ter negado ter visto o tal carro marrom naquele local era uma indicação importante. "Ele quer proteger os patrões, está claro."

"Espero que o Eduíno encontre alguma coisa que sirva de prova antes que eles voltem aqui mais uma vez e acabem por apagar todas as marcas", disse Vera.

Voltamos ao local combinado, mas nada do Eduíno. Esperamos mais uns 30 minutos e começamos a ficar preocupados.

Resolvemos circular de carro pelas redondezas. "Quem sabe ele não se perdeu?", sinalizou Vera.

Depois de uns 20 minutos dando voltas na região, vimos um vulto que andava muito próximo do matagal, como se não quisesse ser visto pelos carros que passavam. Parei o carro e gritei pelo nome:

"Eduíno?"

O vulto veio andando em direção à estrada. "É ele", eu disse, e Vera deu um suspiro de alívio.

Eduíno chegou, abriu e fechou a porta do carro com força, sentou-se no banco e ficou calado.

"Onde você estava?", perguntei.

"Eu é que pergunto", contestou ele. "Fiquei quase uma hora esperando vocês no lugar combinado."

"Deve ter havido um desencontro, Eduíno. Nós também ficamos esperando você. Estávamos preocupados", ela garantiu e colocou a mão no ombro dele para acalmá-lo.

"É, deve ter sido um desencontro", admitiu.

"E aí, encontrou alguma coisa?", quis saber Vera.

"O lugar está limpo, bem arrumado, nem parece que aconteceu o que aconteceu. Mas encontrei uns restos de fogueira. E olha só o que tinha dentro dela", disse ele, mostrando o que parecia um caderno escolar, chamuscado, mas ainda com o aramado e uma parte das folhas intactas.

Vera pegou o material com cuidado e arregalou os olhos.

"É a agenda de Ana Clara", constatou e me passou o objeto.

Segurei a agenda, levantei a capa e vi uns desenhos infantis e o nome de Ana Clara escrito em caligrafia impecável.

"Acho que você encontrou a prova do crime, Eduíno", elogiei.

Ele fez uma cara engraçada, ao mesmo tempo contrariado e satisfeito, e disse que nunca tremeu tanto como quando fugia do sítio, ouvindo os latidos dos cachorros se aproximando.

"Acho que valeu a pena o risco que corri", desabafou e deu um longo suspiro.

Capítulo 19

Deixamos a estrada de terra que dava acesso ao sítio do senador Neves da Fonseca e do ministro Júlio Batista de Andrade, o JB, e voltamos para a delegacia em silêncio.

Pelos meus cálculos, o pedaço da agenda de Ana Clara, mesmo que não se pudesse conferir a letra de quem escreveu informando que ela deixaria o colégio mais cedo, era de qualquer forma uma prova cabal. Provava que a vítima havia sido levada para aquele local e que se tentou destruir uma prova da presença dela ali.

Quando nos aproximamos da delegacia, Vera quebrou o silêncio.

"E agora, o que vamos fazer?"

"Acho que a prova encontrada pelo Eduíno comprova nossa tese", eu disse. "Estamos no caminho certo. O problema é que ela foi conseguida de forma irregular. Não podemos nem mesmo juntar o material ao processo de investigação. A não ser que..."

"A não ser que a gente esconda o material e espere a investigação avançar até chegar ao sítio", completou Eduíno.

"Isso mesmo", respondi.

"E se não conseguirmos o mandado de busca para entrar oficialmente no sítio?", assuntou Vera.

"Aí teremos que fazer um gol de mão", eu disse.

"Como assim?", perguntou Vera.

"Se tudo está contra nós, e se não podemos vencer o jogo respeitando as regras, então vamos driblar a regra e fazer um gol de mão. Sem que o juiz veja, claro. Até o Pelé já fez gol de mão."

"É, Tino Torres, mas fazer gol de mão não é crime, vale no máximo uma expulsão, não é isso? O que você quer fazer é outra coisa."

"Escuta aqui, Dra. Vera..."

"Já disse que não gosto que me chamem de *doutora*, ainda mais quando tem ironia no meio", reclamou, quase gritando.

Vi que ela estava a ponto de explodir e baixei a bola.

"Tudo bem, tudo bem. Deixa que eu me explique melhor. Crime é plantar provas contra alguém. Isso deve ter sido feito pela turma lá da Homicídios para incriminar aqueles dois fugitivos da prisão. O que quero fazer é o contrário. Quero validar uma prova verdadeira, fundamental para chegarmos às pessoas que mataram Ana Clara."

"E como fazer isso sem invalidar essa mesma prova? Qualquer juiz pode considerar que a prova foi conseguida de forma ilegal e invalidá-la", alegou Vera.

"Mas quem disse que precisamos dizer que a agenda foi obtida de forma ilegal? Você é a perita responsável pelo caso. Basta juntar a prova e dizer que ela foi encontrada no local onde o corpo de Ana Clara foi deixado."

"E o sítio? Vamos desistir dele? Ele é o elo que explica tudo."

Vera tinha razão. Eu pensava apenas na prova material (a agenda), mas o mais importante era saber que ela tinha sido encontrada no sítio da família Neves da Fonseca.

Eduíno percebeu a enrascada e sugeriu uma saída honrosa.

"Bom, já que entramos lá – aliás, eu entrei, mas em comum acordo com vocês – e conseguimos de maneira ilegal uma prova importante para a solução do crime, então só temos uma solução."

Eu e Vera ficamos em silêncio e, apenas indagando com os olhares, pedimos que ele continuasse.

"Vamos esconder a prova bem escondida, esperar a autorização para fazermos uma busca no sítio e, só então, aparecemos com ela. Simples."

Sim, simples. Para o Eduíno, as coisas eram sempre simples. Ele fazia uma boa mistura do tira malandro, que gosta de driblar as regras, com o policial correto, que está sempre do lado dos mais fracos.

"Vera não parece convencida", desconfiei.

"Estou convencida sim. Não temos outra opção. Já que decidimos entrar no sítio, o mínimo que temos a fazer é usar a nossa melhor prova a favor da nossa tese. O Eduíno tem razão. E a lei não me proíbe de coletar uma prova e apresentá-la somente no momento oportuno."

Levamos Vera até o Instituto de Criminalística para que ela pudesse guardar em local seguro os restos da agenda de Ana Clara. Em seguida, voltamos à delegacia, para fazer um relatório ao Dr. Fontoura. Queríamos saber notícias sobre o carro marrom e informá-lo sobre a prova que encontramos no sítio.

Pouco antes de chegarmos à delegacia, no entanto, embatuquei uma coisa. Será que o delegado precisava mesmo saber sobre a agenda de Ana Clara? Talvez fosse melhor dizer apenas que conversamos com os funcionários do sítio, falar das nossas desconfianças e dos indícios de que o local funcionava como esconderijo de traficantes durante a semana. E esperar a apreensão do carro para fazer a ligação entre o sequestro da menina e o uso do sítio como cativeiro.

Pensei nisso tudo e pedi que o Eduíno parasse a viatura um pouco antes da delegacia, pois tinha uma dúvida e gostaria de conversar com os dois. Medi bem as palavras, pois sabia da fidelidade canina do Eduíno ao Dr. Fontoura. Argumentei que falar da prova agora seria completamente desnecessário, pois não poderíamos apresentá-la. Além do mais, disse eu, o Dr. Fontoura é muito legalista, talvez ele prefira desconsiderar a prova, dizer que fomos com muita sede ao pote, ou alguma coisa assim, e apressar a busca ao sítio.

Eduíno concordou. Ele conhecia o delegado melhor do que eu. Sabia de suas virtudes, mas também sabia que, como todo chefe, ele sempre tem por trás dele as "razões de Estado". Chefe é chefe, em qualquer tempo e lugar.

Combinamos, então, a conversa que teríamos com o Dr. Fontoura. Os dois indicaram que eu falaria pelo grupo, até por ser o investigador oficial do caso. Quando chegamos ao estacionamento, tivemos uma grata surpresa. Um carro marrom como o que estávamos investigando encontrava-se parado em frente à vaga do delegado, guarnecido por dois policiais militares.

Entramos esbaforidos na delegacia e fomos direto à sala do delegado. Marluce, a secretária, que agora fazia também o atendimento no balcão, me segurou pelo braço e disse em voz baixa que o jornalista Geraldo Neves, do *Diário Brasiliense*, já havia ligado várias vezes atrás de mim. "O Geramundo deve estar louco por informações", pensei.

"Faça-me um favor, Marluce. Retorne a ligação, diga que acabei de chegar, que estou em reunião com o Dr. Fontoura e que em seguida eu ligo para ele."

Ela ameaçou se rebelar, pois estava acumulando o trabalho de secretária e atendente, mas desistiu quando viu que eu falava sério.

"E se, mesmo assim, ele quiser falar com você?"

"Diga que eu só posso falar com ele depois dessa conversa com o delegado."

Encontramos o Dr. Fontoura ao telefone e fazendo sinal com a mão para que sentássemos e fizéssemos silêncio. Ele apenas respondia com palavras como "sei", "sim", "claro", "veja" e não conseguia construir uma frase sequer. Apenas ouvia. E, pelo tom de voz, do outro lado da linha devia ser alguém da cúpula.

Quando terminou a ligação, o delegado pousou vagarosamente o telefone no gancho. Pediu licença, pois precisava ir ao banheiro, e deixou comigo um envelope pardo. Disse que devíamos ler e deixou a sala.

Era uma circular assinada pelo secretário de Segurança, informando que todos os membros da Polícia Civil estavam proibidos de repassar informações aos órgãos de imprensa, a não ser quando fossem autorizados pela assessoria de imprensa do órgão. O texto fazia mais algumas ameaças e encerrava dizendo que tanto os policiais quanto os jornalistas que infringissem a ordem poderiam ser enquadrados na Lei de Imprensa.

Li o texto em voz alta para Vera e Eduíno. Este respondeu apenas com um "demorou".

Mas Vera ficou uma arara.

"Isso é um absurdo. Depois de impedir o nosso trabalho, eles querem calar a imprensa."

"Não estamos colocando em risco a segurança nacional, não estamos pregando a luta armada, estamos apenas investigando um crime contra uma criança de sete anos que foi brutalmente assassinada. Daqui a pouco, teremos que pedir permissão para prender qualquer ladrão de galinha."

O delegado voltou e ainda escutou as últimas palavras de Vera Hermano.

"Também não exagere", disse ele. "O secretário tem certa razão. Se cada delegacia resolver falar diretamente com a imprensa, para que assessor de imprensa? Em toda corporação é assim, Vera."

"Mas nós sabemos, Dr. Fontoura, que essa decisão busca apenas inibir as investigações sobre o caso Ana Clara. Como a imprensa vai poder acompanhar o caso se os jornalistas não podem conversar com suas fontes na polícia? Vai ter que esperar que o iluminado do assessor de imprensa do excelentíssimo secretário de Segurança consiga as informações? A investigação vai parar e a imprensa não vai dar mais nenhuma linha sobre o assunto. Fim de papo."

"Vamos com calma", disse o delegado. "O secretário me garantiu que vocês poderão continuar fazendo as investigações, só não quer que vocês repassem informações diretamente para os jornais. Tudo o que for colhido deve passar pelo crivo da assessoria de imprensa. É só isso."

"Mas esse assessor vai sentar em cima das informações", eu disse. "Vai soltar apenas o que lhe convém, o que não atinge os figurões da República. Concordo com a Vera: vai ficar difícil continuar com as investigações."

O delegado ainda tentou nos convencer do contrário. Disse que poderíamos prosseguir com todos os procedimentos investigatórios, que o tal carro marrom estava à nossa disposição, que poderíamos finalmente ouvir os familiares de Ana Clara e que o mandado de busca ao sítio deveria sair em no máximo 24 horas.

"Precisamos ouvir também o motorista do carro. Saber quem estava dirigindo naquela tarde em que Ana Clara foi sequestrada...", disse Vera.

"Sim, sim, claro", respondeu o Dr. Fontoura. "Podem ouvir quem vocês quiserem; só não podem conversar com a imprensa."

Deixamos a sala do delegado e fomos até a copa tomar um café. Estávamos um tanto desconfiados. Se por um lado nossa investigação recebia o aval da corporação, por outro, a proibição de repassar informações para a imprensa poderia atrapalhar nossos planos.

"Deve ser por isso que o Geramundo está ligando para mim desde cedo. Ele deve estar fulo com essa decisão", eu disse.

"E com toda razão, Tino Torres. Os caras não são bobos, não. Primeiro, vão cortar nossa linha direta com a imprensa. Sem ela, estaremos sozinhos. Depois, o próximo passo será cortar as nossas cabeças, pode esperar."

Vera tinha razão. De forma maquiavélica, a cúpula tinha decidido calar a imprensa e nos deixar livres para ver até onde iríamos. Sem canais de comunicação, a nossa investigação teria fôlego curto. "Precisamos achar uma saída", pensei. E convidei os dois para o "esconderijo" em que eu costumava encontrar o Geramundo.

Capítulo 20

Falar mal do governo era terminantemente proibido naquele tempo. Mesmo notícias aparentemente triviais poderiam ser tratadas como uma tentativa séria de desestabilizar o governo.

Lembro-me de que certa vez a quadra residencial onde eu morava fora destaque na imprensa local em razão de uma praga de ratos. Eram centenas, quem sabe milhares, de ratos que saltavam pelos bueiros, buracos e lixeiras dos prédios de apartamentos. Em face da ausência completa do poder público para controlar os roedores, a molecada da quadra resolveu pegar em armas para tentar exterminar os bichos.

Durante dias, de manhã, de tarde e de noite principalmente, quando os roedores saíam das tocas, houve uma verdadeira caçada aos animais. Estilingue, espingardinha de chumbo, ratoeiras, paulada, pedrada, valia tudo para enfrentar a praga. Ao final de poucos dias, a molecada juntou literalmente uma montanha de ratos mortos.

Alguém teve a ideia de chamar a imprensa. No dia seguinte, os jornais estamparam a foto da montanha de ratos, tendo ao lado corajosos caçadores mirins, todos mascarados, não para esconder os rostos, mas para suportar o terrível mau cheiro que exalava do macabro troféu.

Os jornais foram proibidos de voltar a falar no assunto, e a quadra passou a ser vigiada por equipes da saúde pública. Era proibido matar ratos, pois diziam que poderíamos ser mordidos durante a caça. E o que dizer de conviver com os bichos diariamente, quando a criançada brincava nas ruas ou mesmo nos corredores dos edifícios? Não, quanto a isso, nenhuma palavra dos funcionários do governo. A proibição era só quanto a matar ratos. Estava claro que a reportagem havia irritado o governador de plantão. Onde já se viu, em pleno centro do poder, servidores públicos e suas famílias terem que dividir o espaço com milhares de ratos? Era vergonhoso demais para o governo admitir tamanha incompetência.

O caso Ana Clara vinha demonstrar mais uma vez que os governantes não admitiam qualquer tipo de notícia negativa. Sequestraram e mataram uma menina de sete anos na capital da República? Resolva-se rapidamente o caso, prendam dois bodes expiatórios e parem de falar do assunto na imprensa. Era a orientação. Mas agora a coisa tinha piorado. Além de um crime bárbaro, havia a suspeita do envolvimento de filhos de gente do primeiro escalão do governo federal no crime e, na melhor das hipóteses, a conivência de alguém da família. Ou seja, o controle da informação seria total.

Tínhamos consciência disso, mas estávamos envolvidos até o pescoço no caso e os contatos com o jornal do Geramundo eram nossa salvaguarda. Sem a imprensa, seríamos três agentes bobocas à mercê da cúpula da polícia.

Enquanto Eduíno dirigia a viatura em direção ao "esconderijo", eu pensava em como capitanear ajuda para enfrentar o esquema do governo. "Preciso conversar urgentemente com a irmã Fabrícia", pensei. "Também é fundamental a colaboração da Justiça para impedir que a Delegacia de Homicídios destrua as provas", avaliei.

Encontramos o Geramundo sentado nos fundos do bar, falando ao telefone. Como naquele tempo não havia celular, ele simplesmente havia pedido emprestado o telefone do dono do bar, puxado o fio até a mesa e de lá conversava com o pessoal do jornal.

"Os caras agiram mais rápido do que eu imaginava", disse ele. "Estão ameaçando o jornal com a Lei de Imprensa e falam até em usar a Lei de Segurança Nacional, a mesma que usaram para prender, torturar e matar o pessoal da luta armada. Acabei de falar com o Osvaldo Quintana. Decidimos que vamos colocar todos os dias a foto da Ana Clara na capa do jornal, contando os dias em que o crime está sem punição."

"Ótima ideia", disse Vera. "Mas vamos precisar de ajuda para continuar as investigações."

"Eu sei", disse Geramundo. "Se eu conheço Tino Torres, ele tem alguma coisa a dizer, mas tem medo de falar e levar uma bronca. Vamos, Tino, fale."

Ele tinha razão. Eu queria falar, mas calei não por medo de levar uma bronca, mas sim porque eu não sabia dar broncas, e é o que eu queria fazer naquele momento.

"É que nós concordamos em usar o jornal para dar todo o destaque à nossa tese. A reação que os caras tiveram mostra que estamos no caminho certo. O problema é que a reação foi mais rápida do que o jornal previu, e o resultado é que nos pegaram de calça curta. Eu cheguei a ponderar que era melhor ir devagar, para não cutucar a onça com vara curta, mas me deixei convencer por vocês", disse eu, da maneira mais dócil que era possível dizer. "E agora, o que vamos fazer?"

Vera Hermano não perdeu tempo. "Você se esqueceu de dizer, Tino Torres, que nós já prevíamos esse tipo de reação. Rápida ou não, ela viria. O problema é saber como garantir que a investigação possa continuar, sem a cobertura diária da imprensa."

"Você lembrou bem, Vera", disse Geramundo. "Não poderemos dar notícias diárias, mas seus chefes não precisam saber que vocês estarão passando informações para a gente, que ficarão guardadas para o momento certo. Só precisamos montar um esquema que funcione bem. Não podemos continuar nos encontrando aqui", alertou.

Os dois estavam novamente certos. Eu, no meu medo paralisante de sempre, achava que a investigação tinha ido rápido demais e que isso tinha alertado a cúpula. Eles, ao contrário, acreditavam que a reação era previsível e que caberia a nós encontrar uma nova saída. Concordei, novamente, e falei da minha ideia de procurar o pessoal do colégio em que Ana Clara estudava e acionar nossas fontes no Judiciário.

"A Justiça também se borra de medo dos militares", disse Geramundo. "Os caras aceitaram uma Constituição de gabinete, não vão aceitar que a cúpula da polícia conduza o processo de investigações de um homicídio? Mas, mesmo assim, vamos tentar contatar alguns juízes e promotores para não deixar a coisa sair tão barata. Vamos dar algum trabalho para os caras", disse. "A ideia de buscar apoio no colégio da Ana Clara é boa", completou.

Deixei o bar, juntamente com o Eduíno, que ficara no carro ouvindo rádio, pois preferia não participar da nossa conversa. "Prefiro não saber de tudo para não precisar mentir para o Dr. Fontoura", disse ele.

Eduíno era um cara estranho. Tinha uma ética própria. Mentir, por exemplo, ele achava que era algo terrível. Mesmo que fosse por uma boa causa. Mas se o delegado pedisse para ele apertar um preso para tentar arrancar alguma confissão, ele fazia. Contrariado, mas fazia.

Então, ele preferia se envolver menos nas nossas conversas para não precisar mentir para o Dr. Fontoura. Tudo bem, não dava para querer que o cara fosse cem por cento. Nenhum de nós era cem por cento. A Vera e o Geramundo, por exemplo: estava na cara que os dois se articulavam às minhas costas para tentar tirar algum proveito daquela investigação. Não que estivessem me traindo, não digo isso. Mas para mim estava claro que os dois não queriam apenas desmascarar os assassinos de Ana Clara. Queriam algo mais, ou seja, aquilo que um caso rumoroso como este pode render: alguma fama e ascensão profissional. Tudo bem, estavam no direito deles. Acho que eu é que estava errado. Sempre fui um cara muito romântico, para não dizer coisa pior: ingênuo. Ninguém entra numa bola dividida como essa, o caso Ana Clara, apenas por uma questão de justiça. Deve haver uma compensação, sempre, claro. Só assim as pessoas vão querer representar seu número. É como urso de circo: sem biscoito, nada de piruetas. Pavlov, eu acho, já dizia isso, de outra forma. Pensando melhor, eu mesmo, no fundo, no fundo, queria algo mais do que "apenas" fazer justiça. Queria reconhecimento, ser visto como alguém e não apenas como um mero investigador de terceira categoria da Polícia Civil de Brasília. Meus amigos passaram a me estranhar por eu ter entrado na polícia. Cana, naquela época, era muito malvisto, principalmente pelos estudantes. Se eu conseguisse a punição dos verdadeiros assassinos de Ana Clara, enfrentando a cúpula e o próprio governo, poderia andar de cabeça erguida entre os amigos e, quem sabe, até receber o reconhecimento dos colegas da faculdade.

Mas naquele dia, depois de deixar Vera e Geramundo no bar, fui para casa refletir. Pensava em, no dia seguinte, procurar a irmã Fabrícia e contar pelo menos parte das investigações para ela e pedir algum tipo de ajuda. Em seguida, iria ouvir novamente os pais de Ana Clara, o irmão dela e a namorada. E ainda tentaria localizar o motorista do tal carro marrom. Seria um dia cheio; portanto eu precisava botar as ideias no lugar, planejar o que iria fazer. Tomei um banho demorado e pude pensar bastante no assunto. Depois liguei a TV para ver o telejornal. Foi quando me deu um estalo. "Preciso ligar para Marli. De repente, ela pode ter alguma novidade. Quem sabe, o cara que levou Ana Clara não apareceu por lá, de novo, no lugar onde ela faz o jogo do bicho?"

Procurei o telefone dela e liguei. Caiu na secretária eletrônica. Fiquei surpreso. Naquele tempo, pouca gente tinha secretária eletrônica. Deixei um recado e continuei vendo o telejornal. Só boas notícias. Grandes obras, economia em alta, o maior campeonato de futebol do mundo, gols, muito gols. Um terço do telejornal foi de gols da rodada. Eu adorava futebol, mas não tem como não ser crítico nessas horas. E a fome? E a seca no Nordeste? E as greves que começavam a pipocar? E a inflação, que não dava tréguas? Esse é um país que vai para a frente. Coisas ruins, só de outros países. Estava nesse transe crítico quando o telefone tocou. Quando ouvi a voz de Marli do outro lado, gelei por dentro.

No fundo, eu havia ligado era para falar com ela, não para saber das novidades sobre o caso. Mas precisava de alguma desculpa esfarrapada, e essa foi a única que encontrei. A voz dela era doce. Perguntou como eu estava e como iam as investigações. Disse-me que não, que o cara do carro marrom não havia mais voltado lá, pelo menos que ela tivesse visto. Tomei coragem e disse que queria vê-la. Ela fez silêncio do outro lado por apenas alguns segundos, mas que pareceram horas, e afinal respondeu:

"Você pode vir até aqui?"

Disse que sim, que em uma hora no máximo estaria lá. Anotei o endereço dela no mesmo papel e desliguei o telefone. Voei até o guarda-roupa e escolhi algo apropriado. Como estava fazendo frio de noite, vesti um belo casaco marrom de couro, me perfumei e segui para o apartamento de Marli lá em Sobradinho, a uns trinta quilômetros da minha casa. "No caminho terei tempo para pensar nas tarefas de amanhã", pensei.

Marli morava em cima da sorveteria do seu Juvenal. Gritei o nome dela. Ela apareceu na janela e disse que estava descendo para abrir a portaria. Naquele tempo, só prédio de bacana tinha interfone, essas coisas.

Lembro até hoje como ela estava vestida. Uma saia indiana, daquelas da feira *hippie*, uma bata branca, colares e pulseiras douradas. Parecia uma cigana. Mas não estava pintada, apenas um batom vermelho claro nos lábios. Quando me viu, me abraçou demoradamente e me deu um beijo na bochecha. Como as escadas do prédio eram estreitas, ela foi subindo na frente e não pude deixar de reparar nos detalhes. Enquanto ela subia, eu ia sugando o perfume que ela deixava no caminho.

O lugar era simples, mas muito limpo e arrumado. Reparei num quadro na parede com uma foto de um casal e uma menina no colo do homem. "Meus pais", ela disse, "moram em Imperatriz, no Maranhão."

"Você é de lá?", perguntei.

"Sou, sim. Mas estou há dez anos aqui; por isso quase não tenho sotaque."

Em poucos minutos, eu sabia quase tudo da vida dela. Marli veio para Brasília com o irmão mais velho. Ajudou a cuidar dos filhos dele, mas um dia brigou com a cunhada e saiu de casa. Decidiu que ia morar sozinha. Começou trabalhando como ajudante na sorveteria do seu Juvenal. O dinheiro que ganhava só dava para pagar o aluguel. Para comer, contava com a ajuda do irmão, que passava dinheiro para a irmã sem a mulher saber. Depois, descobriu que poderia ganhar mais dinheiro trabalhando no jogo do bicho, que naquele tempo já era bastante tolerado pela polícia de Brasília. O irmão não gostou, mas não tinha como proibir. "Lá em casa meus pais sempre nos ensinaram a cada um cuidar da própria vida. Ajudar o outro, sim, mas sem interferir na vontade de cada um. Cresci com essa educação", explicou ela.

Era uma mulher e tanto. Hoje fico triste quando penso em tudo o que aconteceu depois. Mas naquela noite deu tudo certo. Sentamos no sofá e começamos a conversar sem parar. Parece que nos conhecíamos há vinte anos. Comemos um macarrão ao molho bolonhesa que ela preparou e voltamos para o sofá. Ali continuamos a conversa. Comecei a contar os causos da polícia e ela não parava de rir.

"Nunca imaginei que vocês, policiais, fossem engraçados", disse ela.

Não que as histórias fossem assim tão engraçadas... Ou, então, era eu que já não via tanta graça assim em algumas ocorrências policiais. Contei o caso do porteiro que levou um soco na cara do brutamonte que fazia xixi na caixa-d'água do prédio e ela parou de rir.

"Coitado do porteiro. Perdeu muitos dentes? E o mijão, foi preso?"

Dessa vez eu é que comecei a rir.

"Não conseguimos prender o assassino de Ana Clara... você acha que vamos conseguir prender um filhinho de papai que dá um soco num pobre porteiro, Marli?"

Ela ficou séria. Notei que ficou um pouco triste com o que eu havia falado.

Peguei na mão dela e perguntei se havia falado alguma besteira.

"Claro que não, Tino. É que me lembrei agora do rostinho lindo da menina aqui na sorveteria, daquele homem horroroso que estava com ela, e pensei que poderíamos ter ajudado de alguma forma."

"Como assim, Marli? Vocês não sabiam quem era ele. Se não tivesse acontecido o que aconteceu, no dia seguinte, vocês teriam esquecido aquela cena. Os culpados nessa história não são vocês. Por favor, tire isso da cabeça."

Puxei-a para o meu lado e dei um abraço, os dois ainda sentados. Começamos a trocar carícias, ela virou o rosto em minha direção e vi que seus olhos estavam molhados. Não resisti e a beijei. Parecíamos dois adolescentes comportados, namorando numa praça pública.

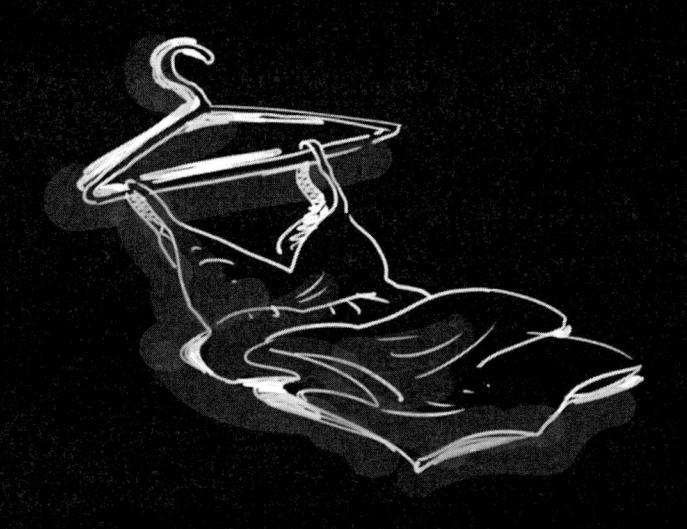

Capítulo 21

Alguém disse que depois da tempestade vem a bonança. E depois da bonança vem o quê? Mais tempestade, claro. Eu sabia que meu dia seria difícil, com a agenda cheia de depoimentos, mas a noite junto a Marli me devolveu as forças de que eu precisava. Acordei animado. Eu só não esperava era dar de cara com o suposto assassino de Ana Clara. Vou contar o que aconteceu.

Assim que cheguei à delegacia, disparei telefonemas para tudo quanto é lado. Agendei a vinda de Marco Aurélio, Lúcia e Júlio Mattoso, além da namorada dele, para interrogatório, todos para a parte da tarde. Em seguida, liguei para a Vera e perguntei sobre o que ela achou da conversa com o Geramundo.

"Achei boa, Tino. Por quê? Você não gostou?"

A resposta dela reforçava a minha convicção. Ela e o Geramundo haviam feito um pacto discreto, tácito, de que os dois iriam definir o ritmo das investigações. Resolvi aderir ao pacto deles, sem, contudo, entregar os pontos.

"Gostei, sim. É que eu estava com um pouco de dor de cabeça e resolvi ir embora mais cedo para casa. Por isso quero saber sua opinião."

"Tino, nós precisamos redobrar os cuidados a partir de agora. A cúpula está esperando apenas um escorregão para cair em cima da gente. Você quer ajuda nos interrogatórios de hoje?"

Respondi que sim e disse que estava saindo para visitar a irmã Fabrícia no colégio de Ana Clara. Fiz o convite e ela aceitou na hora.

"Adoro colégio de freiras", disse.

Chegamos quase ao mesmo tempo à porta do colégio. Eu na viatura, acompanhado do Eduíno, e Vera no próprio carro. Eduíno, novamente, ficou dentro do carro ouvindo rádio e fazendo palavras cruzadas.

Irmã Fabrícia nos esperava na antessala da secretaria da escola. Fez com que eu e Vera entrássemos em sua sala e em seguida fechou a porta.

"Irmã Fabrícia, estamos de volta ao caso Ana Clara", eu disse, apresentando a ela a minha colega. "A direção nos autorizou a prosseguir com as investigações, mas não poderemos repassar qualquer informação para os jornalistas."

Ela apenas ouvia, sem qualquer reação.

"E nós viemos pedir a ajuda de vocês. Precisamos que o colégio, ou quem sabe até a Igreja, pressione o governo para que o crime se esclareça. Nós sabemos que sem a pressão da opinião pública nada anda neste país."

Irmã Fabrícia pegou uma caneta, fez algumas pequenas correções em um texto que estava sobre a mesa e me passou o papel.

"Estamos pensando em enviar esta carta aos jornais. O que o senhor acha?"

Era um texto curto, mas incisivo. Falava de Ana Clara, da dor proveniente da sua morte, do trauma causado às crianças do colégio e pedia empenho máximo da polícia no esclarecimento do crime.

"Está ótimo", eu disse e passei o papel para Vera Hermano, que concordou.

"Além disso, enviarei também uma carta ao arcebispo de Brasília, pedindo apoio para uma caminhada que faremos no próximo final de semana pela paz e contra todo tipo de violência. Todas as crianças do colégio irão vestidas de branco, carregando um cartaz com o retrato de Ana Clara."

"Parece que o pessoal do colégio tinha decidido sair de cima do muro", pensei. Se a família guardava silêncio, a imprensa fora silenciada e a cúpula da polícia fazia de tudo para boicotar as investigações, pelo menos os professores e os coleguinhas de Ana Clara tinham decidido agir.

"Ótima ideia, irmã", disse Vera. "A imprensa não poderá ignorar a marcha de vocês."

"É o que espero", disse irmã Fabrícia.

Antes de deixar a sala, falei sobre um assunto que ainda me incomodava. Lembrei irmã Fabrícia sobre o problema dos cadeados do colégio. O da frente fora aberto na ausência do vigia da escola e o segundo, do portão dos fundos, provavelmente também, e foi justamente por ali que o sequestrador de Ana Clara fugiu com ela.

"Já quebramos a cabeça pensando nisso, seu Tino. A única hipótese é que alguém da escola, ou alguém de fora que entrou na escola só para isso, pegou as chaves reservas dos cadeados e tirou cópias. Mas quem poderia fazer isso? Nem conseguimos imaginar."

"Conversamos com vários chaveiros aqui da Asa Norte e nenhum conseguiu nos ajudar. Diariamente, dezenas de pessoas tiram cópias de chaves nessa região", eu disse. "E, para completar, o cadeado dos fundos, que foi levado para exame pela Delegacia de Homicídios, estava totalmente limpo, ou seja, sem impressões digitais."

"Ou então o limparam", disse Vera.

"É o mais provável", respondi.

Eu e Vera Hermano saímos do colégio um pouco mais animados. Primeiro a agenda, agora a história do cadeado, que mostrava que alguém da escola havia participado da trama. Só faltava conseguir interrogar o motorista do tal carro marrom.

"Estamos fechando o cerco a eles, Dra. Vera."

Ela fez menção de me dar uma bronca, mas deixou para lá.

"O que você acha que pode ter acontecido com relação aos cadeados?", perguntou ela.

"Não quis falar na frente da irmã Fabrícia para não a deixar ainda mais preocupada, mas eu acho que sei o que aconteceu. Interrogamos o porteiro da tarde, que estava de plantão quando Ana Clara desapareceu, mas esquecemos que a escola tem dois porteiros. Foi um erro primário, mas que se explica em razão da intromissão do pessoal da Homicídios no caso. Para mim, foi esse porteiro da manhã que fez as cópias das chaves e as entregou ao sequestrador de Ana Clara.

"Vera, enquanto saíamos do colégio, reparei no porteiro da manhã. O cara não sabia onde enfiar a cara. Tentou escapar do meu olhar, ficou todo atrapalhado. A partir daí, montei a história. Vou convidá-lo para tomar um cafezinho na delegacia ainda hoje."

"Puxa, nem reparei nisso, Tino. Nem vi que tinha porteiro lá."

"Por isso eu sou o investigador e você é a perita", eu disse em tom de brincadeira, mas ela não gostou nem um pouco do que ouviu.

Peguei a caneta e o bloco de papel e comecei a fazer anotações enquanto seguíamos para a delegacia, eu e o Eduíno. A Vera seguia atrás, em seu carro.

Depois de fazer para ele um resumo do que ouvi da irmã Fabrícia, comecei a escrever e repetir alto os próximos passos da investigação:

"Precisamos convidar o porteiro da manhã para uma conversinha, antes que ele desapareça. Vou precisar que você volte ao colégio daqui a uma hora para buscá-lo, certo?"

Eduíno apenas ouvia e concordava.

"Precisamos também cobrar do Dr. Fontoura a convocação do motorista do carro marrom e o mandado de busca ao sítio. De tarde, vamos ouvir os familiares da vítima."

"Só faltou uma coisa", disse Eduíno.

"O quê?", perguntei.

"Você me disse que uma pessoa telefonou na noite em que Ana Clara estava em poder dos sequestradores e pediu um resgate. Quem foi essa pessoa? Vocês já sabem?"

"Nem imaginamos. Mas qual é a importância disso agora?", perguntei.

"É que eu montei uma história aqui na minha cabeça. Quer ouvir?"

"Claro", respondi. O Eduíno era ótimo nesse tipo de coisa.

"Bom, eu acho que o plano dos caras deu todo errado; por isso é que eles mataram a menina."

"Como assim, Eduíno?"

"Acompanhe o meu raciocínio. Vou falar em hipótese, certo?"

"Tudo bem. Desembucha, vamos."

"O plano deles, digo, do irmão de Ana Clara, da namorada e de mais alguém, que pode ser o motorista do carro marrom, era de arrancar um dinheiro do seu Mattoso para pagar uma dívida com o tráfico de drogas, comandado pela dupla de playboys. O tal do Júlio devia estar desesperado. Os caras deviam estar ameaçando-o e a namorada, essas coisas que a gente sabe como funcionam. Planejaram então um falso sequestro para tirar dinheiro do velho. O combinado devia ser passear com a menina pela cidade até o dinheiro chegar. Em seguida, a colocariam dentro de um táxi e a mandariam para casa, ou a deixariam em um lugar de grande movimento, como a rodoviária, e avisariam à polícia."

"Mas alguma coisa deu errado...", arrisquei completar.

"Sim, e eu acho que sei o que foi. O sequestrador deve ter decidido levar a menina para o sítio, talvez para passar o tempo, ou por medo de ser abordado pela polícia na rua. Ele deve ter notado que lá na sorveteria estava todo mundo de olho nele, achando estranho ver aquela menina linda, de uniforme, com um homem mal-encarado, tomando sorvete naquela hora do dia. Chegando ao sítio, deve ter encontrado os donos do local, que foram lá buscar alguma coisa, ou fazer alguma festinha. Tomei a iniciativa de olhar a ficha criminal dos dois amigos que são filhos do ministro e do senador. Um deles é barra pesada. Já foi preso por quebrar uma boate, por ter espancado a namorada... Mas nunca ficou mais de uma noite na cadeia, pois o pai sempre pagou bons advogados. O outro tem apenas uma passagem pela polícia, por porte de drogas. Pagou fiança e saiu. Sabiam que ela era irmã do Júlio, que deve dinheiro a eles, e resolveram ir à forra. O primeiro, o tal do Jotabezinho, filho do ministro, e o outro, um tal de Aluísio Neves da Fonseca, filho do senador, ou participou de tudo, ou foi conivente. Depois da besteira feita, devem ter mandado que o sequestrador sumisse com a menina. Não sei se ela ainda estava viva quando saiu do sítio, ou foi morta lá mesmo. Mas a história que imagino é mais ou menos essa."

"O sequestrador deve ser um pau mandado dos dois rapazes. Mas também deve ser amigo do Júlio, pois estava ajudando no falso sequestro para levantar dinheiro para pagar a dívida, não é?", perguntei.

"É por aí", disse Eduíno.

"Sim, a história fazia sentido", eu pensei. "O objetivo inicial era mesmo arrancar dinheiro do Marco Aurélio Mattoso para pagar uma dívida com os traficantes, que vêm a ser justamente a dupla Jotabezinho e Aluísio. Planejaram tudo nos mínimos detalhes, até subornando o porteiro do colégio para fazer cópias das chaves dos cadeados e fazendo anotação na agenda da menina, informando que ela sairia mais cedo naquele dia. Só se esqueceram de combinar com os pais de Ana Clara, que realmente não tinham como pagar um resgate daquele valor àquela hora da noite. Ou será que eles imaginavam que o velho tinha cofre dentro de casa?"

"Eduíno, você é um gênio, cara. Vera vai ficar impressionada quando contarmos isso tudo para ela."

Chegamos à delegacia e chamamos Vera para a sala de interrogatório, onde ouviríamos os depoentes na parte da tarde. Pedi a Eduíno que repetisse para Vera o resumo da história. Ele fez um resumo muito rápido, que eu precisei completar. Quando acabamos, ela estava assombrada.

"Foi isso mesmo que aconteceu. Tudo faz sentido. E mesmo a falha em ter sequestrado a menina e ter pedido o resgate no mesmo dia, não dando chance ao pai de levantar o dinheiro, é típica de gente inexperiente. E agora, o que vamos fazer?"

"Bom, temos uma tese, bastante provável, mas ainda é uma tese. Precisamos preencher as lacunas", disse eu. "Daqui a pouco vamos ouvir os pais dela, o irmão e a namorada. Talvez ainda hoje consigamos interrogar o dono do carro marrom e o motorista da família Neves da Fonseca, para descobrir quem estava dirigindo naquele dia. E esperamos também para hoje o mandado que nos permita entrar no sítio para encontrarmos a prova", eu disse, abaixando o tom de voz no final.

"É preciso ouvir o porteiro da escola e descobrir quem fez as cópias das chaves para o sequestrador, não é isso?", questionou Eduíno.

"Sim, já ia me esquecendo disso. As coisas estão andando tão rápido que quase deixei de lado essa parte da investigação. Então ficamos assim: eu e Vera fazemos os interrogatórios na parte da tarde, e você cuida do porteiro. Se tudo der certo, amanhã pela manhã iremos os três ao sítio."

Eduíno pegou o telefone para ligar para o colégio e fazer o convite ao porteiro da manhã. Eu mesmo entrei na linha e expliquei resumidamente para a irmã Fabrícia. Ela quase chorou ao telefone, disse que confiava em todos os funcionários da escola e que nunca esperava que isso fosse acontecer. "O rapaz se chama Francisco e está à disposição da polícia", assegurou a irmã.

"Estou pensando em economizar tempo", disse Eduíno.

"Como assim?", perguntou Vera.

"Vou pegar esse cabra no colégio e ele vai me dizer quem pagou ele para conseguir as cópias das chaves. Ou ele faz isso ou a coisa vai ficar feia para o lado dele", disse.

"Vá devagar, Eduíno", disse Vera, "não esqueça que nós somos os mocinhos."

"Pode deixar, dona Vera. Não vou nem encostar a mão nele. Vou apenas usar de psicologia, como diz o nosso amigo Tino Torres."

Eu ri, pois sabia que o Eduíno era bom nesse tipo de coisa. Ele vai falar grosso com o porteiro, dizer que, se ele não falar tudo o que sabe, vai deixá-lo nas mãos da turma da delegacia. Vai dizer também que ele já sabe da história toda e que, se ele não colaborar, vai acabar sendo acusado por formação de quadrilha.

"Vamos, Vera, que o Eduíno vai cuidar bem desse cara."

Entramos na sala do delegado e contamos a ele a história do porteiro da manhã. Não ousei mencionar a nossa tese do assassinato. O Dr. Fontoura não gosta de especulações... ou gosta e não gosta de dizer, especula apenas para dentro. Expliquei que faríamos os interrogatórios na parte da tarde e que reservamos a manhã do dia seguinte para fazer uma visita ao sítio. Disse dessa forma para ele não se esquecer de cobrar a expedição do mandado de busca para aquele dia. O delegado disse que preparássemos os interrogatórios que ele cuidaria do resto.

"Quanto mais rápido essa história acabar, mais cedo eu me livro do diretor e daquele chato do assessor de comunicação dele", desabafou o Dr. Fontoura.

Eu tinha até me esquecido de comentar com o delegado e com a Vera Hermano o que o Geramundo havia me falado sobre o Wellington Salgado, o tal assessor do diretor da Polícia Civil de Brasília. Voltei ao gabinete do delegado com a Vera e contei o que sabia.

"O cara nem é jornalista, é relações públicas, e a função dele é impedir que a imprensa chegue perto do diretor. O Geramundo me explicou que uma das primeiras coisas que os militares fizeram quando chegaram ao poder foi trocar jornalistas por relações públicas nas assessorias de imprensa do governo. Eles temiam, com razão, que os jornalistas que trabalhavam no governo virassem informantes da imprensa".

"Não bastava ter o apoio dos donos de jornais, rádios e televisões. Era preciso também cortar os canais de comunicação com o pessoal da redação", completou Vera, que provava ser filha de um jurista que era um verdadeiro calo no sapato do governo.

Dr. Fontoura fez cara de espanto, como quem diz "se vocês estão dizendo, eu acredito", e em seguida nos despachou.

"Caprichem nos interrogatórios e no final da tarde nos encontramos aqui na minha sala para fazer um balanço."

Eu e Vera fizemos um lanche rápido na barraquinha que ficava ao lado da delegacia, pois o primeiro interrogatório, que seria do pai de Ana Clara, estava marcado para as 13h e já eram 12h30. Enquanto comíamos um misto quente e dividíamos uma garrafa de refrigerante, conversamos sobre o que perguntar a cada um dos interrogados: o casal Mattoso, o filho e a namorada.

"Não acho que eles devam acrescentar grande coisa", disse ela. "Os únicos que poderiam ajudar seriam o Júlio ou a namorada dele, que estão envolvidos até o pescoço e não vão querer assumir a culpa. Só irão falar em juízo."

Concordei com ela, mas eu tinha um plano. Nossa principal prova material era a agenda de Ana Clara. E se disséssemos que ela foi encontrada e que iríamos fazer um exame grafotécnico da letra de quem escreveu o bilhete para a professora de Ana Clara?

"Mas nem sabemos se o bilhete se salvou do fogo e continua na agenda, Tino. Guardei o material num saco plástico e tranquei na minha gaveta. Ainda não tive tempo de analisar."

"Mas eles não precisam saber disso. Para eles, se a nossa tese estiver certa, a agenda foi queimada juntamente com as outras coisas da menina. E temos também a questão das cópias das duas chaves do colégio. E se o porteiro disser que foi um dos dois – Júlio ou Sabrina – ou ambos que lhe pagaram para fazer o serviço? Eles podem não querer falar nada, mas temos algumas cartas na manga."

Quando estávamos nos preparando para entrar na delegacia e começar a fazer os interrogatórios, vimos Eduíno chegando com a viatura. Desceu do carro com a cara fechada, como quem não gostou do que ouviu.

"O cara é jogo duro, Tino. Negou tudo até o fim. Alguém deve ter ligado para ele e feito algum tipo de ameaça. Ele estava muito assustado, mas não disse nada. Preparem-se, que os próximos interrogatórios vão ser todos assim."

Eduíno era mais experiente do que eu e Vera juntos. Ele sabia que os caras já tinham sido alertados sobre o andamento das investigações. Quando decidimos interrogar novamente os familiares de Ana

Clara, eles viram que a investigação estava novamente de pé e trataram de prevenir todos os envolvidos.

"Quem poderia ajudar seriam os pais de Ana Clara, mas eles perderam a filha; não vão querer perder o filho", disse Eduíno.

Ele estava coberto de razão. Nossa investigação estava numa sinuca de bico. Se ninguém dissesse nada, teríamos que simplesmente fazer um relatório explanando a nossa tese, remetendo as provas para a Justiça.

"Não será a primeira vez que faremos isso", disse eu. "Em todo caso, vamos aos interrogatórios. Quem sabe alguma coisa escapa?"

"Boa sorte", disse Eduíno e foi fazer um lanche, enquanto nós dois entrávamos de cabeça baixa para o interior da delegacia.

Fizemos os quatro interrogatórios em pouco mais de duas horas. Os pais de Ana Clara repetiram o que disseram antes. A mãe dela, dona Lúcia, disse que foi a última a colocar as mãos na agenda da filha e que não viu qualquer recado alertando para o fato de que alguém iria buscá-la mais cedo na escola.

"Se alguém escreveu alguma coisa, foi depois, lá mesmo na escola", disse a mãe.

E tanto o irmão dela quanto a namorada também negaram qualquer envolvimento com o caso. Júlio disse que não conhecia o suposto sequestrador e que nunca tinha ouvido falar na dupla Jotabezinho e Aluísio.

"Não conheço. Nunca ouvi falar. Não. Não. Não", foram essas as respostas dele e de Sabrina, repetidas dezenas de vezes.

Quando citei a agenda, notei uma pequena alteração na voz de Sabrina, mas ela negou tudo, como fez Júlio Mattoso, que tinha deposto antes dela.

Quando os interrogatórios acabaram, me reuni com Vera e Eduíno na minha sala. Poucas horas antes estávamos animados, achando que finalmente a investigação avançara. Horas depois, estávamos perplexos. "Nenhuma prova nova, além da agenda, nenhum depoimento contraditório. Voltamos quase à estaca zero", disse Vera.

Em parte, ela tinha razão. Nossa hipótese, formulada por Eduíno, continuava válida, mas nenhum dos depoimentos conseguidos até aquele momento confirmava a tese. "É difícil encontrar o culpado por um homicídio sem a colaboração das pessoas próximas da vítima", eu disse. "Os maiores interessados no esclarecimento do crime, que são os familiares dela, estão claramente constrangidos em falar. Nunca vi um caso assim", completei.

O Eduíno se lembrou de um caso ocorrido no ano anterior, quando um rapaz de 16 anos fora assassinado por traficantes de drogas em Planaltina, cidade próxima a Brasília. "A família também ficou calada, pois temia que os assassinos matassem o irmão da vítima, que também havia se envolvido com drogas. Eles pesam na balança e decidem calar para não piorar a situação", disse Eduíno. "Por isso, é tão difícil acabar com as quadrilhas de traficantes. Eles contam com o silêncio das vítimas."

Naquela época, ainda não existia nenhum sistema de proteção às vítimas. Quem ousasse desafiar o crime e colaborar com a polícia poderia ser facilmente localizado e punido. E, se é verdade que naquela época ocorriam menos crimes do que hoje, também é verdade que a impunidade era igual ou pior. Por medo de retaliação dos próprios bandidos, ou por temor da polícia ou do Estado policial-militar, a verdade é que ninguém ousava dizer a verdade, com medo das consequências. Isso acontecia em momentos graves, como no caso da morte de Ana Clara, mas também em situações comuns.

Lembro que certa vez um colega teve que depor na delegacia em razão de uma pichação que apareceu no muro da faculdade. Ele não tinha qualquer relação com o incidente, mas foi convidado a depor porque o pai dele havia sido um dos professores expulsos da Universidade de Brasília no final dos anos 1960. Sabendo que eu era tira, esse colega pediu a minha ajuda, pois não sabia o que dizer. "Eu não tenho nenhum envolvimento político. Sou o oposto do meu pai. Não que eu defenda o governo, mas não quero saber de política", dizia ele. "O que devo dizer?", me perguntava. "Diga que não sabe de nada, que não viu nada, que não participa de nenhum movimento político", eu disse. "E se os tiras não acreditarem?", perguntou. "Bom, aí eu não sei", eu disse.

Com o silêncio de todas as testemunhas, nossas esperanças voltavam-se para as provas materiais. Perguntei a Eduíno sobre o porteiro. "Ele nega tudo, diz que não fez cópia de chave. Fiz um levantamento de todos os chaveiros do Plano Piloto e pedi que a secretária da delegacia ligasse para todos eles, perguntando se algum fez serviço para o colégio em que Ana Clara estudava. Todas as respostas foram negativas."

Nesse momento, fomos informados de que já estava na delegacia o senhor Jair Amâncio da Costa, proprietário do carro marrom usado no sequestro de Ana Clara. Interrogamos o homem, que já chegou com uma história pronta. Ele havia vendido o carro para outra pessoa, por intermédio de uma revendedora de veículos, que por sua vez não registrou o carro no nome do novo comprador. Disse que conhecia o Antônio, motorista do carro, mas que não sabia que ele trabalhava para o senador Neves da Fonseca. Logo em seguida, chegou o motorista. Estava assustado, disse que não emprestou o carro para ninguém, que só ele dirigia o carro da família...

Nessa hora, estourei. "Então tem alguém mentindo nessa história. O tal carro foi visto em Sobradinho no dia 10 de setembro, por volta das 18h, e o senhor diz que nesse dia e nessa hora o carro estava do outro lado da cidade."

"Isso mesmo", confirmou o motorista.

"O senhor está mentindo", revidei. "Tem alguma testemunha?"

"Eu levei o carro para lavar lá no setor de oficina, na loja de um conhecido meu. Ele pode confirmar que o carro ficou lá a tarde inteira, lavando e polindo."

Pedi a Eduíno que fosse até a tal oficina confirmar a versão do motorista e perguntei ao homem se ele conhecia o sítio da família do ministro Júlio Batista, o JB.

"Claro que sim. Já fui lá, várias vezes, levar o senador e a esposa."

"No dia 10 de setembro passado, o senhor levou alguém da família ao sítio?", perguntei.

"Não", ele respondeu. "Deixei o carro para lavar e só peguei no dia seguinte, cedo."

"Então o carro dormiu na oficina?", perguntei.

"Sim", respondeu o homem. "Como não iam precisar mais de mim naquele dia, combinei de deixar o carro lá para eles capricharem na lavagem e fiquei de pegar no dia seguinte bem cedo."

"A que horas você deixou o carro para lavar?", perguntou Vera.

"Por volta das quatro horas da tarde. E como eles tinham outros dois carros na frente, combinamos de eu pegar no dia seguinte cedo. Depois disso fui embora para casa, de ônibus."

"E, no dia seguinte, o carro estava limpo, quando você chegou?"

"Ainda não, estavam terminando o serviço. Precisei esperar uma meia hora", disse o motorista.

Olhei para Vera e Eduíno. Os dois balançaram a cabeça, confirmando a conclusão que tiramos em silêncio, sem precisar dizer uma só palavra.

"A decisão de deixar o carro lá foi do senhor?", perguntei.

"Não foi a primeira vez que fizemos isso", respondeu.

"Não foi isso que eu perguntei", retruquei.

"O dono da loja pediu que eu deixasse o carro, pois eles iriam dar uma caprichada para agradar ao senador, que é cliente antigo deles."

"Mais alguma pergunta, Vera? Eduíno? Eu estou satisfeito."

"Só mais uma coisa", disse Vera. "O senhor anotou a quilometragem do carro quando o deixou na oficina para lavar?"

"Não", disse o motorista. "Faço isso quando o levo para consertar alguma peça que quebrou. Mas como era só lavagem, e o pessoal de lá é de confiança, não tomei esse cuidado não."

"Muito obrigado pelas respostas, senhor Antônio. Anote neste papel o nome e o endereço da oficina em que o carro foi lavado. Em seguida, o senhor está liberado."

Quando ficamos os três a sós, Eduíno soltou uma gargalhada. "Os caras pensaram em tudo, Tino. Bolaram até um álibi para o carro. Para mim esse motorista está limpo, mas não posso dizer o mesmo sobre o dono da oficina. Usaram o carro para levar a menina para o sítio e depois para transportar o corpo até o matagal na L2-Norte e devolveram logo cedo, todo sujo. Em seguida, lavaram o carro antes de devolvê-lo ao motorista."

"Por isso não encontramos nada no carro, nem um fio de cabelo", disse Vera.

"É impressionante. Quanto mais o tempo passa, mais a história faz sentido. Mas, paradoxalmente, ao mesmo tempo, mais escassas são as provas", falei.

Fui até a sala do delegado perguntar pelo mandado de busca.

"O juiz autorizou, Tino. Já pedi ao motorista para ir buscar o documento no tribunal. Daqui a pouco, você terá a permissão para entrar naquele sítio", disse o delegado.

"Finalmente uma boa notícia, doutor. Amanhã bem cedo vamos eu, Vera e Eduíno. O senhor quer vir com a gente?"

"Obrigado, Tino, mas quero ficar longe dessa investigação. Pelo menos por enquanto. Não quero demonstrar que estou interessado pelo caso além do normal. Isso pode acirrar a reação dos caras, você entende?"

"O delegado tinha razão", pensei. "Quanto mais importância o delegado desse ao caso, mais forte seria a reação da cúpula. Era melhor fazer tudo na encolha."

Mal terminei a conversa com o delegado, fui chamado com urgência pela secretária, que ligou para o ramal da sala do delegado.

"Tino, tem um rapaz nervoso aqui na recepção, acompanhado pelo advogado. Eles querem falar com você. Dizem que é a respeito de um mandado de busca ao sítio da família do ministro Júlio Batista de Andrade."

Respirei fundo e caminhei a passos lentos para a recepção. Antes, passei pela minha sala e alertei Vera sobre a visita inesperada. "Eu ia lhe dar uma boa notícia, mas agora terei de esperar um pouco."

"O que foi?", perguntou Vera.

"Tem um rapaz nervoso, lá na entrada, acompanhado de um advogado. E há pouco eu soube pelo delegado que o juiz autorizou a nossa entrada no sítio. Alguma coisa me diz que esses dois que estão lá fora querem a minha cabeça."

"Vou com você, Tino. Adoro emoções fortes."

Quando chegamos à recepção da delegacia, os dois homens estavam em pé. Um, jovem, branco como cera, tinha brilhantina no cabelo e usava terno. Certamente era o advogado. O outro era um rapaz de altura mediana e cabelo castanho, tinha a pele queimada de sol e estava de camiseta, calça jeans e botas pretas. Seus olhos fuzilavam quem se atrevesse a olhá-lo. Aproximei-me do balcão e perguntei alto para a secretária, como se não tivesse visto os dois:

"Quem está querendo falar comigo, Marluce?"

Ela apontou para os dois e disse, jocosa:

"Esses dois senhores."

"Pois não?", perguntei.

O rapaz de camiseta ameaçou abrir a boca, mas foi contido pelo advogado, que deu dois passos à frente e estendeu a mão.

"Policial Amantino Torres, é um prazer. Meu nome é Marcos Sá Carneiro. Eu sou advogado da família Andrade. E este é meu cliente, Júlio Batista Andrade Filho, filho do ministro JB."

"Imagino que vocês tenham vindo por causa do mandado de busca ao sítio", indaguei.

"Sim, claro. Meu cliente não entende por que tentar envolver sua família nesse caso da morte da menina Ana Clara. Não existe qualquer nexo entre o crime e o sítio da família. O senhor pode me explicar com base em que vocês fizeram esse pedido ao juiz?", perguntou o advogado.

"Posso, claro. Temos testemunhas de que Ana Clara foi vista pela última vez em Sobradinho, por volta das 18h, na companhia de um homem. Os dois estavam em uma sorveteria e de lá entraram em um carro marrom e foram embora. Uma testemunha anotou a placa do carro e agora sabemos que o carro pertence à esposa do senador Neves da Fonseca. Aliás, o carro está sob guarda da Polícia Civil. E por outras fontes soubemos que o senador é sócio do ministro JB em um haras em Sobradinho, a poucos quilômetros do local onde Ana Clara foi vista com o suposto sequestrador. Parece-me óbvio investigar o sítio ou o haras da família. O senhor não acha?"

Jotabezinho tomou a frente do advogado e esticou o dedo indicador na minha frente.

"Você está pensando que é o quê, hein, seu policialzinho? Quem é você para invadir o sítio da minha família? Antes que você possa chegar perto daquela propriedade eu acabo com..."

Antes que ele terminasse a frase, o advogado retomou a palavra e pediu calma ao cliente.

Segurei-me para não dar voz de prisão àquele sujeito. Vera também estava se segurando para não abrir a boca. Jotabezinho era exatamente da forma como eu imaginava. Petulante, agressivo e com ódio nos olhos. "Estou diante do assassino de Ana Clara", pensei.

"Quero propor um acordo, Dr. Amantino", disse o advogado. "O senhor ignora o mandado de busca e eu mesmo acompanho o senhor e a sua equipe", e nesse momento olhou para Vera e sorriu amarelo, "para visitar o sítio. Não imagino em que isso poderá ajudar nas investigações. Sabemos que o senhor já esteve lá e conversou com os empregados no local."

Jotabezinho tentou vociferar novamente, mas o advogado o conteve.

"Não posso tomar essa decisão sem conversar com o delegado", respondi para ganhar tempo.

Disse isso e voltei para o interior da delegacia, juntamente com Vera.

"Talvez seja melhor aceitar o acordo, Tino. Eles podem conseguir reverter a decisão do juiz e então nada conseguiremos", disse Vera, antes de entrarmos na sala do Dr. Fontoura.

"Pode ser", respondi. "Mas tenho medo de que eles estejam planejando alguma coisa. Quem me garante que esse advogado irá cumprir com a palavra? Podem querer apenas esfriar o assunto, atrasar a investigação. Se eles tivessem certeza de que iriam conseguir cassar o mandado do juiz, o Jotabezinho não estaria tão nervoso."

"É verdade", disse Vera.

Dr. Fontoura fez cara de preocupado quando soube da presença de Jotabezinho e seu advogado na delegacia.

"Quer apostar que esse juiz que autorizou a entrada no sítio está sendo pressionado neste momento? Por isso, o advogado veio pedir o acordo. Esses caras trabalham assim. Pressionam de um lado e do outro tentam fazer um acordo. Acho melhor aceitar a proposta do advogado."

"E se isso for só para desistirmos do mandado de busca, para em seguida bloquear nosso acesso ao sítio?", perguntei.

"Na verdade, Tino, não podemos simplesmente desistir do mandado de busca. Ele já foi pedido e concedido pelo juiz. O que pode acontecer é o juiz anular a própria decisão. E o advogado sabe disso. Ele veio até aqui apenas para garantir que um de vocês não vaze para a imprensa que a Justiça tomou uma decisão e depois voltou atrás. Ele prefere o acordo, pois será menos oneroso para a parte que ele defende."

"Quer dizer então que estamos entre a cruz e a espada?", perguntei. "Se aceitarmos o acordo, poderemos entrar no sítio na companhia do advogado. Se não aceitarmos, corremos o risco de dizer adeus à nossa busca, é isso?"

"Você resumiu bem, Tino. E eu prefiro a cruz a ter a espada dessa turma sobre a minha cabeça. Vá lá e faça o acordo, de preferência por escrito."

Voltei de cabeça baixa. Havia perdido meu primeiro embate com o provável assassino de Ana Clara. Lavrei o acordo, pedi que Vera servisse de testemunha e assinamos o papel.

"Assim é melhor", disse o advogado. "Sem constrangimentos para as duas partes."

Olhei para Jotabezinho, que agora estava sentado, mas ainda bufando.

"E podemos fazer a visita ao sítio amanhã cedo, Dr. Carneiro?", perguntei, acentuando a palavra "visita".

"Como não?!", disse ele, em tom amistoso. "Espero vocês, lá, para um café", disse, apertando a minha mão, cumprimentando Vera com um aceno e saindo da delegacia com o seu cliente.

"Precisamos planejar tudo nos mínimos detalhes, Vera, para amanhã. Esse advogado vai tentar nos enrolar, colocar os capangas da família para vigiar a gente de perto. Temos que ter um plano para conseguir esquentar a prova".

Capítulo 22

Praticamente não dormi naquela noite. Eu sabia que havíamos caído em uma armadilha preparada pela família de Jotabezinho. Deixariam a gente entrar no sítio, mas iriam vigiar cada passo nosso. Além do mais, do ponto de vista legal, qual é a validade da "visita" que faríamos? Eu não era advogado, entendia pouco das leis. Nos anos 1970, quando entrei para a polícia, exigiam pouco conhecimento das pessoas. Se o cara soubesse ler e escrever e tivesse preparo físico, estaria com um pé dentro da corporação. Fui dos primeiros a entrar na polícia por concurso público. Mas a prova era uma moleza. Lembro-me até hoje de uma questão que caiu e que pegou muita gente. Perguntava o que pesava mais: um quilo de algodão ou um quilo de chumbo. Você acredita que teve gente que respondeu que um quilo de chumbo pesava mais? Pois é, as provas daquele tempo eram assim. Hoje, o cara precisa conhecer as leis, ter curso superior e saber falar inglês e espanhol. Novos tempos. Melhor assim. Convivi com muito brutamonte que mal sabia assinar o próprio nome. O problema é que aumentaram as exigências para entrar na polícia, mas a estrutura se manteve mais ou menos inalterada. Sei disso porque continuo acompanhando até hoje o dia a dia da Polícia Civil em Brasília. Ainda tenho alguns amigos lá.

É verdade que hoje a imprensa é livre, e isso faz bastante diferença. Mas a nossa polícia continua sendo uma caixa preta, uma corporação pouco republicana. Lá, manda quem pode, obedece quem tem juízo. Se o cara tentar enfrentar a direção, é colocado na geladeira, é mandado para o almoxarifado ou para a garagem da corporação. Só não conseguiram fazer isso comigo porque eu soube me proteger. Mas também não consegui crescer lá dentro. Quando sugeri, já nos anos 1980, a criação da ouvidoria da Polícia Civil, riram na minha cara. Anos depois, criaram o órgão e colocaram um puxa-saco do diretor para cuidar do novo setor. No serviço público, as coisas funcionam assim.

Naquela noite, cheguei em casa e liguei para o Geramundo, que estava na redação do *Diário Brasiliense*. Conversamos pouco, pois eu sabia que meu telefone estava grampeado. Apenas combinamos algo para mais tarde, quando ele deixasse a redação.

"Temos novidades?", perguntou ele.

"Sim e não", respondi. "Quero apenas trocar umas ideias com você."

Em seguida, liguei para o Eduíno e para a Vera, e combinamos de chegar mais cedo à delegacia.

"Vou ter que acordar de madrugada para ficar pronta", disse ela.

"Tome um bom chá de camomila e vá dormir cedo, garota. Vamos precisar muito de você amanhã", disse eu.

Comi um resto de macarrão que estava na geladeira, tomei uns goles de água e desci para pegar meu carro que estava no estacionamento. Meu bloco não tinha porteiro, apenas um zelador que de dia fazia a limpeza e de noite dormia no próprio prédio, em um quartinho improvisado no térreo, ao lado da lixeira. Na única reunião de condomínio da qual participei enquanto morei naquela joça, sugeri a construção de um apartamento no térreo para o seu Raimundo, nosso zelador, pois achava aquele quartinho dele um cafofo terrível. Apertado, quente e fedorento. Quase apanhei na reunião. Naquele tempo, as pessoas eram mais ignorantes, pode acreditar. Quando ouço dizer que no começo da nossa cidade as pessoas eram mais solidárias, mais isso, mais aquilo, eu tenho vontade de vomitar. Claro que não eram nada disso. Havia menos gente, menos violência, as pessoas se conheciam melhor, isso tudo é verdade. Era quase uma cidade do interior, só que espalhada em núcleos. Se você fosse pobre, preto ou homossexual, era tratado sem qualquer respeito. Pois o seu Raimundo era tudo isso junto. Mas o cara trabalhava muito. Acordava cedo, limpava todas as portarias, recolhia o lixo, passava enceradeira no piso do prédio e ainda lavava os carros de alguns moradores para ganhar uns trocados. Por isso, todos no prédio o respeitavam. Mas, quando falei em melhorar as condições para ele morar, um morador me saiu com essa:

"Só se for para ele trazer os soldadinhos dele aqui para o bloco. Gosto do seu Raimundo, mas para esse pessoal, se damos a mão, eles querem o braço todo. Sou contra", disse o cara.

Comentavam no bloco que toda sexta-feira o seu Raimundo gostava de ir para a gandaia. E quase sempre dormia fora, provavelmente na companhia de algum soldado, de algum "catarina", como eram chamados aqueles rapazes magros e louros que vinham do Sul para engrossar as fileiras do bravo Exército Brasileiro.

Mas por que estou falando sobre isso? Meu propósito não é fazer desse relato uma radiografia social da minha cidade. Outros autores já fizeram isso com mais autoridade. Além disso, não quero fazer dessa história uma crítica à cidade que adotei. Vim para cá quando ainda era um adolescente e dizia pra mim mesmo que, quando tivesse dinheiro, iria embora: voltar para Minas ou morar no Rio de Janeiro. Acabei ficando e me acostumando com isso aqui. Pode ser uma cidade pequena, mas é a minha cidade. Não é assim que se fala? Só quem vive muito tempo em Brasília tem o direito de falar mal dela. É igual àquela história de mãe e filho: "Meu filho tem todos os defeitos, mas só quem pode falar mal dele sou eu, que o conheço bem". Com Brasília também é assim. Mas, pensando bem, cada um pode dizer o que quiser, falar mal, falar bem. Já fui de defender Brasília com unhas e dentes. Hoje não faço mais isso. Cansei. A cidade já é bem grandinha para se defender sozinha.

Voltando a 1973 e àquela noite fria de setembro. Quando cheguei ao estacionamento do meu bloco, notei que dois dos meus pneus estavam vazios. Xinguei um monte de nomes feios, chutei a porcaria do pneu, mas logo em seguida parei e pensei: "Não pode ser coincidência. Isso está cheirando a sacanagem. Estão querendo me tirar do sério."

Caminhei até o quartinho do seu Raimundo e bati na porta. Ele demorou um pouco para abrir.

"Seu Raimundo, desculpe incomodá-lo, mas por acaso o senhor viu alguém estranho rondando o bloco esta noite?"

"Vi não, seu Tino. Aconteceu alguma coisa?"

"Furaram dois pneus do meu carro, seu Raimundo."

"Isso é coisa desses moleques dessa quadra, seu Tino."

"Acho que não. É coisa de gente grande."

"Gente aqui do bloco, seu Tino?"

"Não, acho que não. O pessoal daqui não gosta de mim, mas não teriam motivo para furar os pneus do meu carro. É gente de fora, que está querendo me intimidar. Olha aqui, seu Raimundo, preste atenção no que eu vou dizer. Estou investigando um crime muito sério que aconteceu."

"Foi a morte daquela menina linda, não foi?"

"Esse mesmo. E tem gente incomodada com a investigação. Vou precisar que o senhor me ajude a vigiar as redondezas do nosso bloco. Sempre que o senhor vir alguém estranho, ou algum carro desconhecido no estacionamento, ou dando voltas por aqui, o senhor anote a placa e a hora e depois me passe, certo? Só isso."

"Pode deixar, seu Tino. O senhor quer que eu o ajude a trocar o pneu?"

"Não, pode deixar. Eu vou pegar um táxi. Além disso, vou precisar de mais um estepe. Amanhã eu cuido disso, seu Raimundo."

Tirei uma nota de vinte cruzeiros da carteira e dei para ele. "Aproveite bem a sua sexta-feira, mas não deixe de fazer o que lhe pedi."

Ele sorriu, colocou uma das mãos na frente da boca, para esconder a falta de dois dentes, e agradeceu.

"Anotarei tudinho, seu Tino. E aproveite a sua sexta-feira também."

Voltei para o meu apartamento para ligar para o Eduíno. Enquanto subia as escadas, pensei na última frase do seu Raimundo: "aproveite a sua sexta-feira, também". Puxa, minha vontade era ligar para a Marli. Mas eu precisava conversar com o Geramundo e planejar a minha ida ao sítio no dia seguinte. A Marli ficaria para depois. "Amanhã é sábado. Quando voltar do sítio, eu já fico lá mesmo em Sobradinho e faço uma visita para ela", pensei.

Expliquei ao Eduíno o que havia acontecido e acertei para ele me pegar no dia seguinte, bem cedo, com a viatura.

"Deixa esse carro parado uns dias, Tino. Os caras estão querendo te irritar para você fazer besteira. Eu estou com a viatura. Quer que eu vá te buscar?"

"Não, vou pedir um táxi. Não gosto de usar o carro da delegacia fora do horário de trabalho, mesmo que eu esteja fazendo coisas do trabalho. Não quero dar nenhum motivo para esses caras me ferrarem. Me pegue aqui às sete horas, ok?"

Desliguei e em seguida pedi um táxi pelo telefone. Na minha quadra não tinha ponto de táxi e seria arriscado andar até a avenida principal para conseguir um. "Os caras estão me vigiando. Tenho que ter muito cuidado a partir de agora", pensei. Aproveitei e peguei também o meu revólver calibre 22, que cabia na palma da mão, e coloquei no bolso do casaco.

"Não gosto de usar arma, mas a situação está ficando difícil para mim. É sempre mais difícil enfrentar um tira armado", pensei.

Cheguei ao bar de sempre antes de Geramundo. Pedi um refrigerante e esperei. Naquela situação, achava melhor não beber, ter a cabeça limpa para pensar melhor e poder agir com rapidez, caso precisasse. Eu já tinha um plano. Além de nós três – eu, Vera e Eduíno –, pensei em convidar o Geramundo para ir junto. Não como jornalista, claro, mas como auxiliar disfarçado.

"Pode contar comigo, Tino. Vocês me emprestam um daqueles coletes horrorosos da polícia, eu coloco uns óculos escuros e ninguém vai dizer que eu não sou um tira. Mas será que o tal advogado não vai desconfiar?"

"Já pensei em tudo, Geramundo. Tem um ajudante lá na delegacia, chamado Dirceu. Ele até se parece um pouco com você. Para todos os efeitos, você é o Dirceu. É só você se lembrar do Dirceu Lopes, o craque do futebol. Vou dizer que você foi junto para fazer umas fotos do local. Fique o tempo todo fotografando ao nosso lado e ouvindo a nossa conversa. Enquanto Vera distrai o advogado, Eduíno vai deixar cair no chão, perto da fogueira, o que sobrou da agenda de Ana Clara. Em seguida, você chega perto, fotografa a agenda, usando uma lente boa, e nos chama dizendo que encontrou alguma coisa. O que acha do plano?"

"Genial, Tino. E depois, posso escrever sobre isso?"

"Aí é com você e o seu patrão. Vocês não estão proibidos de falar desse crime?"

"Sim e não. Podemos falar apenas o que vier de fonte oficial. Vocês podem dizer que encontraram uma prova no sítio e pedir autorização para falar com a imprensa sobre o assunto."

"E vamos ouvir um 'não' bem grande", eu disse.

"Sei não, Tino. Os caras estão perdidos. Os promotores estão pressionando e alguns deputados e senadores já discursaram, pedindo que a Polícia Federal entre nas investigações. Aconteceu um crime parecido com esse no Espírito Santo, e parece que lá também tem gente graúda envolvida."

"Eu soube. Você conhece melhor a história?"

"Sim. Recentemente mataram uma menina de sete ou oito anos em Vitória. E a polícia não está conseguindo encontrar o criminoso, ou os criminosos, como aqui em Brasília. Parece que tem gente de família muito rica e com boas relações com o governo envolvida na morte dela. E, poucos dias atrás, sumiu um garoto de dez anos no Rio, filho de um industrial rico. Ele foi sequestrado e, ao que tudo indica, morto. Mas o corpo não apareceu até agora. Desconfiam inclusive da família. Isso está deixando alguns membros do governo preocupados. São três casos em menos de três meses, todos envolvendo pessoas importantes. O medo deles é que a opinião pública possa culpar o governo por essa onda de crimes contra crianças."

"Impunidade gera mais violência, Geramundo."

"Pois é, Tino... Minha esperança é que os caras resolvam apoiar a apuração da morte da Ana Clara para acabar com essa impressão de impunidade. O governo morre de medo da opinião pública."

Eu não era tão otimista quanto o Geramundo. Havia gente muito poderosa por trás da morte de Ana Clara. Filhos de um senador e de um ministro de Estado. "E se for mexer nessa cumbuca, vão aparecer outros nomes", pensei. A verdade é que havia uma elite rica e poderosa no Brasil, e em Brasília, representada pelas famílias de alguns políticos, de uns burocratas e de mais um punhado de militares de alta patente, que tinham ganhado muito dinheiro e poder durante o regime e fizeram do país o seu quintal. Mandavam e desmandavam. Roubavam descaradamente, matavam, torturavam, e tudo ficava por isso mesmo. Nos anos 1970, que eu vivi intensamente, havia um grupinho que estava a salvo de tudo. Podiam cometer qualquer barbaridade que o pai, ou o tio, ou o avô, empresário, político ou general, livrava a cara. Eu fui testemunha disso antes mesmo da morte de Ana Clara.

Certa vez, prendemos dois rapazes que estavam fazendo pegas nas ruas de Brasília. Por azar, eles bateram no carro de um diplomata. Levamos os dois para a delegacia, interrogamos, vimos que eles estavam claramente bêbados. Sabe o que aconteceu com os dois? Nada. Nem foram repreendidos. Um deles era filho de um coronel. O outro era sobrinho de um alto funcionário da Presidência da República. Foram liberados na mesma noite. E devem ter voltado para a farra, pois deixaram a delegacia rindo.

Às vezes, eu penso que as leis foram feitas para proteger os ricos e azucrinar a vida dos pobres. Se o cara rouba um pacote de macarrão, cadeia nele. Se o outro rouba milhões dos cofres públicos, aí chamam de "desvio de recursos" e o cara responde pelo crime em liberdade, e ainda contrata um monte de advogados com o dinheiro que ele roubou e se livra do crime.

Mas, naquela noite, eu ainda tinha alguma esperança. Achava que iria desvendar a morte de Ana Clara e mandar seus assassinos para a cadeia. Cheguei perto.

Capítulo 23

Sete horas em ponto, o Eduíno tocou a campainha lá de casa. Não pude deixar de rir quando o vi vestido igual a um caçador de safári.

"Que roupa é essa, Eduíno? Tá ficando maluco?"

"Da outra vez que fui àquele sítio, voltei todo mordido de borrachudo, cheio de carrapichos e torrado de sol. Desta vez estou pronto para enfrentar qualquer bicho ou planta. Quer passar um pouco de repelente?"

"Eu sou da roça, Eduíno... esqueceu? Bicho nenhum chega perto de mim."

Expliquei para ele o meu plano. Ele concordou, mas fez um alerta.

"Não vão deixar a gente solto um segundo. A Vera vai ter que usar toda a lábia dela para distrair os caras enquanto eu jogo a agenda no local da fogueira, perto de onde a encontrei."

"Ela vai cuidar disso, não se preocupe."

Geramundo entrou no carro e eu aproveitei para explicar para todos como seria o nosso plano. A Vera não sairia do lado do advogado, mas, se um dos capangas que ele provavelmente levaria resolvesse vigiar o Eduíno muito de perto, ela inventaria alguma desculpa para atrair a atenção dele. Nesse momento, o Eduíno jogaria fora a agenda que ele carregava dentro do casaco de caçador.

"E o Geramundo tem que ficar atento para chamar atenção para o material e fazer o máximo de fotos que conseguir. Se o advogado pegar a agenda, fotografe ele na mesma hora. Quando ele notar que caiu em uma armadilha, será tarde."

Chegamos ao sítio da família Andrade quando o sol começava a esquentar. Na portaria, um rapaz que não estava lá da outra vez informou que o advogado ligou dizendo que chegaria por volta das 8h30.

"Vamos ter que esperar uns vinte minutos", eu disse para os demais. Aproveitamos para checar todas as etapas do nosso plano: verificar se a agenda estava bem acomodada no bolso interno do casaco do Eduíno; conferir a máquina fotográfica que seria usada por Geramundo; ensaiar com Vera algumas situações que poderiam acontecer.

"Talvez você possa dizer que está com sede e pedir um pouco de água. Isso vai desmobilizar um deles", falei para ela.

Combinamos também que o Eduíno contaria algumas piadas para relaxar o ambiente e distrair os caras.

O advogado chegou às 8h30 em ponto. Desceu de uma caminhonete. Estava acompanhado de outros dois homens, que usavam blêizeres, mas sem gravata. Fez um cumprimento geral a todos e mal olhou para Vera Hermano, o que a deixou sem graça.

"Senhor Amantino, precisamos delimitar um tempo para a inspeção de vocês, pois tenho outros compromissos para esta manhã."

"Dr. Sá Carneiro, acredito que em uma hora, no máximo, nós faremos a nossa visita. Por outro lado, nossa equipe está por conta disso. Se o senhor quiser partir mais cedo e nos deixar na companhia de um de seus auxiliares, não nos incomodamos."

"Infelizmente, não posso fazer isso. Prometi ao meu cliente que acompanharia vocês até o fim da inspeção. Mas vamos entrar para não perdermos tempo."

Além dos dois auxiliares, o advogado levou também dois funcionários do sítio para vigiar a nossa ação. Cerca de quarenta minutos depois da nossa entrada, já havíamos andado por uma boa extensão do sítio, em volta da casa principal, do haras e da vila dos caseiros, e não havia surgido nenhuma oportunidade para Eduíno se desfazer da agenda. Foi quando Vera mostrou as armas. Primeiro, pediu um pouco de água. O advogado fez uma cara de poucos amigos, mas pediu que um dos caseiros fosse buscar água para todos.

"Volte rápido", ordenou o advogado.

Nesse meio tempo, Vera reclamou que algum bicho havia entrado na bota dela. Começou a abaixar o zíper e a lançar fora o calçado. Não satisfeita, tirou a meia e começou a gritar, dizendo que devia ter uma cobra dentro da bota.

Um dos caseiros pegou a bota e sacudiu, mas o que caiu foram apenas uns gravetos e algumas pedrinhas. Vera sentou-se na sombra para esperar a água e olhou para Eduíno, que estava com um sorriso no rosto. Assim que todos beberam água, retomaram a caminhada, mas logo foram interrompidos por Geramundo.

"Achei um troço estranho aqui... o que será isso?". O advogado foi em direção a ele em passos rápidos. Olhou para a agenda, mas não se abaixou para pegá-la.

"Deve ser algum pedaço de caderno das crianças daqui. O sítio mantém um grupo escolar. O senhor sabia disso, senhor Amantino?"

"É mesmo? E onde funciona esse grupo escolar?", quis saber.

"No próprio sítio. Improvisaram uma sala de aula na varanda da casa principal. As crianças têm aulas todos os dias, de segunda a sexta. A escola pública mais perto daqui fica a doze quilômetros. É muito longe para elas irem a pé. Por isso, a esposa do Dr. Júlio Batista criou esse grupo escolar", disse o advogado.

"O cara é rápido no gatilho", pensei. Mas em seguida tentei imprensá-lo na parede. "Então vamos recolher esse material e averiguar se pertence a alguma criança daqui ou de fora. O senhor me permite?", perguntei, me abaixando para pegar a agenda de Ana Clara.

"Vou precisar consultar meu cliente, policial. Não combinamos sobre essa possibilidade", disse ele.

"Ok", respondi. "Enquanto o senhor faz a consulta, o Dirceu, nosso fotógrafo, vai fazer algumas fotos do material."

O advogado começou a suar. Ele não esperava por aquilo. Pediu que um dos auxiliares fosse até a casa principal e telefonasse para um tal Dr. Arruda. "Deve ser o dono do escritório de advocacia", deduzi em pensamento.

Na mesma hora, apertei mais ainda a prensa sobre o advogado.

"Dr. Sá Carneiro, caso não nos deixem levar o caderno, isso constará no meu relatório. E, de qualquer forma, eu terei as fotos do material e o testemunho de todos os que estão aqui."

Ele estava aturdido. Não havia se preparado para isso. Sentia-se perdido, como um mau ator que de repente encontra-se diante de um improviso de outro colega. Decidiu ir ele mesmo até a casa para conversar com o chefe. Pediu alguns minutos e saiu. Apareceu cinco minutos depois, mais tranquilo, dizendo que poderíamos, sim, levar o material, mas alertando para o fato de que aquilo não poderia ser usado como prova contra seus clientes.

"Tecnicamente, vocês não estiveram aqui", disse ele.

"Como não?", indaguei. "Temos fotos nossas aqui no sítio, o testemunho do senhor e de seus auxiliares", argumentei.

"Eu disse *tecnicamente*, Sr. Amantino. É óbvio que vocês estiveram, aliás, que vocês estão aqui. Mas o material recolhido por vocês não tem validade legal."

"Bom, quem vai decidir sobre isso será a Justiça, Dr. Sá Carneiro. Meu trabalho é apenas o de recolher provas e fazer os interrogatórios de praxe". Disse isso e me abaixei para pegar a agenda de Ana Clara. Espertamente, Geramundo tirou uma foto minha, pegando o advogado ao fundo.

Tínhamos conseguido "esquentar" ou, pelo menos, "amornar" a prova encontrada pelo Eduíno. Agora precisávamos sair rápido daquele sítio e tentar encontrar o personagem principal daquela trama e que ainda estava desaparecido: o misterioso motorista do tal carro marrom.

O clima de cortesia da nossa "visita" ao sítio havia azedado. O advogado estava mal-humorado e desistiu até de nos convidar para o café, que estava arrumado em cima de uma grande mesa colonial na varanda lateral da casa, cheia de quitutes. Que pena! Eu estava morrendo de fome e precisava urgentemente de um café. "Agora temos um bom motivo para dar uma parada em Sobradinho e, quem sabe, eu encontro Marli", pensei.

Deixamos o sítio e quando entramos na viatura a Vera deu um grito: "Conseguimos!!!".

"Vocês viram a situação do advogado? Ele deve ter perdido uns dez quilos hoje pela manhã", disse o Geramundo.

"Seu plano deu certo, Tino Torres", disse o Eduíno, virando a cabeça para trás enquanto dirigia pela estrada de chão.

"Calma, Eduíno, ainda precisamos de mais provas. E, o mais importante, precisamos encontrar o motorista-sequestrador. Vamos passar de novo na sorveteria em que a Ana Clara foi vista pela última vez, pois preciso conversar com o pessoal de lá. O motorista de táxi que contatou a polícia disse que pode tentar fazer um retrato falado do homem, apesar de o ter visto apenas de perfil. O dono da sorveteria também. Ele me relatou inclusive alguns detalhes sobre o homem: que ele usava costeletas, como se vestia, essas coisas. Além disso, eu e a Vera vamos até a oficina onde o carro marrom foi lavado. Vamos apertar aqueles caras de lá e saber quem pegou o carro naquela tarde. E você, Geramundo, vai correndo para o jornal revelar essas fotos e tentar arrancar dos seus chefes um espaço para colocar o caso Ana Clara de novo nas manchetes."

Deixamos a estrada de chão e entramos na rodovia que nos levaria até Sobradinho. Rodamos apenas uns três quilômetros quando de repente um caminhão invadiu a pista principal, vindo de uma estradinha lateral. Para a nossa sorte, Eduíno não estava correndo muito, mas mesmo assim ele precisou desviar a viatura para o outro lado da pista, para não se chocar contra o caminhão. Com essa manobra rápida, o carro perdeu a direção e invadiu o acostamento do lado contrário. Quando eu imaginava que havíamos levado apenas um susto, a viatura tombou de lado e começou a descer um barranco. Lembro-me de ter olhado para o teto do carro e de ter visto tudo girar. Lembro-me, ainda, de alguns gritos de Vera e de uns palavrões de Eduíno.

Quando o carro parou, estávamos de cabeça para baixo e envoltos em uma nuvem de poeira. Geramundo, sentado na frente, ao lado do Eduíno, parecia desacordado e tinha um sangramento na cabeça. Vera gritava e pedia que saíssemos logo dali, pois o carro poderia explodir. Eduíno tentava nos acalmar, dizendo que o tanque do carro estava na reserva e que não havia risco de explosão. Eu estava zonzo, tentando me endireitar dentro da viatura e procurando o trinco da porta, que pairava acima da minha cabeça.

"Geramundo está machucado", alertei. Eduíno conseguiu abrir

a porta do motorista e deu a volta para tentar abrir a porta do lado onde Geramundo estava. Eu e Vera saímos pela porta da frente e fomos ajudar Eduíno no trabalho de retirar o jornalista.

Quando pegamos Geramundo, ele começou a gemer, reclamando que o braço estava doendo. "Ele está sentindo dor. Isso é um bom sinal", disse Vera. O azar de Geramundo é que o carro tinha tombado justamente do lado dele. Eu, que estava atrás dele, não sofri nada, pois toda a nossa bagagem me protegia da porta lateral do carro.

Carregamos o jornalista até uma sombra e Vera improvisou um curativo, usando no lugar do algodão um lenço de pescoço. Eu e Eduíno tentávamos usar o rádio da viatura para pedir ajuda e alertar sobre uma possível tentativa de homicídio.

"Eu só queria saber a placa daquele caminhão", disse Eduíno. "Tá na cara que foi tudo armado para nos pegar", completou.

"Também acho, Eduíno. Não acredito em coincidências. Não nessas horas."

Geramundo parecia bem; apenas sentindo uma forte dor no braço, mas lúcido e sem qualquer sinal de ferimento grave. Vera estava mais calma e não parava de repetir o mesmo mantra:

"Eu vi aquele caminhão em cima da gente... eu pensei que a gente ia morrer..."

"Para a nossa sorte, Eduíno não estava correndo muito. E olha que ele tem fama de pé de chumbo", eu disse.

"Exagero do pessoal, Tino. Eu só corro quando há necessidade de correr. Além do mais, sem querer, eu deixei o tanque entrar na reserva. Meu medo era ficar sem combustível no meio do mato. Veja como são as coisas."

Finalmente, conseguimos fazer o rádio funcionar. Fizemos contato com a central da Polícia Militar, que enviou uma viatura e um caminhão guincho para o local. Quando estávamos indo embora com os PMs, chegou outra viatura, desta vez da Polícia Civil. Dentro dela estavam, além do motorista, o Dr. Fontoura e um médico do IML.

"Eu não posso deixar vocês sozinhos que se metem em confusão?", reclamou.

Quando viu o Geramundo, fez uma cara de espanto. Mas olhei sério para ele, que entendeu a mensagem e calou-se.

O engraçado foi ver o médico examinar o Geramundo e fazer uma série de perguntas a ele para testar se a pancada não havia atingido o córtex cerebral.

"Seu nome completo?".

"Ahhhh, Dirceu Lopes... da Silva".

"Data de nascimento?"

Eu me segurava para não rir. Pelo visto, o médico não acompanhava futebol, caso contrário acharia estranho que o nosso "auxiliar" tivesse o mesmo nome do craque de um time mineiro.

Chamei o delegado de lado e contei para ele como havia sido a inspeção ao sítio dos Andrade. Falei da reação do advogado quando o Geramundo "achou" a agenda que devia pertencer a Ana Clara, sobre o telefonema dele ao chefe, Dr. Arruda, e sobre o caminhão que apareceu de repente na pista.

"Tentaram acabar com a gente para poder destruir a prova encontrada", denunciei.

"Essa é uma acusação grave, Tino. Talvez você tenha razão, talvez não. Vou pedir que um agente investigue todos os caminhões que costumam trafegar por aquela estrada de terra de onde ele saiu. Sobre a agenda encontrada, eu vou ligar para o assessor de imprensa do diretor sugerindo que soltemos um release sobre o caso Ana Clara. Se ele não concordar, vou direto ao diretor."

"Antes de ir para a delegacia, eu vou dar uma passada na sorveteria, onde viram por último a Ana Clara, e também no colégio. Quero que a professora da menina confirme que a agenda encontrada é mesmo dela. Com essa confirmação, não tem mais como a cúpula negar o fato", eu disse.

Tínhamos pouco tempo pela frente. A agenda era importante, mas só ela seria insuficiente para comprovar o envolvimento da dupla Jotabezinho e Aluísio na morte da menina. Eu precisava encontrar o motorista-sequestrador e descobrir quem mandou fazer as cópias das chaves dos cadeados da escola de Ana Clara. Estávamos conseguindo fechar o cerco aos assassinos.

Capítulo 24

Enquanto o caminhão-guincho da PM tentava tirar a viatura que estava tombada no barranco, eu, Vera e Eduíno conseguimos uma carona da viatura da PM até a sorveteria em Sobradinho. Geramundo seguiu com o delegado e o médico no carro da delegacia. "Vou passar no hospital para fazer um curativo melhor nesse machucado e depois sigo para o jornal", me disse ele, longe do médico que tentava a toda hora lhe fazer perguntas para confirmar se ele estava bem.

Antes de nos separarmos, eu chamei o delegado a um canto e fiz um apelo.

"Dr. Fontoura, nossa investigação está bastante avançada. A prova disso foi o que aconteceu hoje. Os caras estão querendo acabar com a gente. Vamos precisar de proteção. Tenho medo de que possam fazer alguma coisa com Vera."

O delegado apenas balançou a cabeça e disse: "Vou ver o que posso fazer, mas tenham cuidado".

"Não era a resposta que eu esperava", pensei. A situação era muito grave. Haviam matado uma criança de sete anos, de forma cruel, e estavam tentando acobertar esse crime, que teve a participação de filhos de pessoas influentes do governo. Era um escândalo que, se viesse à tona, poderia derrubar metade do governo e de quebra toda a cúpula da segurança em Brasília, ou mesmo colocar em xeque o regime militar. A resposta do delegado deixava claro que ele não tinha poderes para nos proteger. Antes que ele se afastasse, eu fiz um último pedido.

"Pelo menos, ligue para o juiz que autorizou a busca ao sítio e faça um relato sobre o que aconteceu hoje. Quem sabe, ele poderá nos ajudar?"

O delegado disse que sim com a cabeça, entrou no carro com o médico e o Geramundo, e foram embora. Olhei para Vera, que terminava de sacudir a poeira da roupa, e para Eduíno, que fumava pensativamente embaixo de uma árvore, e me senti profundamente frágil para prosseguir a investigação. Éramos quatro malucos tentando enfrentar a cúpula da Polícia Civil de Brasília. Nessa hora, vi o absurdo da situação e o perigo que corríamos. Olhei novamente para Vera, com tristeza. Ela levantou os olhos e parece ter entendido a minha preocupação.

"Vamos em frente, Tino Torres. Temos muito trabalho pela frente."

Eduíno reforçou a fala de Vera.

"Eles perderam a chance de acabar com a gente. Agora nós é que vamos acabar com eles", disse, de forma corajosa.

Tive vontade de rir, como acontece quando ouvimos alguma maluquice sincera, mas me contive. "Ok, vamos em frente. Quanto mais rápido trabalharmos, mais difícil será a reação deles."

Seguimos de carona na viatura da PM, que nos deixou em Sobradinho, eu e Vera. Eduíno seguiu para a delegacia. "Daqui voltaremos de táxi, colegas. Obrigado por tudo", eu disse ao motorista da Polícia Militar. Pensei comigo que a partir daquele momento deveríamos tentar ser imprevisíveis para dificultar o trabalho dos espiões do governo. Pedi a Eduíno que ligasse para os amigos dele na polícia, para tentar um carro chapa fria e com rádio, que nos permitisse o deslocamento sem chamar tanta atenção. Combinamos de nos encontrar no meio da tarde para fazermos uma reunião de avaliação.

"Cuidem-se", disse Eduíno. "E, se precisar usar a arma, Tino, use! Afinal, você é um policial", disse ele, arrancando uma gargalhada de Vera. "Pode deixar que eu cuido dele", completou ela. Eu fiquei calado e apenas contraí os músculos do rosto. Confirmei se a 22 estava no bolso do meu casaco e fiz sinal para que ele fosse embora. Sem o Eduíno por perto, eu me sentia ainda mais desprotegido. E ainda precisaria cuidar de Vera, que era inteligente e corajosa, mas não tinha nenhuma experiência em investigações de rua.

Quando chegamos à sorveteria, tomamos um susto. As pessoas já sabiam do nosso incidente. Foi Juvenal, o dono da sorveteria, que explicou, para variar, sempre com bom humor. "Nada acontece nesse Sobradinho que eu não saiba", disse ele, dando uma gargalhada. "A viatura da PM que foi socorrer vocês estava estacionada aqui, homi", completou com seu sotaque nordestino. Em seguida, se apresentou a Vera, com os tradicionais "encantado" e "ao seu dispor".

"O Tino Torres me falou muito bem do senhor. E do seu sorvete, claro", disse ela.

Juvenal abriu um largo sorriso e nos convidou para sentar. "Falou só por falar, pois ele ainda não provou do meu sorvete. Mas a senhorita vai provar agora. Vou trazer um sorvete de manga espada feito com frutas da minha terra, Pernambuco."

"Traz para mim também, Juvenal. Preciso esfriar a cabeça", eu disse.

Perguntei por Marli, tentando disfarçar a ansiedade, e por João Elpídio.

"O João foi levar um passageiro no Plano, e a Marli ainda não apareceu por aqui hoje. Daqui a pouco ela deve chegar", disse Juvenal.

Perguntei a ele se concordava em tentar fazer um retrato falado do homem que esteve na sorveteria dele acompanhado de Ana Clara.

"Lógico que sim", disse. "Não vou esquecer aquele rosto nunca. João e Marli também podem ajudar, mas quem ficou de frente com ele fui eu."

Retirei de dentro da minha agenda uma foto de Ana Clara e mostrei a ele. "E você confirma que era essa a menina?"

Juvenal segurou o queixo, olhou a foto por alguns segundos e respondeu:

"Ela mesma. Uma menina linda e sorridente. Se eu soubesse que ela estava sendo levada 'praquilo', eu tinha feito qualquer coisa para impedir", disse Juvenal com a voz tremida e os olhos úmidos.

Vera notou a emoção e tratou logo de confortá-lo. "Seu Juvenal, para as pessoas de bem é difícil imaginar algo assim. Meu pai costuma dizer que quem quer fazer o mal está sempre em vantagem, pois conta com a inocência da vítima, mesmo quando não se trata de uma criança."

"Seu pai é um homem sábio, Dona Vera. Por isso, existem Deus e as leis, não é? Para nos proteger dessas coisas ruins."

Deu vontade de dizer que Deus poderia ter evitado que fizessem o que fizeram com Ana Clara, mas me contive. Os crentes em Deus sempre teriam a seu favor o argumento do livre-arbítrio. Além disso, aprendi com a minha mãe a não discutir religião com pessoas mais velhas.

"Muito bem, seu Juvenal. Seu sorvete está muito bom, mas precisamos ir. A Vera vai pedir que um desenhista da criminalística venha até aqui para fazer o retrato falado do sequestrador. O ideal é que ele ouça os três para que o desenho fique o mais fiel possível."

Despedimo-nos dele e, quando estávamos nos encaminhado para o ponto de táxi, Marli chegou. Ela olhou rapidamente para Vera, mas sem deixar de fazer uma inspeção dos pés à cabeça da minha parceira de trabalho. Aproximei-me dela e dei um beijo em seu rosto. Marli estava confusa, pois não esperava me encontrar ali, ainda mais acompanhado.

"Marli, essa é Vera, colega da polícia. Vera, essa é Marli, uma amiga que conheci durante as investigações."

"Você está com uma cara horrível, Tino", disse Marli. Expliquei sobre o acidente, na verdade um incidente, sobre a conversa com Juvenal e a nossa pressa em fazer o retrato falado do sequestrador.

"Eu vou ficar o dia inteiro por aqui", disse ela. "Não sei se poderei ajudar muito, pois eu estava lá dentro e não vi direito os dois, que estavam sentados aqui fora. Mas o que eu puder fazer para ajudar a pegar esse monstro..."

Vera Hermano lembrou que o desenhista da polícia gostava de ouvir impressões diferentes, para construir um retrato bastante fiel. "Às vezes, um detalhe que chama a atenção de uma pessoa, por outra sequer é notado. Então, é importante ouvir todos que o viram, mesmo que de relance", explicou ela.

Marli parece ter gostado da explicação de Vera. Não sei se pela explicação em si, ou se porque com isso parece ter se confirmado o fato de que Vera era mesmo apenas minha colega de trabalho. Ela sorriu para mim e eu respondi esboçando um meio sorriso.

"Tino, será que foi mesmo um acidente o que aconteceu com vocês?", perguntou Marli. "Essa história toda do crime dessa menina está muito estranha."

Pedi licença para Vera e disse que precisava conversar com Marli.

"Te espero no táxi", ela disse e, em seguida, estendeu a mão para

Marli, que retribuiu o cumprimento. "Você não está com medo?", perguntou Marli, olhando para Vera.

"O problema é quando chego em casa. Vou ter que pedir para o meu irmão dormir comigo mais algumas noites", disse ela, desviando o olhar para mim.

"Eu não tenho irmão aqui em Brasília", eu disse.

"Por que você não passa uns dias na casa de Eduíno?", disse Vera.

"Meu apezinho também está à disposição", disse Marli. "Eu coloco um colchão na sala", completou, sorrindo sem graça para nós dois.

Quando Vera se afastou, eu expliquei a minha situação. "Marli, talvez eu fique sumido alguns dias, pois nem o meu carro eu quero usar. Mas, assim que as coisas se acalmarem, eu apareço. Dei um rápido beijo na boca dela e apertei suas mãos entre as minhas. "E deixe que eu te ligue, pois o meu telefone não é confiável."

"Meu Deus!", ela disse.

"Reze por nós", falei, sem atentar na hora para meus pensamentos contraditórios sobre a fé, e fui em direção ao ponto de táxi.

Capítulo 25

Narrando a história daqui onde estou, quarenta anos depois, as coisas pareceram mais simples. Uma velha história de bandidos e mocinhos, na qual, no final, os mocinhos ganham, alguns morrem, outros escapam, deixando o espectador feliz com o final do filme. Além de não ter sido assim, ou seja, com final feliz, também não havia essa separação clara sobre o que era certo e o que era errado.

Eu sabia, por exemplo, que os pais de Ana Clara sofriam com a morte dela. Podia ver isso nos olhos do casal Mattoso. Sentia que o irmão dela, apesar de estar mentindo, também sofria com a situação.

"Um homem com cabeça de adolescente, que fez uma tremenda burrada e agora não sabia como sair dela", eu pensava, enquanto tentava arrancar alguma coisa dele.

    Mas em seguida eu ficava com raiva de todos eles. Como é que deixaram fazerem aquilo com a menina? Para salvar a própria pele, o irmão entregou a própria irmã. E, para salvar o filho, o casal desistiu de encontrar os assassinos da filha. "Nada vai trazer Ana Clara de volta." Esse era o mantra dos conformados. Meu mantra – na verdade meu, de Vera e de Eduíno – era "por que fizeram isso com ela?". Por que simplesmente não deram uma surra em Júlio, como sempre fazem com os usuários que não pagam a conta, e deixaram a menina em paz?

    Será que eles imaginavam mesmo que iriam arrancar dinheiro de Marco Aurélio Mattoso? O cara era um reles funcionário público, não era empresário nem político, nem traficante. Como ia conseguir dinheiro da noite para o dia?

    Eu acho que aqueles que mataram Ana Clara sabiam que o irmão da menina não conseguiria o dinheiro e, por isso, aceitaram ficar com ela. A terrível mistura de álcool com a sensação de impunidade transformaram Jotabezinho e Aluísio Neves da Fonseca, o Fonsequinha – como depois eu soube que ele era conhecido – em dois monstros. Queriam sentir algo novo, algo que nunca tinham sentido antes. Já tinham feito de tudo: experimentado todo tipo de droga, comprado tudo o que queriam comprar, com o dinheiro dos pais, mas faltava algo. Faltava ultrapassar o limite para ver o que iria acontecer. É como um motorista que resolve correr na contramão para desafiar a vida (a dele e a dos outros). Os dois decidiram correr na contramão, e Ana Clara estava passando na hora. Aceitou ir com um homem que mal conhecia, amigo do seu irmão, imaginando que teria um fim de tarde agradável. Passearia de carro, tomaria sorvete, depois seria levada para casa, onde poderia contar para a mãe a sua aventura.

    Penso novamente em tudo isso, e me vem um grande cansaço. Não sei se terei forças para continuar a escrever essa história. Ana

Clara foi morta há quarenta anos e até hoje ninguém foi preso, nem será, pois o crime prescreveu. A família desistiu do caso, os poderes constituídos desistiram do caso, até a sociedade de Brasília desistiu do caso. A menina virou uma santa. Todos os anos centenas de pessoas se ajoelham diante da sepultura dela e fazem pedidos. Rezam por ela, mas nunca deixam de pedir alguma coisa. Toda civilização precisa de seus mártires. Ana Clara precisou ser sacrificada para que Brasília se tornasse uma cidade de verdade, uma cidade real. Lembro que, nos anos 1970, a cidade era tranquila, ocorriam poucos crimes, em geral briga de bêbados, uma facada aqui, um tirinho ali, mas nada que assombrasse a família brasiliense. A morte de Ana Clara causou frisson na imprensa, que finalmente teria um grande assunto para estampar nas manchetes, mas também deu à cidade certa importância no noticiário nacional. "Viu? Isto aqui não é nenhuma ilha da fantasia, não. Também não é nenhum fim de mundo. Aqui também se mata como em qualquer outra grande cidade do país", pareciam dizer os moradores da cidade. Uma mistura de medo e prazer, uma coisa mórbida, que até hoje me assusta.

Releio o capítulo anterior e vejo que parei no momento em que eu deixava para trás Marli, a única coisa boa que me aconteceu durante aqueles meses. Eu a amei de verdade, gostei dela de verdade. Éramos um casal em que tudo se encaixou com facilidade. No dia seguinte, era como se fôssemos apenas bons amigos. Sem cobranças, sem cara amarrada, sem perguntas. E nem precisava. Mas sei que uma relação assim não dura muito. Ela também sabia. "Vamos aproveitar enquanto está dando certo", ela dizia. E eu queria que desse certo para sempre.

Já que cheguei até aqui, vou até o fim. Pelo menos por Ana Clara. Será a minha forma de homenageá-la. Mas já disse: vou contar o resto da história ao meu modo, da forma como vi tudo. Geramundo vivia dizendo que um dia escreveria um livro-reportagem sobre o assassinato de Ana Clara. Eu incentivava, prometia até ajudar. Mas nada. Então resolvi eu mesmo contar a história. Mas não sou jornalista, muito menos escritor. Escrevo bem mal. Minha mãe dizia que não, que eu sempre tive a letra boa. Tentava explicar para ela que escrever bem não é exatamente ter a letra boa, especialmente depois que inventaram a máquina de escrever e em seguida o computador portátil. E ela, na sabedoria rural que lhe era peculiar, respondia: "Amantino, você continua o mesmo. Você tem a letra boa de ler."

Pode ser. Como minha letra é boa e eu gosto de escrever, talvez o que eu escreva seja mesmo bom de ler, mas isso não quer dizer que eu escreva bem. Um paradoxo.

Enquanto eu e Vera voltávamos para a delegacia, no táxi, resolvi reler o que eu havia anotado na agenda. Quando chegamos, o Eduíno já tinha feito a parte dele. Conseguiu o carro com chapa fria, mas sem o rádio da polícia. "Mas um amigo meu emprestou o aparelho de radioamador. Vou instalar e trocar a antena. Vamos poder ouvir até a rádio Moscou", disse Eduíno, "além de invadir a frequência da polícia local".

"Não sabia que você era desse meio, Eduíno", falei.

"Tino, eu já fiz de quase tudo um pouco. Mas enchi o saco dessa turma de radioamadorismo. É quase uma religião. Caí fora. Mas fiz muitos amigos lá dentro."

Enquanto Eduíno terminava de instalar o equipamento, fui até a sala do delegado para conversar sobre a investigação.

Ele estava ao telefone e, quando me viu, parou de falar e colocou a mão no aparelho, abafando a escuta.

"Diga, Tino!"

"É para lembrar sobre a conversa com o juiz e com Wellington Salgado, o assessor de imprensa da polícia. Não podemos perder..."

"Eu sei, Tino", disse o delegado, cortando a minha frase ao meio. "Mas vamos com calma. Estou na linha com o Salgado. Ele também está preocupado com o caso. Estou tentando convencê-lo a fazer a coletiva para falar da agenda e também comentei sobre o que aconteceu com vocês."

"E ele?"

"Pediu para pensar. Disse que vai conversar com o diretor, que não pode prometer nada."

"Pois diga a ele que eu quase morri e que não vou desistir de continuar investigando esse caso."

"Sem bravatas, Tino. Quem decide as coisas aqui sou eu, certo? Estou do seu lado, mas de nada adianta fazer ameaças. Não é assim que as coisas funcionam, pelo menos não dentro da polícia." Disse isso e fez sinal para que eu saísse da sala.

Meio zonzo, deixei a delegacia. Não gostei do que ouvi do Dr. Fontoura, mas também reconheço que eu havia falado besteira. Como assim "não vou desistir de investigar esse caso"? Quem era eu para falar assim? A polícia era uma instituição hierarquizada, quase militar. E, naqueles tempos, um agente de polícia valia menos que um cabo do Exército. Se eu quisesse dar continuidade às investigações, deveria ter muita calma para não assustar o inimigo. O delegado tinha razão.

Encontrei Eduíno abaixado no chão do carro, terminando de fazer a instalação do rádio.

"Acaba isso e vamos sair daqui, Eduíno", eu disse.

Ele parou de trabalhar, virou-se para mim e fez cara de espanto.

"O que aconteceu, Tino?"

"Nada... quer dizer, depois eu conto. Vamos comer alguma coisa e depois fazer as visitas que combinamos, lembra? Você vai atrás do lugar onde o porteiro fez as chaves e eu e Vera vamos à oficina."

"Mais cinco minutinhos, Tino. Esse rádio vai nos ajudar muito.

Pode acreditar."

Eduíno tinha o dom de acalmar as pessoas. O mundo podia estar desabando, mas ele sempre tentava seguir o caminho mais fácil, mais óbvio. Nada de complicar o que, para ele, já era bastante complicado. Com isso, ele conseguia obter as respostas mais simples para as coisas mais complexas.

"Pronto", disse ele. "Vou usar meu antigo prefixo. Vamos ver o que vai acontecer."

Eu não entendia nada de radioamador, mas sabia de uma coisa. Os caras eram superunidos, falavam-se noite e dia no Brasil e no mundo. "Talvez o Eduíno tenha encontrado uma boa forma de furar o bloqueio da cúpula da Polícia Civil de Brasília", pensei. "Afinal, deve ser difícil censurar uma rede de radioamadores... ou será que não?"

Vera entrou no carro calada, pensativa.

"Está tudo bem?", perguntei.

"Não quero ficar transitando para lá e para cá com a agenda da Ana Clara. Acho arriscado. Vamos passar na criminalística. Eu tranco a agenda na minha gaveta e ela só sai de lá para ser juntada aos autos do processo."

Na confusão após o incidente com o caminhão, nos esquecemos de passar na criminalística para guardar a agenda.

"Mas não combinamos de mostrá-la à professora da Ana Clara?", perguntei.

"Não vejo necessidade. Nós sabemos que essa agenda era dela. Quando chegar o momento, a professora poderá ser convocada para confirmar."

"Tudo bem. Então vamos trancafiar essa prova a sete chaves."

"Hum, pensando bem, minha gaveta talvez não seja o lugar mais seguro para guardar o material. Toda a polícia já sabe que encontramos essa prova. E, de noite, é muito fácil arrombar uma gaveta de uma repartição pública sem ser visto", disse Vera.

"O que você sugere?", perguntei.

"Vamos ao escritório do meu pai. Ele tem um belo cofre e vigia 24 horas no prédio."

Gostei da proposta. Assim eu poderia conhecer pessoalmente o Dr. Hermano, um cara que eu admirava e que poderia nos ajudar a seguir em frente nas investigações. A ideia de Vera me jogou para cima novamente.

Capítulo 26

O escritório do professor Antonio Hermano era simples, mas passava a ideia de segurança. As paredes cobertas por estantes abarrotadas de livros, poucos móveis e uma grande mesa escura com oito lugares. De enfeite mesmo, apenas uma escultura em bronze, que lembrava uma personagem da mitologia grega.

"É Dike, a deusa da Justiça", disse o prof. Hermano, vindo de uma sala lateral do escritório e vendo que eu admirava a escultura.

"Mas cadê a venda nos olhos?", perguntei.

"A mãe dela, Têmis, é que usa a venda nos olhos para dizer que a Justiça é cega. Eu prefiro Dike, pois ela vê tudo e carrega nas mãos uma balança, tentando sempre o equilíbrio. Além disso, ela traz uma espada na outra mão. Com isso, ela quer dizer que a Justiça sem a força não vale nada. É preciso ter a força, caso contrário não se faz justiça."

"Os militares têm a força", provocou Vera.

"Mas jogaram fora a balança. A espada sem a balança é a força bruta. E a força bruta corrompe", disse o advogado.

"Papai, esse é Tino Torres, responsável pela investigação da morte da menina Ana Clara. E esse é Eduíno, nosso Hercule Poirot!"

Eduíno riu. Como todo leitor de Agatha Christie, ele sabia que Poirot era o contrário dele. Um detetive belga refinado, incapaz de usar a força contra quem quer que fosse. Não que Eduíno fosse um brutamontes, mas também sabia que não era nenhuma flor de pessoa.

"Sua filha anda lendo muito romance policial, Dr. Hermano", disse Eduíno. "Se o Hercule Poirot fosse chamado para resolver esse caso, acho que ele abandonaria a profissão."

"Por que o senhor diz isso?", perguntou o advogado.

"O senhor acredita que a inteligência tenha alguma chance contra a força bruta?"

"Claro que sim", respondeu o Dr. Hermano. "Se eu não achasse, já teria pendurado as chuteiras. Mas entendo o que o senhor está dizendo."

"Não me chame de *senhor*, Dr. Hermano".

"Se você prometer não me chamar mais de *doutor*, Eduíno..."

Olhei para Vera, que sorriu meio sem graça. Então a bronca dela com o "doutora Vera" vinha do pai.

"Professor Hermano", eu intervim, "não vejo como avançar nas investigações sem uma polícia e uma Justiça livres. Vera já manteve o senhor informado sobre o que aconteceu hoje pela manhã?".

Vera me lançou um olhar fulminante. Eu sabia que ela não havia informado o pai sobre a tentativa que fizeram de acabar com as nossas vidas na rodovia. Minha intenção, com isso, era aumentar a proteção a ela, envolvendo o pai e o restante da família.

"Eu ia contar mais tarde, com calma. É que, quando saíamos do sítio do ministro JB, onde conseguimos a prova material que comprova que Ana Clara esteve lá, fomos fechados por um caminhão na estrada. Mas estamos bem. Ninguém se machucou gravemente", ela disse.

"Mas isso não foi um acidente, não é?", perguntou o advogado com a voz áspera. "Foi algo planejado!"

"Acreditamos que sim", eu respondi.

"Aquele crápula do JB seria capaz de qualquer coisa para proteger o filho. Nosso país está nas mãos de indivíduos assim, vejam vocês", disse irritado o advogado. Minha filha, você não pode andar sozinha, muito menos dormir sozinha em casa."

"Ufa, pensei que o senhor ia me mandar deixar a investigação", disse Vera.

"Se eu soubesse que haveria uma mínima chance de você me obedecer, bem que eu tentaria", disse ele.

Todos nós rimos. Vera respeitava muito o pai, mas não a ponto de fazer a sua vontade, especialmente quando se tratava de terminar uma missão.

"A quem será que eu puxei, hein?", completou.

O pai não escondeu o orgulho estampado no rosto, mas ameaçou contar para a mãe dela o que havia ocorrido, caso soubesse que a filha estaria sendo imprudente.

"Pode deixar, papai. Não dormirei sozinha e não sairei sozinha também. O Tino e o Eduíno terão que suportar meu mau humor por um bom tempo."

"Tomara", respondi.

Tomamos um café passado na hora pelo professor Hermano, após Vera trancafiar a agenda de Ana Clara em um grande cofre que ficava escondido atrás de uma das estantes.

"Não sou homem de guardar dinheiro", disse o advogado, "mas tenho documentos e livros valiosos, alguns inclusive de valor histórico", disse ele.

"Papai tem uma edição do código de Hamurábi", disse Vera, tentando fazer o pai rir.

"O código de Hamurábi é um tesouro arqueológico, minha filha, não é um livro. Eu ainda vou levá-la ao museu do Louvre para que você possa vê-lo."

"Papai, eu sei disso!", disse Vera, com certa impaciência na voz. "Eu estou apenas brincando com a sua mania de colecionar códigos antigos."

Lembro-me desse diálogo com nitidez. A Vera irritada com a explicação do pai, o Eduíno rindo com a resposta séria do professor Hermano e eu me deliciando com aquilo tudo. Por mim, eu ficaria a tarde toda conversando com aquele homem, uma mistura de sábio e avô carinhoso. Mas precisávamos ir em busca das chaves roubadas e do motorista que sequestrou Ana Clara. Aquela pausa serviu pelo menos para nos devolver certa dose de coragem.

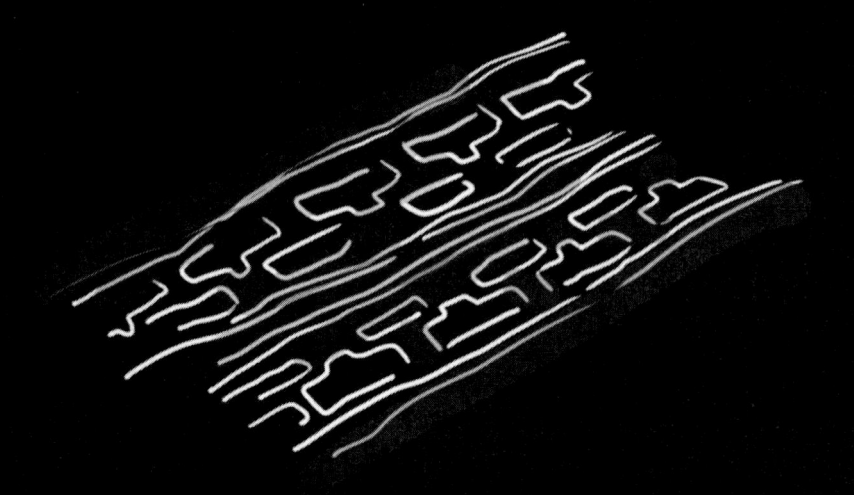

Capítulo 27

Eduíno nos deixou na rua da oficina onde o motorista da família Neves da Fonseca deixara o tal carro para lavar.

"Dentro de uma hora, venho buscar vocês. Se cuidem", disse ele.

Enquanto Eduíno arrancava com a viatura, tive um mau pressentimento. Ele estava sempre se preocupando com a gente, mas e ele, que quase sempre estava sozinho, enquanto eu e Vera agíamos em dupla?

"Não gosto da ideia de Eduíno fazer as investigações sozinho", eu disse, enquanto caminhávamos em direção à oficina. Vera parou e olhou para mim preocupada.

"Ele é mais experiente que nós dois juntos, mas é apenas um homem", eu disse. "Se os caras soubessem da importância do Eduíno para as nossas investigações, já teriam sumido com ele", completei.

"Você acha mesmo, Tino?"

"Tudo é possível, Vera. Não tentaram nos matar hoje cedo? Talvez seja mais prudente, a partir de agora, andarmos sempre os três juntos, ou então..."

"Achar um parceiro de confiança para o Eduíno", completou Vera.

"Isso mesmo. O problema é encontrar essa pessoa, mas, quando ele voltar, conversarei com ele sobre isso."

A oficina, que também funcionava como lava-jato de veículos, era simples, mas estava lotada de carros. Um sujeito vestido de macacão cinza e que ficava cuspindo dentro de uma lata grande o tempo todo nos recebeu em uma salinha quente e abafada, que parecia ser o escritório da oficina.

"O carro do Dr. JB não saiu desta oficina", disse ele, depois de perguntarmos se alguém teria retirado o carro no final da tarde do dia 10 de setembro e devolvido de madrugada, como imaginávamos.

"O senhor ficou aqui até a hora de fechar?", perguntei.

"Sempre fico. Sou o último a deixar a oficina."

"E se eu disser ao senhor que o carro foi visto às seis e meia da tarde do outro lado da cidade? Tenho testemunhas."

O homem se ajeitou na cadeira, cuspiu novamente dentro da lata e manteve a versão.

"Deve ser um carro com a chapa fria. O senhor, que é da polícia, sabe que isso existe."

"E do mesmo modelo e da mesma cor do carro do senador?", cortou Vera.

"Por que não?", disse ele de forma impertinente.

"Por que sim?", devolveu Vera. "Por que alguém teria um carro com chapa fria, do mesmo modelo e da mesma cor do carro de um senador da República? Não seria muito arriscado?"

"Arriscado seria, mas não seria impossível", disse o dono da oficina, em tom de deboche.

O homem, que depois eu soube chamar-se Argemiro, mais conhecido como Gegê, tinha sido bem treinado pelo advogado da família. Ele não só confirmava a "tese" defendida pelo advogado de Jotabezinho – de que o carro visto na sorveteria de Sobradinho não era o mesmo carro da família –, como também tentava nos convencer de que era possível haver outro carro idêntico ao do senador JB transitando pela cidade com chapa fria.

"Quando o senhor fecha a oficina, deixa algum vigia de plantão?", perguntei.

"Não tenho como. Minha oficina é modesta. Não posso pagar um vigia noturno. Além do mais, nunca tive problemas de roubo por aqui."

"E se eu disser ao senhor que uma testemunha viu o tal carro sendo estacionado na sua oficina por volta das 6h da manhã no dia seguinte ao sequestro da menina Ana Clara?"

O tal Gegê ficou branco como um urso polar. Ele não esperava por aquilo. Não apenas porque citei a testemunha, mas porque falei direto no crime contra Ana Clara.

"Como assim?", quis saber.

"Uma pessoa que trabalha nessa rua viu o carro chegando logo cedo, sujo de poeira", disse Vera, com um sorriso esboçado nos lábios.

Gegê se levantou da cadeira, andou até o fundo da salinha, onde havia uma bandeja com uma garrafa térmica azul, e despejou um café muito ralo em um copo ensebado que estava na própria bandeja.

"Vocês aceitam? Foi feito hoje", garantiu.

Vera sorriu, agradeceu a oferta e insistiu com a pergunta.

"Espero que o senhor esteja falando a verdade, seu Argemiro, pois terá que repetir na frente do juiz o que disse aqui."

"Mas eu estou dizendo a verdade. Não vi ninguém saindo daqui com esse carro a não ser o motorista do senador, que deixou o carro aqui de tarde e veio buscar no dia seguinte."

"A coisa está mudando de figura", eu disse. "O senhor disse que não viu, mas não pode garantir que o carro não tenha sido levado por alguém durante a noite, concorda?".

O homem balançou a cabeça afirmativamente, como quem dissesse "sim", mas sem precisar dizer "sim".

"O senhor nos ajudou bastante, seu Argemiro", eu disse, tentando ser irônico e sincero ao mesmo tempo.

Fomos embora da oficina estourando de vontade de rir, mas tínhamos que nos controlar. Quando chegamos do outro lado da rua, onde Eduíno nos esperava (para o meu alívio), começamos a rir.

"O que foi que eu perdi?", perguntou Eduíno.

"O dono da oficina caiu na armadilha da testemunha falsa", contei.

"Você está se afastando de seus princípios, Tino Torres", disse ele, com sarcasmo na voz.

"É que você não me conhece, Eduíno", respondi, tentando colocar impostura na voz.

Vera olhou para nós e balançou a cabeça. "Vocês não prestam".

O susto levado pelo tal Gegê quando mencionamos o caso Ana Clara e o fato (inventado por nós) de alguém ter visto o carro do senador chegando à sua oficina de madrugada nos deu mais uma certeza: a de que os assassinos da menina contavam com a conivência da polícia para que as investigações não progredissem. Só isso explica o fato de eles terem deixado tantas marcas do crime pelo caminho.

Num rápido balanço feito entre a oficina e a delegacia, refizemos todo o nosso trabalho e vimos que já tínhamos material suficiente para abrir uma investigação formal contra os supostos criminosos.

"Eu indiciaria o irmão de Ana Clara e sua namorada; o motorista do carro marrom, que ainda não sabemos quem é; Jotabezinho; e o filho do senador Neves da Fonseca, o Fonsequinha. Esse grupo seria indiciado por terem planejado o sequestro e a morte de Ana Clara. Além disso, teríamos mais uma penca de pessoas envolvidas indiretamente com o crime, que vão do porteiro da escola ao dono da oficina", eu disse.

"Mas nesse primeiro grupo existem dois tipos de criminoso. Os que apenas planejaram o sequestro e os que, além de terem planejado, ainda participaram da morte da menina", disse Vera.

"Você tem razão", concordei. "São situações diferentes."

"Mas então precisamos encontrar o motorista, não é?", lembrou Eduíno. "Ele é o elo entre o Júlio Mattoso e os assassinos."

Aproveitei para perguntar sobre o porteiro do colégio. "Esse cara vai escapar mesmo, Eduíno?"

"Se entendi bem toda a história", disse Vera, tentando complementar a minha pergunta, "o porteiro da manhã, o tal Francisco, fez as cópias das chaves para entregá-las ao sequestrador de Ana Clara, que é o motorista do carro marrom, certo?"

Confirmamos com a cabeça.

"Esse homem", prosseguiu Vera, "entrou no colégio pelo portão da frente, pois o porteiro da tarde achou estranho que o cadeado estivesse aberto, uma vez que ele tinha certeza de ter fechado antes de ir atender o telefonema. Foi até a sala de aula, retirou Ana Clara da sala, sem ser notado, e saiu com ela pelos fundos da escola para não correr o risco de se deparar com alguém conhecido da menina, concordam?"

"Então, gente, isso só pode ter sido feito por duas pessoas. Como não pensamos nisso antes? Ou então ele teria que ter outro carro esperando por ele nos fundos da escola", disse Vera.

"Ele pode ter chegado de táxi, entrado no colégio, tirado a menina da sala de aula e saído pelos fundos, onde o aguardava o carro do senador, que já estava previamente estacionado lá", arrisquei.

"Agora faz sentido", observou Vera.

"Foi isso mesmo", concluiu Eduíno. "Vamos até os fundos do colégio agora para ver se encontramos marcas de pneus. Se as marcas de lá e as marcas coletadas pela Vera no local onde deixaram o corpo de Ana Clara forem as mesmas, será mais uma prova."

Passamos rapidamente no local de trabalho de Vera, para que ela pegasse o gesso e o material para fazer o molde, e seguimos para a L2-Norte. Cruzamos de carro pela frente do colégio e fomos adiante até encontrar uma estradinha de terra. Voltamos por ela até a altura do colégio. Quando visualizamos o portão dos fundos, paramos o carro e seguimos a pé. A uns vinte metros do portão havia uma pequena clareira, que poderia muito bem servir de estacionamento. Vera se agachou e começou a procurar marcas de pneus no local. Quando localizou alguma coisa nos chamou.

"Vejam se não parece com as marcas do carro que colhi no matagal?"

"Eu não vi o material que você colheu, Vera, mas parece, sim, marca desse tipo de carro", analisou Eduíno.

"Para mim é tudo a mesma coisa", eu disse, "mas não deve ser difícil de conferir. De qualquer forma, a nossa tese faz sentido. O sequestrador saiu pelos fundos, com Ana Clara, o que explica a preocupação da polícia em recolher o cadeado e sumir com ele."

Vera fez vários moldes das marcas de pneu encontradas no local, tirou fotos da clareira e do portão. Apesar do susto pela manhã, o dia tinha terminado bem para nós.

Capítulo 28

V era Hermano estava ansiosa para comparar as marcas de pneu. Quando saímos do matagal que ficava nos fundos do colégio de Ana Clara, fomos direto para o Instituto de Criminalística. Foi o tempo necessário para o gesso secar e poder ser retirado do molde. Quando chegamos à sala de Vera, já era final de tarde, e o local estava vazio. Ela destrancou uma grande gaveta de aço, em que guardava algumas provas do caso.

"O material mais importante eu coloquei no armário do laboratório, em que tem gente dia e noite trabalhando. Mas, como não coube tudo lá, precisei usar a minha gaveta para guardar algumas coisas", ela disse.

Vera retirou dois moldes de gesso que estavam enrolados em um plástico grosso e os colocou sobre a mesa. Em seguida, colocou do lado o novo molde feito das marcas encontradas nos fundos do colégio de Ana Clara.

"E então?", perguntou, olhando para nós dois.

"Eu já disse que sou burro em matéria de carro e acessórios, mas as marcas são muito parecidas", observei.

"As duas são de carro da mesma marca que o carro do senador: isso eu posso garantir", disse Eduíno. "É um tipo de pneu novo, que nenhum outro carro usa. Esse foi outro erro dos caras. Usar um carro que chama atenção e que tem características novas."

"Ainda vou fazer uma análise mais detalhada para detectar marcas específicas dos pneus. Mas, a olho nu, parecem ser do mesmo carro", disse Vera.

"Acho que esse material deve ir também para o cofre do seu pai", acautelei.

Vera concordou com a cabeça. Pegou o telefone e ligou para um ramal interno. Em poucos minutos, apareceram dois rapazes vestidos de macacão azul.

"Meninos, podem levar tudo isso lá para baixo. Eduíno, você pode acompanhá-los e abrir o porta-malas do carro?".

Quando eles saíram da sala, Vera virou-se para mim.

"Vou passar no laboratório e pegar um equipamento que me vai ser muito útil. Uma máquina de fotografar que tem uma lente macro. Vou fotografar todas as provas, com lentes de aumento, e guardar os negativos no cofre do meu pai. Em seguida, trago as provas de volta para cá. Não quero ser acusada de estar desviando material do trabalho", precaveu-se.

Enquanto ela seguia para o laboratório, fui ao banheiro. Era um desses vestiários de repartição pública. Amplo, com mictório, vasos sanitários individuais, dois boxes com chuveiros e um grande armário de aço encostado na parede para guardar roupas e material de higiene. Entrei no cubículo de um sanitário e fiquei lá por uns dois minutos. Depois que acabei de urinar, me preparava para dar a descarga quando ouvi dois homens citando o nome de Vera.

"Aquela mulher vai ferrar com a gente", xingou um deles.

"Quando estamos perto de conseguir a equiparação salarial com os delegados, ela inventa de bancar a detetive. Eu soube que o secretário está puto com ela", completou o mesmo homem.

"E mais puto ainda com o chefe, que indicou ela para o caso", garantiu o outro.

"É, mas ela precisava ser tão certinha? Se juntou com os caras da delegacia da Asa Norte e estão azucrinando a vida dos *homi*. Ela vai acabar dançando. Olha o que eu estou te falando, Moacir", disse o primeiro homem.

Os dois terminaram de usar o banheiro e saíram. Esperei uns trinta segundos, dei descarga, lavei as mãos e deixei o banheiro com cautela. Não havia ninguém por perto. Quando cheguei à sala de Vera, ainda vi os dois homens, de costas, saindo pelo corredor principal. Reparei que ela estava com a cara fechada.

"O que foi?", perguntei.

"Aqueles dois babacas que passaram por aqui. Ficam jogando indireta, dizendo que é para eu me cuidar. Eu vou conversar com o diretor sobre isso. Não estou aguentando mais as provocações."

"Olha, Vera, eu estava no banheiro quando eles estavam lá. Um deles se chama Moacir, não é isso?"

"Sim. Você o conhece?".

"Não. É que eu estava dentro do banheiro e eles estavam no mictório, conversando. Não sabiam que tinha mais alguém lá dentro. Começaram a falar de você, e eu fiquei na encolha, só escutando."

Resumi para ela a conversa dos dois. Vera ficou preocupada.

"Se esses babacas estão conversando abertamente sobre isso, é porque o assunto está nos corredores. O que eu faço, Tino?"

Fiquei meio perdido com a pergunta. Na delegacia éramos poucos e o delegado estava do meu lado. A única ameaça era o boçal do Miro, que estava sob controle. Já a situação de Vera era complicada. O instituto em que ela trabalhava tinha mais de cem pessoas, e ela estava meio que sozinha nessa missão. Quando contei o trecho da conversa em que os dois falavam da equiparação salarial com os delegados, ela ficou uma arara.

"Eu sabia que era isso. Eles estão usando a promessa de aumento salarial para jogar a corporação contra mim. Jogo sujo."

"Sujo e baixo", completei. "Mais uma coisa que o Geramundo precisa saber para a reportagem que está preparando."

Depois que deixamos o trabalho de Vera, seguimos até o escritório do pai dela, onde ela guardaria o material juntado do caso Ana Clara. Guardou tudo no cofre do professor Hermano, juntamente com a máquina e as lentes especiais.

"Vou fazer plantão aqui dentro no final de semana, fotografando tudo, e na segunda-feira levo tudo de volta para o instituto", ela disse.

Aproveitei enquanto Vera guardava as provas no cofre do escritório para conversar com Eduíno sobre o meu temor. Disse a ele que não estava gostando nem um pouco daquela história de ele andar sozinho pela cidade, ficando à mercê dos nossos inimigos.

"Relaxa, Tino. Eles pensam que eu sou apenas o motorista de vocês. Quando eles acordarem para o problema, já teremos feito um grande estrago."

"Será?", pensei. O Eduíno era um cara conhecido na polícia. Sempre visto como um secretário eficiente, que sempre acompanhava o delegado Fontoura, desde que ele entrara na corporação. Ninguém bota um cara assim para ser "apenas" motorista de uma dupla de investigadores. Seria muita ingenuidade. E nossos adversários não eram ingênuos. Disse isso, e ele concordou em parte, mas completou seu raciocínio.

"Na verdade, Tino, a cúpula ainda confia no Dr. Fontoura. E, na cabeça deles, eu estou acompanhando vocês para manter o delegado informado sobre o que está acontecendo. Então, eu sou visto como um espião dentro da investigação. E não estou fazendo nada para mudar essa impressão."

"Mas eles tentaram nos matar ontem, e você estava junto..."

"Ninguém controla essas coisas, Tino. Acho difícil que a ordem para simular aquele acidente tenha vindo da cúpula da polícia. Ela pode ter vindo de outra instância, da área federal, sei lá, ou diretamente do advogado do Jotabezinho."

"Então você acabou de me dar razão. Temos pelos menos três tipos de adversários e não podemos controlar nenhum deles. Está decidido: você não anda mais sozinho. Ou arranja um parceiro de confiança, ou andamos os três juntos."

Eduíno teve que aceitar meus argumentos. Estávamos na reta final das investigações e os caras iam querer fazer de tudo para desmontar nosso trabalho. Além disso, dos três, ele era o tira mais experiente, e seria fundamental na hora de nos defendermos de outro ataque.

Vera chegou esbaforida ao carro. "Pronto, guardei tudo. Amanhã de manhã venho para cá, fotografo todas as provas e mando revelar os filmes no laboratório de um conhecido. Assim não haverá perigo de alguém entrar no laboratório do instituto e destruir o material."

"Que situação a nossa, hein? Não podemos confiar nem no laboratorista do Instituto de Criminalística do Distrito Federal?", eu disse.

"Pois é, Tino. Infelizmente, essa é a verdade. Até gosto do rapaz que cuida do nosso laboratório de fotografia, mas, se o chefe mandar, ele obedece. Simples assim."

Perguntei ao Eduíno se, com aquele rádio que tínhamos no carro, era possível enviar algum tipo de mensagem para o Geramundo.

"Já pensei nisso, Tino. Os carros do jornal têm um sistema de rádio, e eu já captei a frequência. Conversei com um dos motoristas que conhece o Geramundo e ele ficou de passar um recado."

"Que recado?", perguntei assustado.

"Calma, Tino Torres. Foi apenas um teste para saber se podemos usar esse sistema para falar com o Geramundo. Combinei de conversar com ele pelo rádio daqui a pouco. Ele vai usar a central do jornal, e nós poderemos conversar com ele de onde estivermos".

"Viva a tecnologia!", eu disse.

Mal acabei de falar, o rádio chamou.

"Olha ele aí."

Primeiro quis saber como ele estava, se tinha quebrado algum osso no incidente.

"Sou osso duro, Tino Torres. Apenas um inchaço na mão esquerda, mas o médico disse que é uma luxação e que ficarei bom em alguns dias."

Depois de ouvir uma explanação rápida, feita por mim, do que havíamos conseguido naquela tarde na oficina, Geramundo disse que tinha uma boa notícia para nos dar.

"Três líderes partidários vão usar a tribuna na terça-feira para pedir que a Polícia Federal acompanhe o caso Ana Clara. Um deles é da bancada do governo. Na pior das hipóteses, é matéria para o nosso jornal."

Boa notícia, sim, mas eu estava ansioso para acelerar as investigações. Disse ao Geramundo que aguardávamos apenas o retrato falado do sequestrador para encerrar essa primeira fase das investigações e dar início à segunda etapa, já a partir da semana seguinte.

"E o que vocês têm para eu colocar no jornal amanhã?", perguntou.

Olhei para Vera e Eduíno, que balançaram a cabeça ao mesmo tempo.

"Por enquanto, nada, Geramundo. Soltar alguma coisa irá atiçar nossos adversários. Vamos aproveitar o final de semana para reunir as provas e articular os próximos passos. Você pode almoçar lá em casa no domingo? Vocês só vão ter que se contentar com a massa com sardinha, do chefe Amantino Torres..."

Desliguei o rádio e me voltei para Vera e Eduíno.

"Desculpe se não avisei vocês sobre o almoço, mas é que na segunda-feira o Dr. Fontoura quer uma reunião com a equipe para avaliar o caso Ana Clara e precisamos combinar o que vamos dizer a ele. Todos de acordo?"

"Se você cozinhar, sim, estou de acordo", completou Vera.

Concordei, resignado.

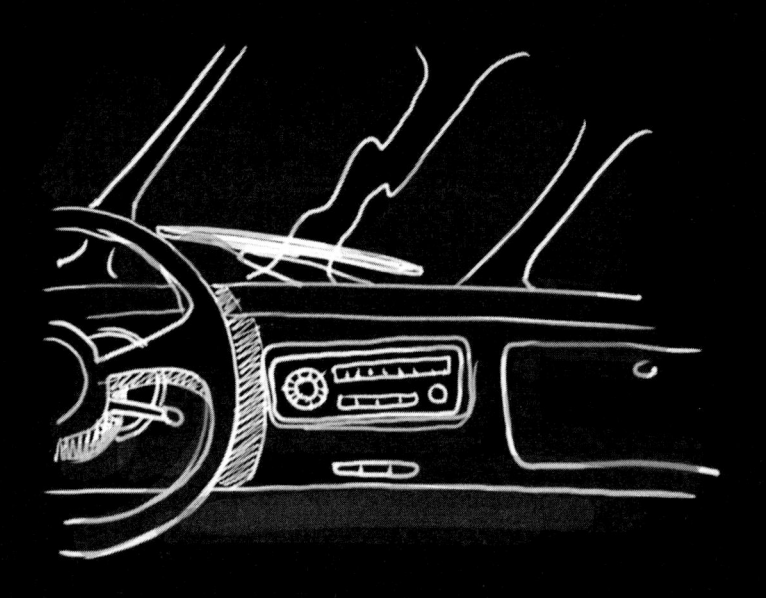

Capítulo 29

Combinei o almoço de domingo lá em casa porque precisava com urgência reunir nosso grupo para fazer um balanço das investigações e tomar algumas decisões. E isso não poderia ser feito na delegacia, nem no meio da rua. Por isso, ofereci o meu apartamento, mas tendo o cuidado de pedir aos três que não chegassem juntos ao bloco em que eu morava. Também combinei com o porteiro que eles entrariam pelos fundos da portaria para escapar de alguma campana armada na minha vizinhança pela cúpula da Segurança Pública de Brasília.

Lembro que, naquele domingo, eu estava – para usar outro lugar comum – radiante de alegria. Pois se a semana havia sido pesada, o sábado fora leve e servira para que eu recarregasse todas as baterias.

É que fiquei o dia inteiro grudado em Marli. Fomos a uma cachoeira próxima a Formosa, cidade goiana perto da divisa com o Distrito Federal, tiramos algumas fotos, almoçamos em um restaurante que vendia carne de caça – comemos capivara, se não me engano, no tempo em que isso era permitido – e passamos o resto do dia na cama, ouvindo música.

Quando deixei Marli, ainda ouvi seus apelos.

"Tino, fique uns dias comigo. Você mora sozinho e está mexendo com gente perigosa. Aqui em casa eles não vão te encontrar".

De certa forma, ela tinha razão. Dos quatro membros do grupo, eu era o único que morava sozinho. Eduíno tinha esposa e filhos, Vera tinha o irmão, e o Geramundo morava em uma casa alugada junto com outros dois colegas de redação. Eu só tinha o porteiro do bloco, a quem poderia recorrer em caso de um ataque. Mas, ao mesmo tempo, não queria envolver Marli nessa história. Bom, de algum modo, ela já estava envolvida, pois iria testemunhar no caso, mas por isso mesmo eu não queria que soubessem que nós dois éramos namorados. Expliquei isso a ela, que entendeu, mas não aceitou.

"Estamos falando de sua vida, mas, se você acha que isso vai atrapalhar mais do que ajudar, esquece."

"Eu agradeço sua preocupação, Marli, mas quero preservar você. Se for o caso, eu me mudo temporariamente para um hotel, uma pensão, sei lá, mas não quero envolver você nesse caso mais do que já está envolvida."

Prometi que ia pensar no caso de passar uns dias em um hotel, me despedi com um beijo longo e voltei para a minha solidão. Eu precisava preparar alguns esquemas sobre o caso Ana Clara para o almoço-reunião de domingo. Minha ideia era começar a semana agindo em todas as frentes do caso, para encerrar nossas investigações até sexta-feira e entregar o relatório na semana seguinte, quando o crime completaria dois meses.

Enquanto dirigia para o Plano Piloto, liguei o rádio em uma estação qualquer, esperando apenas ouvir uma boa música e relaxar. O locutor interrompeu a programação para dizer que tinha uma notícia importante. Egito e Síria haviam invadido Israel. "O mundo está pegando fogo", pensei. Golpe de Estado no Chile, aumento do preço do barril do petróleo, guerra no Oriente Médio, a Guerrilha do Araguaia comendo solta e o governo brasileiro censurando as notícias sobre o assassinato de uma criança em Brasília...

Na minha cabeça, todos aqueles acontecimentos faziam parte de uma mesma narrativa, como se uma grande conspiração estivesse em marcha para tornar o mundo cada vez mais controlável.

O assassinato do presidente chileno Salvador Allende tinha ocorrido no mesmo dia da morte de Ana Clara. Poucos dias depois, os países árabes haviam decidido triplicar o preço do petróleo, aumentando a tensão na região. Por intermédio de algumas fontes da polícia, eu sabia que o governo estava promovendo uma carnificina na região do Araguaia, executando guerrilheiros, além de camponeses que aderiram ao movimento. E, agora, essa guerra entre árabes e israelenses prometia aumentar a temperatura mundial. "Será que, com tanta confusão acontecendo no Brasil e no mundo, o governo brasileiro vai se voltar para um crime comum ocorrido na capital?"

O problema é que não era um crime comum. Se o assassinato de Ana Clara fosse elucidado, membros do primeiro escalão do governo poderiam cair, e ganharia força na opinião pública a ideia de que o governo federal estava por trás de uma série de desmandos que estavam acontecendo país afora. Talvez fosse mesmo tudo parte de uma única e grande narrativa, na qual os vencedores não queriam entregar o poder, e os derrotados lutavam como podiam para retomar o que um dia fora deles.

Capítulo 30

Domingo para mim sempre teve gosto de macarrão com frango assado e refrigerante tamanho família. Naquela época, começaram a surgir em Brasília as primeiras lojas que vendiam frango assado. Minha mãe, apesar de ter vivido na roça, rapidamente aprendeu a aproveitar o conforto da cidade. Então decidiu que aos domingos seria sempre assim: macarrão com molho pronto de tomate, que era um prato fácil de fazer, acompanhado de frango assado comprado naquelas máquinas de assar. E a novidade é que o frango vinha já todo partidinho, tendo como acompanhamento uma suculenta farofa feita com os miúdos da ave. Que farra! Macarrão, frango assado, farofa e refrigerante. Uma combinação que hoje eu não faria nunca, mas que naquele tempo era o máximo. Ao final do almoço, cada um tinha que lavar a própria louça, menos a minha irmã caçula. A louça dela era meu pai quem lavava. Acabado o almoço, mamãe ia se deitar. Era o único dia da semana em que ela podia descansar depois da refeição.

Pensei em tudo isso quando comecei a organizar o almoço que iria fazer para Vera, Eduíno e Geramundo. No lugar da sardinha em lata, que eu usava para acompanhar as macarronadas que eu preparava para mim mesmo todos os domingos, me decidi pelo frango, que era mais sofisticado. Não haveria farofa, claro, pois não combinava, e sim muito queijo parmesão. E, para acompanhar, água e refrigerante.

Acordei cedo naquele domingo. Tomei café, fui à banca comprar jornal e sentei-me, no banco da pracinha que havia no centro da quadra, para ler as notícias e pensar na nossa reunião. A guerra no Oriente Médio era o assunto central do jornal. Chamou-me a atenção uma entrevista com o nosso ministro das Relações Exteriores dizendo que o Brasil defendia uma saída diplomática para a crise, com a presença da ONU. Era no tempo da Guerra Fria, quando os Estados Unidos apoiavam Israel e a União Soviética estava ao lado da Síria e do Egito. Já o Brasil, mesmo sendo alinhado na política interna com os EUA, na política externa tentava se mostrar independente.

Do noticiário internacional segui para as notícias locais. Nenhuma linha sobre o caso Ana Clara, a não ser aquele selo sobre o crime, prometido pelo Osvaldo Quintana, editor-chefe do jornal, que anunciava: "Caso Ana Clara – 52 dias sem solução". Ao lado do selo, uma foto em preto e branco de Ana Clara, pois os jornais ainda não eram coloridos.

Dobrei o jornal e olhei para o relógio. 10h. Voltei para o apartamento, tomei um banho e fui até a padaria comprar o frango assado e os refrigerantes. Voltei, pus o macarrão no fogo e me sentei para tentar organizar algumas ideias no papel, que orientassem a nossa reunião. Peguei uma folha de papel e a dividi em três colunas verticais. Na primeira coluna, listei as provas que tínhamos reunido até o momento. Na segunda coluna, escrevi os nomes de todas as pessoas envolvidas no caso Ana Clara. Na terceira coluna, escrevi frases que relacionassem as pessoas com as provas encontradas. Um esquema simples, mas que ajudaria para começarmos a conversa.

Na primeira coluna, apareciam, por exemplo, o exame de corpo de delito, os sinais encontrados próximo ao corpo de Ana Clara, a agenda da menina, as chaves usadas para abrir o cadeado da escola, os moldes com as marcas do pneu do carro marrom, os depoimentos das testemunhas... Na segunda coluna, relacionei todos os familiares de Ana Clara, o motorista do carro, o ministro JB e o senador Neves da Fonseca, com seus respectivos filhos, o porteiro da escola, o dono da oficina, entre outros nomes menos importantes. Guardei esses e outros papéis comigo. Até hoje tenho uma pasta sobre o caso, que me acompanhou em todas as minhas andanças. Nunca tive coragem de jogá-la fora. Talvez depois que eu acabar de escrever este manuscrito eu faça isso. Talvez.

O primeiro a chegar foi Eduíno. Os mais humildes são sempre os primeiros a chegar. Disse que estava preocupado com esse encontro nosso.

"Tino, se os caras souberem que estamos fazendo este almoço, vão fazer vigília em frente ao seu prédio. Não podemos deixá-los nos fotografar juntamente com o Geramundo."

Eu já havia pensado nisso. Por isso, pedi que o Geramundo chegasse pela entrada de serviço do bloco. Emprestei a cópia da minha chave para que ele não precisasse nem mesmo abordar o porteiro. Quanto a Eduíno e Vera, seria até bom que fossem vistos pelos espiões da cúpula. Todos sabiam que trabalhávamos juntos e não havia nada de errado no encontro. Já Geramundo deveria entrar de forma discreta e não poderia nem mesmo chegar perto da janela.

Vera e Geramundo chegaram quase ao mesmo tempo. Ela estava vestida de domingo: bermuda e blusa floridas e sandália da Feira Hippie. Ele estava com roupa de plantão: calça jeans, camisa polo e tênis. Os dois vieram de óculos escuros.

Meu apartamento não era tão pequeno como os atuais, de modo que nós quatro pudemos ficar bem acomodados na sala, mas relativamente próximos, para não precisar falar alto. Todo cuidado era pouco.

Falei da lista, li cada uma das colunas e passei o papel de mão em mão, para que cada um pudesse fazer as observações cabíveis. Vera foi a primeira a falar.

"Acho que você listou tudo, Tino. Vou apenas detalhar esses dois itens: exame de corpo de delito e provas materiais recolhidas onde o corpo da vítima foi encontrado. Descobri que a equipe que fez o primeiro laudo do crime deixou de relacionar uma série de provas fundamentais."

"É mesmo?", perguntou Geramundo. "Que tipo de prova?"

"Um preservativo, usado. Uma garrafa de uísque pela metade. Marcas de pneu de moto, e por aí vai..."

"Essas provas não foram relacionadas?", insistiu Geramundo.

"Na verdade, foram, mas só isso", disse Vera. "Não houve um tratamento adequado do material."

"Então as provas mais robustas foram as que nós conseguimos?", indaguei.

"Sim", respondeu Vera.

Eduíno levantou o dedo.

"Nessa conversa que teremos amanhã com o Dr. Fontoura, precisamos saber exatamente o que vamos pedir. O que falta para termos material suficiente para fazermos o nosso relatório? Acho que não adianta chorar o que não foi feito pela corporação. O que não foi apurado até agora, não será mais."

"O Eduíno tem razão", eu disse. "Precisamos chegar amanhã com um roteiro bem definido da nossa investigação. Relacionar os depoimentos que faltam, as provas que já conseguimos e que precisam ser juntadas oficialmente ao processo, além do rol de testemunhas que queremos que deponham a favor da nossa tese."

Vera perguntou se eu tinha uma máquina de escrever. Fui até o quarto e trouxe uma portátil que me acompanhava há uns cinco anos. Coloquei um maço de folhas em branco e canetas em cima da mesa.

"Você e Geramundo, comecem a escrever enquanto eu termino de preparar o almoço. Eduíno vem me ajudar. Muita gente trabalhando junto, as coisas não andam."

Vera e Geramundo se entreolharam e riram. "Estou gostando de ver, seu Tino Torres. Assumiu o comando das investigações", brincou o jornalista.

"Não sacaneia, Geramundo. Você é rápido para escrever à máquina e Vera é a mais organizada do grupo. Comecem a escrever que depois eu e Eduíno assumimos a tarefa."

Uma hora depois, quando o almoço já estava pronto, me assustei com o relatório que os dois tinham feito.

"Dez páginas para começarmos a brincadeira", contabilizou Vera. "Fizemos um histórico de toda a investigação. Trouxe a minha agenda, em que anotei todos os detalhes desde o começo do nosso trabalho. O resto foi encher linguiça, e nisso o Geramundo é bom", disse, rindo.

"Pois é esse recheio da linguiça, quer dizer, do relatório, que vai convencer o nosso delegado a encaminhar a investigação para o promotor", opinou Geramundo.

"Não tenho dúvida", reforçou Vera.

"Vamos almoçar e depois faremos uma leitura conjunta do texto", gritei.

A comida era simples, mas todos comeram com vontade. Eduíno elogiou o tempo todo o molho de tomate que eu havia preparado e Vera disse que o sabor lembrava o macarrão da avó dela.

"Receita da mamãe", eu disse.

Depois do almoço, vem o sono, então fiz um café bem forte para animar o grupo.

"Tino, eu estou impressionada com os seus talentos culinários. Eu sempre pensei que você fosse um daqueles homens que moram sozinhos cujo maior talento é saber abrir uma lata de sardinha."

"Você sempre me subestimou, Vera."

"Pera lá. Se eu não soubesse da sua capacidade, eu não estaria trabalhando com você. Agora, bom na cozinha foi uma bela surpresa, camarada."

Ri um pouco envergonhado, pois na verdade eu gostava muito de cozinhar, mas nunca tinha chance de preparar comida para os amigos. Quando eu ia visitar meus pais, lá em Minas, para onde voltaram no final dos anos 1970, aí sim eu ia para a cozinha com a minha mãe e fazíamos os quitutes tradicionais. Eu ficava responsável pelos pratos quentes e ela cuidava dos doces, que eram a especialidade dela. Meu pai parecia criança quando via nós dois juntos na cozinha.

"Posso experimentar? Querem ajuda para cortar alguma coisa? Deixa eu rapar a panela do doce de goiaba?"

Mamãe só dizia não, não e não. "Vá cuidar do terreiro", ela dizia. Na visão dela, de mulher do interior criada em fazenda, a presença de um homem na cozinha poderia pôr tudo a perder. Ela abria uma exceção para mim, que desde menino gostava de ajudá-la.

Quando todos estavam satisfeitos e um pouco mais despertos pelo café, fizemos uma roda em torno da mesa, e Vera começou a leitura do relatório. O sacana do Geramundo escrevia muito. Fez um texto que chegou até a me emocionar em alguns momentos.

"Se o Dr. Fontoura não se convencer lendo esse relatório, eu largo a profissão", disse Eduíno, com uma expressão séria no rosto.

"O que é isso, Eduíno? Tá maluco?", perguntei, espantado. "Primeiro, porque ele já foi convencido. Segundo, porque gente como você não pode deixar a polícia nunca. Vai deixar os Miros e os Sandovais tomarem conta do nosso espaço?"

"Eu entendo o que Eduíno quer dizer, Tino", disse o Geramundo. "Nossas provas são tão robustas e a investigação oficial está tão fraca, que ele pode se assustar com o material."

"Juro que não estou entendendo", disse Vera. "O delegado sabe que nós estamos juntos nessa investigação e deu todo o apoio que nós pedimos. Como assim 'se assustar com o material'?"

"Vocês dois estão esquecendo", disse Geramundo olhando para mim e Vera, "que o Dr. Fontoura não tem autonomia para encaminhar a investigação direto para a Justiça. Na verdade, quem deve fazer isso é o delegado chefe da Homicídios, que está com o caso. O nosso material pode apenas ser juntado ao restante e, se ele ficar 'muito bom', pode assustar os responsáveis pelo inquérito", explicou.

"Então, vamos fazer o seguinte", eu disse. "Mostramos para ele o relatório completo e junto entregamos um resumo do trabalho, sem entrar em muitos detalhes. Ele decide o que vai mostrar ao pessoal da Homicídios. Talvez ele possa guardar o relatório maior para um segundo momento, quando o inquérito tiver virado processo judicial, não é isso?"

Todos balançaram a cabeça afirmativamente, inclusive Vera, que sempre gostava de interpor um "mas" em nossas discussões.

"Podem deixar que eu mesmo escrevo o resumo", falei. "Amanhã eu chego mais cedo à delegacia e tiro uma cópia do relatório no mimeógrafo. Entregamos o original ao Dr. Fontoura e guardamos a cópia em local seguro", disse, olhando direto para Vera, que entendeu a minha intenção.

"Meu pai vai acabar cobrando pelo serviço de guarda de valores", ela disse.

"Isso que o seu pai está fazendo por nós e pelo caso Ana Clara não tem preço, Vera." Com esse comentário, consegui arrancar dela um sorriso envergonhado.

Eu não exagerava quando dizia que a ajuda do Dr. Hermano não tinha preço. Em 1973, no auge do governo do general Emílio Garrastazu Médici, qualquer vacilo poderia render ao sujeito um processo nas costas, baseado na Lei de Segurança Nacional. Na realidade, o pai de Vera estava colocando todo o seu prestígio e sua própria vida em jogo. Se o serviço de informações do governo desconfiasse de sua ajuda, poderia acontecer com ele o que aconteceu com o empresário e ex-deputado Rubens Paiva, que foi tirado de dentro de casa para morrer em uma delegacia imunda depois de apanhar e ser torturado.

Na segunda-feira, cheguei bem cedo à delegacia para fazer as cópias do relatório e do resumo. Para o meu azar, o Miro chegou logo depois de mim, já farejando alguma coisa.

"Caiu da cama, Tino Torres?"

"Tenho uma reunião com o Dr. Fontoura para apresentar o relatório das investigações."

Miro franziu o cenho, passou a mão no rosto e foi direto ao ponto.

"Deixa eu dar uma olhada nesse relatório."

"Antes do delegado?", provoquei.

"Por que não? Afinal, somos parceiros."

"Olha aqui, Miro, eu sei que você foi mandado aqui para me vigiar. Eu não deveria nem te dar explicações, mas vou fazer em respeito ao Dr. Fontoura. Nosso relatório está pífio."

"Está o quê, Tino?"

"Pífio, fraco, vazio. Não conseguimos praticamente nada. Alguns depoimentos vagos e poucas provas que não chegam a lugar nenhum. Vou entregar hoje meu relatório ao delegado e sair de férias na próxima semana. Não quero mais ouvir falar nesse caso por um bom tempo."

Miro parece ter caído na minha conversa. Soltou um riso frouxo e em seguida tentou ser irônico.

"Se tivesse aceitado a minha ajuda, talvez as provas fossem melhores."

"OK, Miro, você tem razão. Agora me deixe acabar de copiar o relatório, porque o Dr. Fontoura está chegando. Depois você peça a ele para ler o material, certo?"

Assim que ele deixou a sala onde ficava o mimeógrafo, eu terminei rapidamente de fazer as cópias e guardei tudo em dois envelopes. A máquina de mimeógrafo exalava um cheiro forte de álcool, e por isso chamávamos o aparelho de *cachacinha*. Tenho essa lembrança do cheiro até hoje viva na memória.

Coloquei os envelopes debaixo do braço e não os larguei até a chegada do Eduíno.

"O Miro está doido para colocar as mãos no relatório", eu disse. "Assim que acabar a reunião, vou pedir ao Dr. Fontoura que o deixe ler o resumo. Ou fazemos isso, ou ele vai ficar no nosso pé o tempo todo."

"Essa ideia de fazer um resumo foi boa, Tino. O Miro vai dizer ao pessoal da cúpula que a nossa investigação foi um fiasco."

"Eu disse a ele que, assim que entregar o relatório, vou sair de férias. Que não aguento mais ouvir falar no caso Ana Clara."

"Essa parte é verdade?"

"Sim. Quero ficar uns dias fora de casa, descansando. Depois quero voltar na sombra, sem ser visto, para acompanhar de longe o desdobramento do caso. Assim que o relatório estiver nas mãos do delegado, nossa missão estará parcialmente cumprida, concorda?"

"Sim e não", disse Eduíno. "Nossa investigação não se encerra com esse relatório, Tino. Ainda não identificamos o motorista."

"Tem razão. Mas amanhã chegaremos até ele."

"Como assim?", surpreendeu-se Eduíno.

"Já temos o retrato falado feito com base nas informações do pessoal de Sobradinho. Anexei o retrato ao relatório e fiz um adendo ontem mesmo, lá em casa, depois que vocês foram embora. Entregamos tudo ao delegado e esperamos ver o que acontece. O que acha?"

"E se a Homicídios sentar em cima do inquérito?"

"Vou propor que o delegado entregue o relatório diretamente ao promotor."

"E se o promotor não tiver apoio dos chefes para iniciar o processo criminal?"

"Não podemos fazer o trabalho dos promotores e da Justiça, não é?"

"Bem, talvez eles precisem de algumas provas extras e, nesse caso, quem vai ter que conseguir somos nós."

Eduíno estava mais entusiasmado do que eu, que só pensava em entregar o relatório ao delegado e tirar uns dias de férias ao lado do meu novo amor. Desde a morte de Ana Clara, eu não dormia direito. O excesso de trabalho, as ameaças, os trotes e as intimidações haviam minado minhas energias. Ainda não havia comunicado ao grupo sobre minha vontade de sair por uns dias, mas acho que todos entenderiam.

"A tigrada está com tanta fome, Eduíno, que talvez seja bom todos nós desaparecermos por uns dias. Vamos dividir os custos com os nossos amigos da promotoria."

Em seguida, Vera chegou. Repeti para ela o que havia conversado com o Eduíno. Ela concordou, ficou admirada com a história do retrato falado, que ela havia esquecido, mas, como sempre, me deu uma cutucada.

"Enquanto você descansa, vou fazer uns contatos com meus amigos da Polícia Federal. Eles foram impedidos de investigar o caso, mesmo havendo o envolvimento de traficantes de drogas, mas não podem deixar de ajudar uma colega em apuros."

"OK", eu disse. "Façam o que acharem melhor. Eu vou me dar uns dias de merecidas férias."

"Se você conseguir mesmo se desligar, será bom, Tino Torres, mas eu tenho lá minhas dúvidas", disse Eduíno.

Nesse momento, a secretária do delegado apareceu na porta, informando que o Dr. Fontoura havia chegado. Combinamos os três de entregar o relatório e o resumo a ele, sugerindo que enviasse apenas o segundo aos promotores, pelo menos por enquanto.

"E se ele decidir mandar logo o relatório completo?", indagou Eduíno.

"Ele vai saber o que está fazendo", respondi.

"Tomara que sim", disse Vera, com uma ponta de ironia.

Seguimos para a sala do delegado. No caminho, quase esbarramos com a dupla Miro e Sandoval, que saíam de lá.

"O que é que esses caras queriam com o senhor logo cedo?", perguntei ao delegado.

"Saber de alguma novidade", respondeu o Dr. Fontoura, "e parece que vocês têm o que eles querem."

Assim que Vera e Eduíno se sentaram, eu me levantei da cadeira para fechar a porta da sala do delegado. Nos reunimos, os quatro, em torno de uma mesa redonda, bem iluminada, que ficava próxima ao jardim de inverno da delegacia. Antes que eu começasse a falar, o delegado ligou no ramal interno e pediu água e café para todos. Em seguida, adiando mais uma vez o início da minha fala, comentou sobre um telefonema que havia recebido, no final do dia anterior, do juiz que havia autorizado a operação no sítio do senador e do ministro.

"Ele ficou sabendo do acordo que fizemos com o advogado do Jotabezinho e ficou chateado. Disse que, se soubesse que iríamos fazer isso, não teria passado pelo desgaste de autorizar a busca. De certa forma, ele tem razão, mas expliquei que era isso ou nada, que eles iriam fazer de tudo para cassar a decisão dele. Ele parece que não se convenceu. Desligou o telefone de forma abrupta."

"Para eles é fácil", eu disse. "Tomam uma decisão sabendo que outro colega, de uma instância superior, poderá suspender. E nós, como ficamos nesse jogo de empurra?"

"Pois é, Tino..."

"Mas não ligue para isso, não, Dr. Fontoura. Esse juiz ligou apenas para fazer a parte dele. No fundo, ele sabe que o jogo é esse mesmo", acrescentou Vera.

Assim que a dona Maria da Cruz saiu da sala, deixando lá quatro canecas, quatro copos, uma jarra de água e um bule de café fumegando, nos concentramos no assunto central da reunião.

Como tínhamos a manhã inteira, decidi ler para a equipe o relatório escrito a quatro mãos pelo Geramundo e pela Vera. Eram dez páginas em espaço dois, mas o texto estava tão bem escrito que não seria nenhum sacrifício. Limpei a garganta, tomei um gole d'água e outro de café e comecei a leitura.

Tenho esse texto guardado até hoje e, se ele não fosse tão extenso e tão cheio de detalhes técnicos, eu o reproduziria na íntegra aqui neste manuscrito, mas faço questão de transcrever as linhas iniciais, que cheguei a decorar, de tantas leituras que fiz. Começava assim:

No dia 11 de setembro de 1973, Ana Clara de Farias Mattoso, de sete anos, foi encontrada morta em um matagal localizado em terreno baldio na L2-Norte, na altura da quadra 604. O laudo técnico demonstrou que a vítima foi brutalmente assassinada por asfixia mecânica. Provas colhidas no local onde o corpo foi deixado (acredita-se que o crime na verdade ocorreu em local diverso) indicam que pelo menos duas pessoas participaram do ocorrido, uma vez que foram encontradas marcas de pneu de determinado veículo e marcas de uma motocicleta, ainda não identificada.

As informações que constam neste relatório, como se poderá ver, apon-

tam para homicídio duplamente qualificado e por motivo torpe, combinado com os crimes de sequestro e maus-tratos à menor de idade. A apuração também aponta para o envolvimento de pelo menos oito pessoas no caso, entre os quais: familiares da vítima que colaboraram com o sequestro (2), os homicidas propriamente ditos (2) e colaboradores que participaram do sequestro e que ajudaram os criminosos a se livrar do corpo da criança (4). Todas as informações contidas neste relatório estão embasadas em provas testemunhais e circunstanciais, colhidas pela equipe que assina o termo. Vamos ao relatório.

Mais do que um simples relatório de ocorrência policial, o texto lido e entregue ao delegado era um libelo acusatório contra os prováveis responsáveis pelo sequestro e pela morte de Ana Clara. Relendo, hoje, o material, vejo que estavam ali todas as informações necessárias para se abrir um processo judicial e punir sete dos oito envolvidos (as provas contra o motorista do carro marrom surgiriam dias depois). Sem contar aqueles que cometeram crimes ao obstaculizar o trabalho da polícia. O problema é que o grande mérito do relatório foi depois usado para desacreditá-lo. O advogado do Jotabezinho chegou a dizer que o inquérito policial era uma excelente peça de ficção e que seus autores deveriam estar vivendo da própria pena, e não da atividade policial.

Quando terminei a leitura, fez-se um grande silêncio na sala. O delegado pegou os papéis, balançou a cabeça afirmativamente, respirou fundo e perguntou:

"Quem escreveu?"

"Nós quatro, quer dizer, nós três", emendei.

"Com uma mãozinha do Geramundo?"

"Sim", disse Vera, tentando me acudir. "Ele acompanhou toda a investigação, nada mais justo que nos ajudasse na hora de redigir o relatório."

"O material está excelente", disse o Dr. Fontoura. "Lembrou-me das aulas de direito penal que tive com um certo professor Hermano. Era uma mistura de direito e literatura. A turma delirava."

Vera não se fez de rogada. "Meu pai não teve nenhuma influência no nosso trabalho", disse. "Quer dizer, não diretamente, se é que o senhor me entende."

"Entendo, sim, Vera. Eu não disse isso para provocá-la. Na verdade, foi um elogio. Não posso dizer que eu seja da escola do seu pai porque eu hoje estou enfurnado nessa delegacia, mas eu rezo na cartilha dele. Pode ter certeza."

Não pude segurar um grande suspiro de alívio, que todos notaram e dele até riram, pois viram que eu estava ansioso com a reação que o relatório provocaria. Repassei também ao delegado o resumo do inquérito, mas não tive como propor que ele se decidisse entre enviar o primeiro ou o segundo. Foi Eduíno que resolveu falar.

"Dr. Fontoura, nós conversamos muito sobre esse relatório e achamos que ele pode causar um terremoto tão grande em Brasília que poderá inviabilizar a própria investigação. Ele está excelente, concordo com o senhor, mas justamente por isso ele representa um perigo. Tino Torres fez um relatório menor (na verdade, um resumo) que talvez possa ser usado em um primeiro momento. O que o senhor acha?"

"Vamos ler o resumo, mas me parece um absurdo não enviar à Promotoria o relatório completo. Eu sempre defendi a tese de que o servidor público, independentemente da posição que ocupe, tem que cumprir a lei e realizar o seu trabalho com total correção e dedicação. Se outros não vão dar continuidade ao trabalho dele, aí é outro problema", disse o delegado.

Em seguida, pegou as duas folhas onde constavam o meu resumo e leu apenas até o meio da primeira página.

"Não posso mandar isso aqui, não. O promotor chefe vai sacar na hora que estamos escondendo informações. Eu venho mantendo-o informado sobre as investigações – ele me liga quase todos os dias. Não vai colar, não. Eu até entendo sua preocupação Eduíno, mas não podemos recuar. Vou enviar a peça completa e a promotoria que se vire para levar o caso à corte."

Quando a reunião acabou, quase três horas depois de iniciada, eu estava exausto. Notei que Vera estava com um leve tremor nas mãos enquanto bebia um copo d'água e o Eduíno estava um pouco cabisbaixo, mais pensativo do que triste ou preocupado. Em compensação, o delegado parecia uma criança com o relatório nas mãos.

Acertamos ao final que teríamos apenas mais aquela semana para reunir informações sobre o motorista do tal carro marrom, incluí-las no inquérito e enviar o material ao promotor até sexta-feira.

"Na próxima segunda-feira, vou tirar uns dias de férias", eu disse ao delegado.

"Certo, Tino, você merece", completou.

Comecei a esboçar ali na cabeça o que faria, pensei em convidar a Marli para viajar comigo para a beira-mar. Seria uma forma de recarregar as baterias e me preparar para o pior, que viria pela frente.

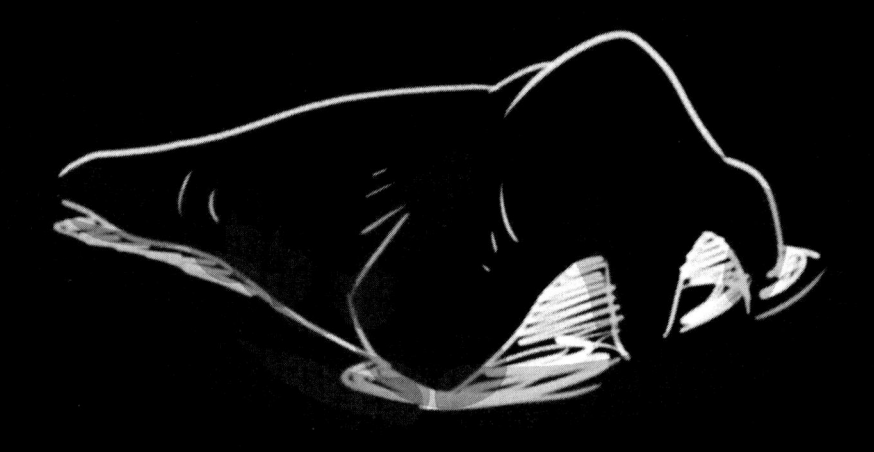

Capítulo 31

Assim que acabou a reunião na delegacia, eu liguei para o Geramundo. Falei sobre a decisão do Dr. Fontoura de enviar o relatório completo para a promotoria tão logo tivéssemos as informações sobre o sequestrador. Ele riu do outro lado.

"Estávamos sendo mais realistas do que o rei, Tino Torres. O delegado está certo. Se recuarmos agora, os caras acabam com a gente."

Em seguida, conversamos sobre a publicação de partes do relatório pelo jornal. Geramundo queria dar o material no domingo seguinte, para surpreender a cúpula da Polícia Civil. Ponderei se não seria bom esperar que o documento chegasse às mãos do promotor responsável e que o processo fosse iniciado.

"Ele pode ficar furioso se souber pela imprensa", arrisquei.

"Então converse com o delegado e veja se é possível entregar até sexta ao promotor. Pedimos a ele que guarde sigilo e, no domingo, publicamos a reportagem. O que acha? Vou te dizer uma coisa, Tino: quanto antes tornarmos público o conteúdo desse inquérito policial, maiores serão as nossas chances de pegar os assassinos de Ana Clara."

Desliguei o telefone e voltei à sala do delegado. A porta estava apenas encostada, e ele estava conversando com alguém ao telefone. Estava voltando para a minha sala para aguardar que ele desligasse o telefone quando ouvi o meu nome. Aproximei o ouvido da porta e entendi que ele conversava com o delegado-chefe da Delegacia de Homicídios.

"Eles fizeram um ótimo trabalho, Ventura. E não posso deixar de enviar o inquérito ao promotor. Se você quiser contestar os dados do relatório, poderá fazer isso, mas em um segundo momento."

O frio na barriga voltou. Joaquim Ventura era cupincha do secretário de Segurança e foi colocado lá para segurar as investigações do caso Ana Clara. Na certa, soube por Miro que havia um relatório pronto e ligou para pedir informações. Esperei alguns segundos após o fim do telefonema e dei duas batidas na porta.

"Com licença, delegado, mas eu voltei para conversar com o senhor e não pude deixar de ouvir parte da conversa com o Ventura. Sua porta estava entreaberta. Me desculpe."

"Então não preciso nem te explicar. Você entendeu que ele não quer que eu mande o inquérito para o promotor? Onde já se viu? Pediu que eu esperasse mais alguns dias para que juntasse o nosso relatório ao relatório que ele está preparando."

"Se fizermos isso, nosso trabalho vai para a lata do lixo", eu disse.

"Eu sei disso, Tino. Vou ligar agora para o promotor e informar sobre o assunto. Quero finalizar esse caso, pelo menos aqui na minha área."

"Dr. Fontoura, Geramundo quer dar com exclusividade no jornal de domingo algumas partes do relatório. Pensamos em pedir que o senhor entregue hoje mesmo o inquérito ao promotor para que ele não saiba do assunto pela imprensa. Assim que tivermos as informações sobre o motorista/sequestrador, nós faremos um adendo ao inquérito. Enquanto isso, a promotoria vai construindo a peça. Eu e Geramundo concordamos que, quanto mais cedo fizermos isso, menor será a capacidade de os envolvidos se livrarem das acusações."

O delegado pegou o relatório, releu a apresentação, olhou para mim, voltou a olhar para o texto que estava envolto em uma pasta de papelão marrom e respondeu.

"Vamos em frente. Vou ligar agora para o promotor e informá-lo de que o relatório segue ainda hoje de manhã. Você e o Eduíno vão entregá-lo em mãos, certo?"

Saí animado da sala. A coragem do delegado afastava um resto de temor que eu ainda trazia comigo, fruto de pura insegurança. Não fazia mesmo sentido, depois de tudo o que passamos, do risco de morte que corremos, cair na conversa do Joaquim Ventura e esperar o término do inquérito da Delegacia de Homicídios para enviarmos tudo junto. "Eles não investigaram nada. Como irão produzir um inquérito?", observei.

Voltei para a minha sala, onde Eduíno lia o jornal, e contei para ele sobre a conversa com o delegado. Ele ouviu tudo em silêncio, respirou fundo e mandou uma resposta que me surpreendeu.

"Então precisamos ser rápidos, Tino Torres, antes que os caras mobilizem seus exércitos. Precisamos entregar o relatório ao promotor e depois deixar uma cópia do material com o Geramundo. E vamos atrás do nosso homem que falta."

Olhei no relógio e calculei que Vera já deveria ter chegado ao Instituto de Criminalística. Liguei para ela e expliquei os últimos acontecimentos.

"Passem aqui e me peguem. Quero ir com vocês. Acho bom reservar uma terceira cópia desse relatório e guardá-la no cofre do papai, não acha?"

Ela tinha razão. A cópia que tenho guardada até hoje, quarenta anos depois da morte de Ana Clara, é justamente aquela que ficaria no cofre do Prof. Hermano. As duas outras cópias simplesmente sumiram ao longo da história.

Depois de pegar Vera no trabalho, passamos na Promotoria para protocolar o inquérito e entregá-lo nas mãos do promotor responsável. Quando soube que estávamos na antessala esperando pelo "recebido", o promotor veio até a porta.

"Então são vocês os três mosqueteiros da Polícia Civil de Brasília? Sou fã dos romances do Dumas. Posso ser o D'Artagnan desse grupo?" Disse isso e soltou uma gargalhada, à qual respondemos com sorrisos e olhares desconfiados.

O promotor era um homem baixo, calvo, de barba fechada e muito risonho. Pelo sotaque imaginei que seria pernambucano. E da capital, pois falava impostando os esses, como todo autêntico recifense. Fez sinal para que entrássemos em sua sala. Seu nome era Alexandre César Cabral Rios. "Pernambucano de quatro costados", deduzi.

"Estou sabendo do trabalho de vocês três, inclusive do seu", disse, olhando de forma incisiva para Eduíno, que tentava sempre se manter mais afastado do grupo. "Converso quase que diariamente com o delegado Fontoura, sempre de forma cifrada, pois tenho certeza de que os nossos telefones têm outros ouvidos. E vou lhes dizer uma coisa: ainda não li o relatório, mas vocês fizeram um belo trabalho. Não será por falta de empenho da Delegacia de Polícia da Asa Norte que esse crime ficará impune."

Com aquela introdução, Vera sentiu-se mais à vontade para falar.

"O senhor acredita mesmo que será possível indiciar todos os suspeitos? Tem gente muito grande envolvida nesse crime. Além dos citados, temos um nono nome, que é o motorista e sequestrador, que ainda não sabemos quem é. Todos os outros nomes estão aí, do irmão de Ana Clara ao filho de um senador da República."

"Eu só aceitei pegar esse inquérito porque acredito na possibilidade de indiciamento, mas concordo com você que não será fácil. As pressões vêm de toda parte. Ontem mesmo, recebi um telefonema do assessor de imprensa do secretário de Segurança..."

"Wellington Salgado", eu disse.

"Esse mesmo. Veio com uma conversa mole, dizendo que o secretário estava preocupado com os rumos da investigação, coisa e tal. Eu só não bati o telefone na cara dele porque sei que isso não iria ajudar em nada o nosso trabalho. Ouvi pacientemente aquela lenga-lenga e depois desliguei, sem dizer nem que sim nem que não. Estou aprendendo a ficar com a cara lisa aqui nesse cargo", disse com forte sotaque.

"Dr. Alexandre", eu disse, "não sei se o Dr. Fontoura adiantou mais alguma coisa, mas tem algo que eu preciso lhe dizer. Estou saindo de férias a partir da próxima segunda-feira. Vou ficar uns dias descansando, que esse caso me deixou completamente esgotado. E, quando sairmos daqui, eu, Vera e Eduíno vamos deixar uma cópia do inquérito nas mãos de um jornalista amigo nosso – que, aliás, vem nos ajudando muito, dando cobertura nas investigações."

O promotor se remexeu na cadeira, pegou o relatório, leu o trecho inicial e sorriu.

"Eu conheço Geramundo. É ele quem está ajudando vocês, não é? Podem dizer! Entre nós não poderá haver segredo desse tipo."

Assenti com a cabeça e completei o que queria dizer. "Então é possível que, na próxima segunda-feira, o senhor tenha que falar com a imprensa sobre o conteúdo do relatório. A reportagem sairá no domingo. Decidimos que a melhor estratégia é agir rápido para pegar nossos adversários de surpresa."

"Vocês estão certos", disse o promotor. "A surpresa é sempre uma boa arma para os mais fracos. Vejam os vietcongs. Não têm armas sofisticadas, mas estão dando uma surra nos americanos. O maior exército do mundo vai ter que deixar o Vietnam logo, logo."

Vera, a vermelha, gostou da intervenção do promotor. Olhou para nós dois e piscou o olho.

Aceitamos água e café oferecidos pela secretária do promotor e aproveitei o intervalo para fazer um pedido a ele.

"O senhor deve saber que, durante essa investigação, sofremos várias ameaças e um atentado."

Ele fez um movimento afirmativo com a cabeça e confirmou: "O delegado Fontoura me manteve informado".

"Pois então", continuei, "essa pressão agora deve se voltar contra o senhor e sua equipe, além da imprensa. Não seria o caso de vocês pedirem proteção à Polícia Federal?"

"Amantino, concordo com você, mas não acredito que o governo vá deixar a PF entrar no caso, não. Você esqueceu que os federais estão sob a ordem do ministro da Justiça, cujo filho é suspeito de participar do crime, e que vivemos um regime de exceção?"

"Não esqueci, não", respondi. "Mas sem essa proteção será difícil a promotoria trabalhar. Nós criamos uma célula independente dentro da Polícia Civil, que tem o apoio do delegado. E, mesmo assim, quase não conseguimos avançar com as investigações. Apuramos tudo em tempo recorde e em alguns momentos utilizando métodos pouco usuais", eu disse e olhei para Vera e Eduíno, que devolveram a provocação com sorrisos. "Sinceramente, não sei como a Promotoria pretende atuar sem apoio dos federais."

"Sinceramente também não sei", respondeu de forma bem-humorada o promotor. "Mas, como gosta de dizer a minha mãe, a cada dia sua agonia. Vou ler com atenção o inquérito e depois vou conversar com o meu chefe. E pretendo manter o delegado Fontoura informado sobre os desdobramentos da investigação. E vou aguardar as informações sobre o motorista, caso vocês encontrem. Quando voltar das férias, apareça para tomar um café."

Nós nos despedimos do Dr. Alexandre e deixamos, reticentes, a Promotoria de Justiça.

"Algo me diz que esse promotor não sabe exatamente em que cumbuca está metendo as mãos", disse Eduíno.

A Promotoria ocupava um dos andares do prédio do Tribunal de Justiça, na Praça do Buriti, que abrigava o centro político local de Brasília. A capital tinha naquela época um governador indicado pelo presidente da República e uma Justiça que cuidava do Distrito Federal e dos Territórios, como é hoje. A diferença é que hoje não existem mais territórios (naquela época, eram quatro: Roraima, Rondônia, Amapá e o arquipélago Fernando de Noronha). O Ministério Público ainda não existia, com esse nome. Eram apenas promotorias, divididas em poucas áreas.

Deixamos o carro estacionado no Tribunal de Justiça e fomos caminhando até o *Diário Brasiliense*, que ficava do outro lado da Praça, no Setor de Indústrias Gráficas, ou simplesmente SIG. A cidade era bem menos povoada e com menos prédios que hoje, mas o Setor Gráfico era bem animado. Havia pelo menos seis jornais diários em circulação em Brasília e uma penca de semanários, além de várias revistas. Como naquele tempo fazer jornal dava muito trabalho – quando a edição ficava pronta já era madrugada, quase no mesmo horário em que a turma da manhã estava prestes a chegar –, o SIG funcionava praticamente 24 horas por dia.

Eu gostava de, às vezes, quando estava de plantão nas ruas, dar uma passada pela região para tomar um caldo quente com Geramundo em uma cantina próxima ao jornal. Eu ficava impressionado de ver aqueles velhos jornalistas tomando uísque, ou conhaque, se a noite estivesse fria, no intervalo entre o fechamento de uma página e outra. "Como conseguem trabalhar desse jeito?", pensava. Certo dia, Geramundo me explicou. É que só de uns tempos para cá é que o jornalismo era encarado como profissão, como carreira. A maioria daqueles jornalistas que ali bebiam era de outra geração, que via o jornalismo quase como um sacerdócio. "São quase todos eles escritores medíocres, alguns até talentosos, que precisam do jornalismo para sobreviver. E a boemia é uma forma de se manterem vivos, de não aceitarem que são simples operários da palavra, o que realmente são."

"Você se considera um *operário da palavra*, Geramundo?", perguntei.

Ele bebeu o resto de caldo que sobrava em sua cuia e respondeu, de forma um tanto afetada:

"O termo tem dupla conotação. Do ponto de vista positivo, pode ser entendido como um jornalista que tem consciência de classe, que sabe pertencer a um grande e coeso proletariado internacional que usa a imprensa para tornar o mundo mais justo e menos desigual. Do ponto de vista negativo, pode ser entendido como apenas mais um trabalhador braçal, que pensa que pode usar o jornalismo para propagar suas ideias, mas na verdade o que faz é apenas propagar as ideias do dono do jornal."

"E em qual das duas conotações você acredita?"

"Não sou um idealista, mas também não vejo o nosso trabalho como simples peça de uma engrenagem. Acho que temos sim – como, aliás, outras profissões têm – influência sobre a realidade que vivemos, porém daí a achar que somos uma classe que pode mudar o mundo, que pode acabar com a pobreza e educar o povo, vai uma grande distância."

"Esses que passam a noite aqui bebendo uísque a correndo lá pra dentro para fechar o jornal são os idealistas?"

"A maioria, sim. Outros apenas bebem porque gostam de beber, de farra. Veja aquele ali", e disse isso apontando com o indicador da mesma mão que segurava o copo. "É um grande poeta, fez parte do grupo que lançou a poesia concreta no Brasil. É um cara genial, apesar de meio maluco. E sabe o que ele faz no jornal? É copidesque. Conserta os textos dos outros, mas ele mesmo não pode escrever uma linha da própria lavra."

"E por que não deixam ele escrever, se é tão bom com as palavras?"

"Porque, além de ser comunista – quer dizer, pensam que ele é comunista, mas na verdade é um anarquista –, ele segue aquela escola antiga, do nariz de cera. Já ouviu falar?"

"Nariz de cera, como assim?"

Geramundo suspirou antes de começar sua pequena aula sobre jornalismo.

"Antigamente, os jornalistas tinham mais liberdade para escrever. A informação, ou o fato, como se dizia, não era o mais importante. O mais importante era contar uma boa história e, ao mesmo tempo, fazer proselitismo de umas duas ou três ideias. Você imagina um texto de jornal escrito pelo José de Alencar ou pelo João do Rio? Não era como é hoje."

Disse isso e pegou um jornal do dia anterior que estava jogado de lado. Leu para mim a introdução de uma matéria.

"Compreendeu, Tino Torres? Os textos de hoje são quase só informativos e já começam dando ao leitor as informações que ele procura. É o famoso lide. Os de antigamente eram mais literários; por isso se dizia que tinham um 'nariz de cera'. Às vezes, no final do artigo é que vinha alguma informação."

"Mas essa expressão soa como algo negativo. Um nariz de cera é algo falso."

"Não sei quem cunhou essa expressão, mas a ideia é essa mesma, de ridicularizar esse modo antigo de se fazer jornalismo para enaltecer os novos tempos."

"E esses 'novos tempos' querem dizer: o jornalismo como mercadoria?", eu devolvi.

"Você às vezes me surpreende, Tino Torres. Em uma frase, resumiu toda a minha explicação."

Lembrei-me daquela noite e desse diálogo enquanto caminhávamos em direção ao jornal. Eram quatro horas da tarde e o Geramundo devia estar agoniado para colocar as mãos no relatório que ele mesmo ajudara a escrever.

Capítulo 32

Àquela hora da tarde, a redação do jornal estava tranquila. Poucos jornalistas escreviam nas barulhentas máquinas manuais, e o som mais alto que se ouvia era da televisão ligada, que exibia um desenho animado.

Quando nos viu no meio da redação, Geramundo, sentado em um dos cantos, próximo à janela, soltou um grito.

"Chegou a nossa capa de domingo!".

Todos olharam em nossa direção e Vera fez cara de poucos amigos.

"Esse Geramundo gosta de uma fanfarronice. Viemos com toda a discrição, fizemos questão de deixar o carro da polícia no estacionamento do Tribunal para não chamar atenção, e ele faz isso."

"Com certeza, algum dedo-duro já deve estar ligando para o pessoal da Secretaria de Segurança informando sobre a nossa presença aqui", completou Eduíno.

Preferi ficar calado, pois sabia que, se por um lado eles tinham razão, por outro também sabia que o Geramundo tinha aquela redação na ponta dos dedos e não faria uma brincadeira daqueles se houvesse algum perigo de atrapalhar nosso esquema.

Quando viu as caras fechadas de Vera e Eduíno, ele tratou logo de se desculpar.

"Vocês chegaram com tanta discrição e eu armando esse fuzuê todo, né? Mas não se preocupem: nesse horário, só tem gente minha aqui. Depois das seis é que as coisas começam a ficar perigosas."

"Chegam os censores, é?", perguntou Vera.

"Quando saiu o AI-5, havia sim um censor aqui dentro. Aliás, dois, que se revezavam. Depois as coisas foram afrouxando, como tudo no Brasil. Eles só mandam alguém para cá quando suspeitam de alguma reportagem mais perigosa."

"Como essa que você vai escrever a partir de hoje?", provoquei.

"Pois é, mas eles não sabem, não é? Se soubessem, com certeza, estariam aqui. Mas, com a publicação da primeira denúncia no domingo, pode saber que o clima aqui dentro vai fechar."

"E como vocês farão para continuar repercutindo a denúncia?", perguntou Vera.

"Bom, teremos que ouvir os acusados por vocês, o promotor, a família de Ana Clara. Enfim, eu acredito que na primeira semana ainda agiremos dentro do impacto da denúncia. Mas, aos poucos, eles vão fazer de tudo para peneirar nossas informações de modo a esvaziar o trabalho de vocês."

"Sua análise é animadora, Geramundo", eu disse.

"Espere aí, Tino. Não quis dizer com isso que eles irão conseguir o que querem. A Justiça vai trabalhar em cima da denúncia, alguns parlamentares da oposição devem questionar o governo. Será uma disputa. Vamos ver quem vai levar."

"Então, vamos lá. Você já conhece esse texto de cor e salteado. Quer alguma ajuda?", perguntei.

"Eu prefiro que vocês tratem de desaparecer. No bom sentido, claro. Ganhei duas páginas para o assunto, além da manchete de capa. Vamos dar os principais trechos do relatório com fotos e desenhos. Vai ser uma porrada. Vou reservar um quarto de página para o retrato falado e o texto sobre o motorista/sequestrador. Espero que vocês o encontrem."

"Já adiantamos junto ao promotor que você deve procurá-lo esta semana, para repercutir a denúncia", eu disse.

"Esse Alexandre César é um cara corajoso, ainda mais com esse nome composto: Alexandre César! São dois imperadores em um nome só."

Geramundo falou isso e começou a rir sozinho, mas em seguida continuou.

"Só não sei se ele tem fibra para segurar as acusações contra todos os oito ou nove nomes. Deve vir uma pressão grande para tirar os nomes do Jotabezinho e do Fonsequinha. Vão acabar sobrando o irmão da menina e o sequestrador."

"Mas logo os assassinos?", esbravejou Vera.

"É que por acaso os assassinos são também o lado mais forte dessa corda, sabe, doutora?", lembrou Geramundo.

Vera fechou a cara e ficou calada, mas eu aproveitei para encerrar a conversa com uma sugestão.

"Geramundo, nós três vamos sair de cena por uns dias. A Vera vai fazer um trabalho discreto, tentando juntar mais provas que estão espalhadas e tentando atrair algum federal para a investigação. Eu vou sair de férias na próxima segunda e o Eduíno vai ficar na sombra do Dr. Fontoura, bancando o guarda-costas. Mas seria bom que você não ficasse sozinho nos próximos dias".

"Já pensamos nisso, Tino. O jornal contratou dois seguranças, que irão trabalhar como se fossem motoristas da empresa. Um deles estará sempre me acompanhando e o outro irá em um carro de apoio, levando um fotógrafo. Dessa forma, teremos sempre quatro pessoas trabalhando juntas, em dois carros diferentes."

"Muito bem, Geramundo. A convivência com a equipe do 2º DP parece ter lhe ajudado", brincou Eduíno.

"Na verdade, eu estou tão cansado e assustado quanto vocês. Por mim, eu publicava essa denúncia amanhã e também sairia de cena por uns dias. Mas não posso. Preciso alimentar o jornal pelo menos até a Justiça indiciar os acusados. Depois disso, eu posso passar a bola para outro."

Estendi o braço para ele, que apertou minha mão com as duas como um sinal de agradecimento.

"Então se cuide, Geramundo. E nada de ficar sozinho", eu disse. "Vou só esperar a banca de jornal abrir domingo cedo, pegar meu exemplar e desaparecer por uns dias. Se quiserem me dizer algo muito importante, liguem para o Eduíno que ele saberá mandar o recado."

Vera tomou uma atitude que nos deixou, aos três, encabulados. Abraçou cada um de nós, nos beijou e disse que tinha muito orgulho do trabalho que estávamos fazendo.

"Não importa o que vai acontecer, nós estamos fazendo a coisa certa", disse.

Eduíno apertou os dentes e fez cara de choro, mas segurou a emoção.

Eu estava tão cansado que mal conseguia entrar em sintonia com as palavras de Vera. Só pensava em encontrar logo o sequestrador, que estava muito perto de nós, segundo avaliação do Eduíno, e planejar as férias ao lado de Marli. Descobri que a minha nova namorada não conhecia o mar, apesar de ter nascido no Maranhão. Combinamos de pegar a estrada e só parar quando chegássemos ao litoral norte do Espírito Santo, onde uma casinha de um amigo meu nos esperava.

Capítulo 33

Com o retrato falado do motorista em mãos e distribuído por todas as delegacias do Distrito Federal, logo na terça-feira recebemos uma informação dos colegas da Asa Sul. Um homem parecido com o do retrato falado havia sido parado em uma blitz na saída para Goiânia. Seu nome era José Conde. Tinha duas passagens pela polícia, uma por roubo e outra por porte ilegal de arma. Eu e Eduíno voamos até a Delegacia da Asa Sul para inquirir o suspeito.

O tal de Zé Conde, como era conhecido pela polícia, assumiu que conhecia Júlio Mattoso, a quem já havia vendido drogas uma única vez, contudo disse que não conhecia JB e Fonsequinha e que não havia dirigido o carro marrom usado pelo sequestrador de Ana Clara.

Quando falei que ele seria confrontado com testemunhas que o viram na sorveteria em Sobradinho, ao lado da menina, no dia 10 de setembro, ele ficou transtornado.

"Eu juro que não a matei, seu policial. Eu apenas dei uma volta com ela e depois a entreguei a uma mulher."

"Que mulher?", perguntei.

"Não sei o nome. Acho que era uma tia."

"E onde isso aconteceu?", perguntei.

"Em um local em Sobradinho. Esse foi o combinado. Eu não sei mais nada."

"Combinado com quem, seu José Conde?"

Nessa hora ele parou de falar e ficou esfregando as mãos. Tive que insistir para que ele respondesse à minha pergunta.

"Essa mulher queria arrancar dinheiro do pai do Júlio Mattoso. Eu não a conheço direito. Se eu não fizesse isso, ela ia me entregar para a polícia."

"Qual o nome dela?"

"O pessoal a chama de Ceiça. Ela distribui o material que chega do Paraguai. O senhor sabe, a erva e o pó."

"E ela pediu que o senhor retirasse a Ana Clara do colégio e a entregasse em Sobradinho. Por que o senhor?"

"A menina me conhecia. Eu já tinha saído com o irmão dela e com a namorada dele algumas vezes. Fomos até ao parque de diversões uma vez. Ela gostava de mim. Eu a levei na roda gigante uma vez."

"E o senhor soube da morte dela quando?"

"Pelos jornais. Nunca ia imaginar. Pensei que a Ceiça iria arrancar uma grana dos pais dela e depois ia deixar a menina em algum lugar seguro. Foi esse o combinado."

Conversamos com o Zé Conde por mais umas duas horas. Ele repetia a mesma história várias vezes. Estava na cara que estava mentindo para acobertar os verdadeiros assassinos. Conversei com Eduíno em uma sala separada, enquanto o depoente usava o banheiro.

"Tino, ele diz a verdade, mas só uma parte. Ele fez tudo isso, só que entregou a menina para a dupla Jotabezinho e Aluísio. E inventou essa personagem, a Ceiça, para desviar as nossas investigações."

"Concordo com você, Eduíno. Mas como faremos para provar que ele está mentindo?"

"Vamos pedir que ele nos leve até o local onde deixou a menina em Sobradinho. A mentira vai cair ali."

Quando dissemos isso ao José Conde, ele se saiu com outra.

"Ela me esperou em um ponto de ônibus perto da Rodoviária de Sobradinho, a Ceiça. Não sei onde ela mora."

"Como você entrega uma criança, filha de um amigo seu, a uma mulher que você mal conhece, Conde?", questionei, quase gritando.

"Pois é, eu sei que fiz besteira. Mas ela ameaçou procurar a polícia, dizer que eu vendia maconha na porta das escolas. Eu fiquei assustado e fiz o que ela pediu."

"Olhe aqui, Conde, nós sabemos que você está mentindo. Sabemos que você levou Ana Clara até o sítio do Jotabezinho e que depois levou o corpo dela até o matagal onde foi encontrado pela polícia. É melhor você dizer a verdade, caso contrário poderá ser o único indiciado pelo sequestro e pela morte da menina", completei.

"Eu não vou dizer mais nada. Só na frente do juiz." E calou-se.

Ainda tentamos arrancar mais alguma coisa, com mais ameaças, mas não adiantou. Quando viu que não poderia prosseguir com sua farsa, o Zé Conde emudeceu.

Levamos o homem algemado para a nossa delegacia e o autuamos por sequestro de menor. Sabíamos que ele era a peça que faltava e que, tirando a Ceiça e o fato de ele ter sabido da morte da menina pelos jornais, o resto era verdade.

Quando chegamos com o sequestrador à Delegacia da Asa Norte, o Dr. Fontoura e a Vera já sabiam do interrogatório. Tive que me reunir com os dois na sala do delegado e fazer um resumo do que aconteceu.

"Acho que devemos incluí-lo já no inquérito, colocando a versão que ele deu, mas fazendo a ressalva de que a história dele é incoerente. Lembrar que foi encontrado um objeto de Ana Clara no sítio e que existem testemunhas de que ele foi visto com a menina horas antes de ela ser morta. Portanto, ele é o principal suspeito do crime. Está claro que ele está mentindo sobre a parte principal da história", afirmou a Vera.

O delegado concordou com tudo o que dissemos e foi além:

"Precisamos entregar esse depoimento hoje mesmo ao promotor. Não vamos conseguir arrancar nada do Zé Conde nessa fase da investigação. Se ele falar, morre. Aposto que hoje mesmo vai aparecer um advogado para ele, pago por um misterioso tio", disse o Dr. Fontoura.

E, de fato, no final da tarde surgiu um advogado, provavelmente pago pela família do Jotabezinho, mas que se apresentava como amigo da família de José Conde. Tentou um *habeas corpus*, mas o juiz do caso negou, para o nosso alívio.

Apressei o relatório sobre o depoimento do sequestrador e fui levar pessoalmente ao promotor, que ficou surpreso por me ver antes do prazo combinado, que era sexta-feira.

"Da nossa parte, encerramos a investigação", eu disse. "Mais um dia nesse caso e a Secretaria de Segurança nos dá uma suspensão", expliquei.

"Vocês fizeram um ótimo trabalho, Tino", disse o promotor Alexandre César.

"Amanhã mesmo apresento a denúncia contra os acusados. Como não temos prova de quem matou Ana Clara, vou acusá-los por formação de quadrilha, sequestro e homicídio. Não terei como individualizar os crimes, pelo menos não antes de a promotoria conseguir mais informações. E pediremos autorização ao juiz para quebrar o sigilo bancário e o sigilo telefônico dos acusados. Com essas informações, certamente conseguiremos ligar os fios."

"Estou aliviado, promotor. Pensei que não chegaríamos até aqui", desabafei.

"Pois vá cuidar de descansar, Tino Torres, e deixe o resto do trabalho com o nosso grupo. Mas, antes, avise ao Geramundo que houve mudança nos planos."

Sim, era verdade, a reportagem precisaria sair o quanto antes. Não poderia esperar o domingo. Até lá, a cúpula da Segurança poderia desmontar todo o nosso trabalho. De lá mesmo, liguei para o jornal. Geramundo estava na rua. Lembrei-me do rádio instalado pelo Eduíno e desci ao estacionamento, onde ele me esperava no carro que nos serviu naqueles últimos dias.

"Já posso sair de férias, Eduíno. O promotor vai apresentar a denúncia hoje mesmo."

"Tá falando sério?".

"Sim. Ele também teme que as pressões sobre a Promotoria possam interromper a apresentação da denúncia. Mas antes de encerrar nossos trabalhos, preciso encontrar o Geramundo. Vamos usar o rádio."

Eduíno conseguiu falar com o motorista que também servia de guarda-costas ao Geramundo. Em menos de dez minutos, o repórter retornou a chamada. Expliquei a prisão do Zé Conde (da qual ele já sabia, mesmo desconhecendo os detalhes) e a decisão do promotor de fazer a denúncia naquele mesmo dia.

"Tino, vou ter que correr e terminar a matéria hoje mesmo. Meu esquema de publicar uma reportagem especial no domingo foi para o brejo."

"Em compensação, você terá uma foto do sequestrador de Ana Clara e uma cópia de seu depoimento, que já fiz para você. Valeu a pena antecipar os planos", opinei.

"Nos vemos na delegacia?", completei.

"Estou indo para lá. E chega de fazer as coisas às escondidas", disse Geramundo, que riu, aliviado.

Capítulo 34

A prisão do Zé Conde vazou para a imprensa e uma pequena multidão de repórteres e fotógrafos se aglomerava na porta da delegacia. Por sorte, eu trazia comigo uma segunda cópia do depoimento do sequestrador e a entreguei ao Geramundo, que foi o primeiro a chegar ao local. Quando viu chegarem os colegas dos outros veículos de comunicação, fez cara feia.

"Meu furo caiu, Tino Torres."

"Talvez seja melhor assim. A cúpula terá que se preocupar com toda a imprensa e não apenas com você. Vá para a redação e escreva sua reportagem. O Zé Conde não vai falar e o que o delegado poderá falar aos jornalistas você já sabe. Acho melhor conversar com o promotor. Esse é o seu trunfo."

Geramundo estava tão atordoado que concordou com tudo o que eu disse.

Entrei na delegacia e conversei com o Dr. Fontoura, que, em seguida, falaria à imprensa. Combinamos que só ele comentaria o caso, fazendo um resumo do nosso trabalho e informando que havia encaminhado o inquérito ao promotor de Justiça.

"Geramundo gostaria de ter exclusividade sobre este segundo ponto", informei.

"Impossível, Tino. Não posso sonegar isso à imprensa. O promotor pode dizer que só vai falar amanhã depois que ler o inquérito, pois ninguém, além de nós, sabe que ele recebeu o material ontem. Com isso, garantimos que o Geramundo saia na frente dos demais."

"Certo. Vou ligar para o promotor", eu disse.

Aproveitei para pedir ao delegado uma antecipação das minhas férias para o dia seguinte.

"Serão apenas dez dias, Dr. Fontoura. Se eu ficar mais um dia na cidade, eu piro."

Férias confirmadas, telefonei para Marli, que levou um susto quando pedi que ela arrumasse as malas.

"Não seria na semana que vem?"

"Mudança de planos, meu bem. A imprensa toda vai publicar a denúncia amanhã, inclusive com foto do suposto sequestrador, que encontramos quando tentava deixar o DF".

Marli quis saber mais sobre o tal Zé Conde.

"É o próprio. Bate com o retrato falado e ele confessou que pegou a menina no colégio, mas inventou uma história falsa para tentar livrar a dupla Jotabezinho e Fonsequinha. Depois te conto os detalhes. E aí, vamos para a praia? Não posso ficar mais um dia sequer na cidade".

Marli disse que precisaria conversar com seu chefe – o dono do ponto do jogo do bicho. Mas não via problema.

"Tem uma menina que já me substituiu umas duas vezes. Acho que ele vai concordar. Me ligue daqui a umas duas horas."

Depois que o delegado terminou a entrevista com a imprensa, me despedi da Vera e do Eduíno e anunciei a decisão de viajar no dia seguinte mesmo. Vera notou que eu estava impaciente, querendo sair logo daquele local, e desistiu de fazer brincadeiras.

"Vá, Tino. Você está precisando. Também não poderemos fazer nada nos próximos dias, além de esperar. Vai sozinho?"

Abaixei a cabeça, tomei coragem e contei aos dois que estava namorando a Marli.

"Aquela que você me apresentou em Sobradinho?", disse Vera.

"A própria. Esse caso não rendeu só dores de cabeça", ponderei.

Eduíno riu e disse que eu merecia tudo aquilo.

"Sem você, essa investigação teria parado lá atrás, Tino, quando o tal do Salgado chamou aquela coletiva de imprensa."

Ri, envergonhado, e aproveitei para dizer o que eu pensava.

"Dei sorte de trabalhar com vocês dois, além do Geramundo, claro. Foi um trabalho de equipe, Eduíno. Não tenho dúvida." Disse isso e dei um abraço em cada um dos dois, com direito a beijinhos e carinhos no cabelo, dados por Vera.

Deixei a delegacia com um misto de alívio e vazio ao mesmo tempo. Foram quase dois meses de trabalho intenso, até chegar ao sequestrador de Ana Clara e elaborar um inquérito que, se ainda não era completo, pelo menos trazia as linhas principais que permitiriam à Promotoria terminar a tarefa.

Não acreditava na punição exemplar dos assassinos, mas esperava que pelo menos eles fossem a julgamento e que a opinião pública suspeitasse de que havia algo de podre rondando o governo em Brasília.

O resultado, vendo hoje em retrospectiva, não foi nada disso, porém, naqueles dias, eu acreditava no que estava fazendo e ansiava pela exploração política do caso, com a ajuda do Congresso e da imprensa.

"Acho que conseguiremos arranhar a imagem do governo", pensei comigo e segui para o meu apartamento para tomar um banho demorado e esperar a hora de ligar para Marli.

Cheguei em casa e deixei o rádio ligado dentro do banheiro para ouvir notícias sobre o nosso trabalho. Enquanto tomava banho, ouvi o locutor citar o meu nome e o da Vera Hermano, informados durante a coletiva pelo Dr. Fontoura. O Eduíno continuava na sombra. Voltei a sentir o frio no estômago, mas desta vez não pude deixar de dar um grito:

"Conseguimos!".

Demorei-me mais alguns minutos no banho, desliguei o rádio e fui me trocar. O telefone tocou e adivinhei que seria mais um trote.

"Você ultrapassou os limites, Tino Torres", disseram do outro lado da linha. Eu esbravejei: "Pouco me importo, seus criminosos!" E bati o telefone no gancho.

Decidi arrumar as malas. Mesmo que Marli não pudesse ir comigo, eu iria sozinho. Não podia mais ficar em Brasília.

Em dez minutos, separei as roupas que precisava levar, joguei tudo na mala e liguei para a casa da Marli.

"Puxa, um minuto antes e você não me pegava em casa. Acabei de chegar", disse ela.

"Desculpe, meu amor, mas estou precisando deixar a cidade o mais rápido possível. Voltaram a me ligar e fazer ameaças."

Ela soltou um suspiro do outro lado, mas não perdeu tempo.

"Tudo bem. Conversei com o chefe e ele me autorizou a sair uns dias, mas não consegui que ele me adiantasse dinheiro. Vou precisar que você me empreste..."

"Não fale nisso. Tenho o suficiente para nós dois. Quero apenas viajar com você e ficar uns dias longe dessa confusão."

Já eram dez horas da noite quando nos despedimos. Há 48 horas eu praticamente não dormia e precisava descansar para poder pegar a estrada. Disse a ela que desligaria o telefone e que, quando o dia amanhecesse, eu passaria lá para buscá-la.

"Tome um chá de camomila e sonhe comigo", disse Marli, antes de desligar.

Fiz o que Marli sugeriu e tomei uma caneca de chá calmante, mas não consegui sonhar com ela. Tive pesadelos horríveis, nos quais se misturaram a carranca do Zé Conde com os gritos do Jotabezinho e o seu Neco, o dono da vendinha que ficava próxima ao sítio. Acordei às cinco horas com o despertador, tomei um banho frio, me vesti, peguei a mala e deixei meu prédio quando ainda estava escuro. No caminho entre a Asa Norte e Sobradinho, me espantei com o silêncio na cidade. Nenhuma viva alma nas ruas... apenas alguns ônibus e poucos carros.

Passei em um posto de gasolina, enchi o tanque e calibrei os pneus do meu fusca. Dentro de mais alguns minutos, estaria com Marli e aqueles pesadelos da noite iriam sumir. Era o que eu esperava.

Capítulo 35

Quando cheguei, Marli me aguardava em frente ao bloco dela. Eram quase seis da manhã e o dia começava a clarear. Combinamos de sair bem cedo para chegar ao Espírito Santo no mesmo dia. Ela me deu um longo beijo, pois fazia uma semana que não nos víamos. Estava linda.

"Não consegui pregar o olho, Tino. Estou ansiosa com a nossa viagem."

"Vai dar tudo certo, meu bem. Você disse que a banca de revistas abre às 6h? Então vamos encontrar uma padaria para tomar café e depois compramos o jornal."

Marli me levou a uma padaria de um libanês, que ficava na esquina oposta à sorveteria do seu Juvenal.

"E o seu Juvenal?", perguntei.

"Pergunta todos os dias por você, quando vai aparecer, se eu sei alguma coisa das investigações. Ele ficou muito chocado e se sentindo culpado com a morte da menina. Achava que deveria ter feito alguma coisa, ter confiado mais em seu desconfiômetro."

"Ele me falou", respondi. "Acha que deveria ter ligado para a polícia e informado sobre a Ana Clara com aquele tipo estranho. Mas se formos contatar a polícia toda vez que nos deparamos com alguma coisa estranha..."

Marli assentiu com a cabeça. Na profissão dela, via coisas estranhas todos os dias.

O café da padaria tinha acabado de ficar pronto. Comi um pão com manteiga e Marli apenas um biscoito de queijo. Enquanto ela escolhia comidinhas para levar na viagem, fui até a calçada para respirar o ar frio da manhã de Brasília. Para minha surpresa, um jornaleiro vinha carregado com uma pilha do *Diário Brasiliense*, e chamando atenção para a manchete.

"Extra, extra. Polícia pede a prisão de oito pessoas pela morte de Ana Clara."

Meti a mão no bolso, paguei o jornaleiro e nem esperei o troco. Fui andando de volta para o interior da padaria e lendo o texto da primeira página. O assunto ocupava a metade da página do jornal. Além da manchete e de uma linha de texto abaixo dela informando que entre os acusados havia dois filhos de membros do governo federal, o jornal colocara um longo texto que era praticamente a repetição da abertura do relatório e uma foto de Ana Clara com o uniforme do colégio. Ao lado, uma foto do José Conde algemado, com uma legenda: "Sequestrador confesso da menina Ana Clara".

Enquanto lia, notei que o meu braço tremia. Uma mistura de medo e emoção. "Daqui a pouco, os capangas estarão na rua tentando apagar essa história", pensei. Fiquei com pena de Eduíno e Vera, que ficariam na cidade enquanto eu estaria a mais de mil quilômetros dali, descansando, longe das notícias e das pressões.

Mas cada um sabe onde o calo aperta. Eu não aguentaria mais um dia em Brasília, acompanhando os desdobramentos do caso. Entre pifar e sair de férias, escolhi a segunda opção. Além do mais, pensei, estando longe poderia refletir melhor sobre o caso e, quem sabe, ajudar mais quando regressasse de férias, dentro de duas semanas. Se eu ficasse mais um dia em Brasília, iria atrapalhar mais do que ajudar.

Marli estava no caixa pagando o lanche e as compras para a viagem. Olhou em minha direção e fez cara de espanto quando me viu lendo o jornal. Retribuí o olhar dela fazendo uma cara de assombro, como quem diz "o bicho vai pegar!".

"E aí, saiu como você imaginava?"

"Exatamente. O jornal deu com grande destaque, com foto da menina e do sequestrador e citando os nomes dos envolvidos. A esta hora, Marli, os caras já devem estar trocando telefonemas e mexendo os pauzinhos para detonar com o nosso inquérito. Vamos embora."

Pegamos a rodovia voltando para Brasília, pois iríamos em direção à Saída Sul, e Sobradinho fica na Saída Norte do Distrito Federal. A cidade começava a acordar. Havia poucos carros no Eixo Rodoviário. Em 1973, a frota de automóveis do DF era de apenas uns dez por cento do que é hoje. E o Eixão, como é conhecido, era uma grande pista de corrida. Em menos de meia hora, já estávamos deixando Brasília.

Durante o caminho, Marli foi lendo toda a reportagem, cujo conteúdo eu já conhecia praticamente de cor. Mas me surpreendi ao saber que o jornal havia publicado um editorial pedindo justiça para o caso Ana Clara.

"Brasília clama por justiça", leu Marli.

"Isso é bom. Mostra que o jornal não pretende recuar tão facilmente", eu disse.

O editorial era um amontoado de lugares-comuns, mas vi nele um dedinho de Geramundo, quando a certa altura dizia que "o governo do presidente Médici deve ficar do lado das famílias brasilienses, que clamam por Justiça e temem pela vida de seus filhos".

"Geramundo não dá ponto sem nó", eu disse. "Ele sabe que este caso pode representar uma derrota grande para o governo federal caso a população faça a correlação entre o crime e os desmandos do poder."

"Se é assim, então, o governo não vai deixar esse caso ser esclarecido", disse Marli.

Surpreendi-me com a avaliação dela. Marli não parecia se interessar muito por política, mas já tinha mostrado ter uma visão realista das coisas.

"Assim você me desanima", respondi.

"Ué, Tino, vocês acham que o presidente vai jogar dois ministros dele no fogo por causa da morte de uma menininha de sete anos, cujo irmão está metido com drogas? Esses caras matam e mandam matar a toda hora, não têm a mínima compaixão, não estão nem aí para família, filho ou filha de ninguém. Se eu fosse você, me acostumaria com essa ideia."

Olhei rapidamente para Marli com a cara séria e voltei a me concentrar na estrada. Em parte, ela tinha razão, mas por outro lado a morte de Ana Clara não era um crime comum. Ele tinha todos os ingredientes para se tornar um grande escândalo nacional, que rapidamente poderia incendiar o governo. A única forma de silenciar o caso seria com a conivência da imprensa, e isso não seria fácil com a decisão do *Diário Brasiliense* de noticiá-lo. Falei isso usando vários argumentos e tentando convencê-la de que o caso poderia fugir ao controle do governo.

"Acho que estamos falando de países diferentes, Tino. Então você acha mesmo que o governo federal vai deixar esse caso crescer? Pelas razões que você deu, pela importância do caso é que eu acho que não vai dar em nada."

"Nada?", respondi quase gritando.

"É, n-a-d-a, nada", disse ela, com deboche.

Fechei a cara e parei de falar no assunto para não azedar a viagem. Será que ela estava certa? Será que o governo arriscaria tudo para sufocar o assassinato de Ana Clara apenas para livrar a cara dos filhos de dois de seus ministros? O problema era aquele "apenas". Esse era o ponto em que eu e Marli divergíamos. Na minha visão, o governo entregaria os anéis, no caso os dois ministros e os filhos, para não perder os dedos. Para Marli, eles não entregariam nada. Passariam uma borracha em tudo e a cidade e o país continuariam sua marcha.

"Pra frente, Brasil, e o povo que se lasque", eu disse alguns minutos depois de digerir as palavras dela.

"Isso mesmo", respondeu ela. "Então vamos aproveitar nossas férias, que o amanhã não nos pertence".

Às vezes eu esquecia que Marli não era nenhuma menina. Apesar de ser nova (tinha 27 anos, apenas dois a mais do que eu) e de ter uma beleza quase adolescente, ela já tinha vivido. Convivia diariamente com todo tipo de gente: bicheiros, motoristas, donas de casa, comerciantes, policiais. Ouvia muita coisa dita nas ruas e nos bares que frequentava. Tinha vivência, mas também tinha conseguido se preservar, o que demonstrava mais ainda suas qualidades. E eu teria as duas próximas semanas inteiras para conhecer melhor aquela criatura.

Quando já havia passado da cidade de Luziânia e estava a mais de cem quilômetros de Brasília, lembrei-me de ligar o rádio na estação do programa do jornalista José Mário. Marli olhou de rabo de olho, como quem dissesse "quando nossas férias vão começar de verdade?".

Fingi que não havia reparado e continuei procurando a estação.

Quando ouvi a voz dele, senti novamente aquele friozinho na barriga, pois ele estava justamente falando no meu nome. Fazia um elogio rasgado à equipe do 2º DP, comandado pelo Dr. Fontoura.

"Esse agente Amantino Torres, juntamente com o agente Eduíno e a Vera Hermano, perita criminal, deveriam ganhar uma medalha do senhor secretário de Segurança Pública", provocou José Mário.

"Esse cara é louco!", admirou-se Marli.

"Bota louco nisso. Até o Eduíno saiu da sombra, o que faz justiça a ele. O José Mário não tem medo nenhum desses caras. E eu tenho medo de eles sumirem com ele. Só não fizeram isso ainda porque o radialista é muito popular na cidade."

A reportagem já estava terminando. No final, ele repetiu os nomes dos oito acusados, enfatizando que um deles era o irmão da vítima e que outros dois eram filhos de personalidades do governo federal.

"E aí, ainda acha que isso não vai dar em nada?", perguntei.

"Eu não acho, eu tenho certeza. Bem que eu gostaria que essas oito pessoas fossem presas e apodrecessem na cadeia, mas não acredito nisso nem um minuto."

Balancei a cabeça, desliguei o rádio e pedi alguma coisa para comer.

"Mas mal começou a viagem e você já está com fome?", ela disse.

Olhei com cara de zangado e ela desatou a rir.

"Agora, sim, nossas férias estão começando", disse, me passando um sanduíche de mortadela, que devorei rapidamente com a ajuda de uma latinha de refrigerante.

Estávamos no meio da primavera, e a chuva havia dado uma trégua, de modo que a viagem entre Brasília e o litoral norte do Espírito Santo podia ser feita de forma tranquila, sem sustos. Quando percorríamos a BR 116, entre Belo Horizonte e Vitória, Marli pediu para parar e tirar uma foto de uma montanha de pedra que ficava na divisa entre os dois estados. Concordei, mas disse que não podíamos demorar, pois queria chegar à praia antes de escurecer.

Continuamos a viagem. Marli, cansada, adormeceu. Liguei o rádio e fiquei ouvindo baixinho uma estação qualquer de uma cidade. Tocava uma música caipira, que eu não conhecia. A melodia me deixou entristecido. Lembrei-me da minha família, dos meus amigos do interior, da vida simples que levavam, e me deu uma vontade danada de largar tudo e voltar para a cidade onde nasci.

"Deixo a polícia, me caso com Marli e vamos morar no interior. Compro uma terrinha com o dinheiro que juntei e vamos viver de plantar milho e criar galinhas. Nossos filhos vão crescer em um lugar sem violência, sem confusão, brincando no meio da rua", pensei. Olhei para Marli, que roncava baixinho, e a vontade aumentou. "Será que ela teria coragem? Puxa, mas eu é que teria que abrir mão de um bom emprego para começar a vida novamente. O que ela tinha não chegava a ser um emprego."

Depois me arrependi do que pensei. Puro preconceito. De repente, Marli era mais feliz trabalhando com bicheiros do que eu como servidor público da Polícia Civil. Deixei de lado a ideia quando a música acabou. "Engraçado como a música influencia o pensamento da pessoa. Será que com todo mundo é assim? Ou sou só eu, que feito besta fico sendo levado de lá para cá pela emoção alheia?"

Aproveitei que Marli dormia e pisei mais fundo no acelerador. Queria chegar logo à casa de praia. Meu mal era cansaço.

Chegamos à cidade quando escurecia. Antes de seguir para a casa do meu amigo, que ficava em uma praia afastada da cidade, passamos no supermercado e fizemos a feira. Compramos somente comida e produtos de higiene, pois o Eduíno, que havia estado na mesma casa, disse que lá eu encontraria tudo.

A casa era realmente boa. Sem luxo, mas bem equipada, limpa e aconchegante.

"A mulher desse meu amigo é enjoada com as coisas. Eles contrataram uma faxineira para cuidar da casa e ela faz a mulher vir toda semana fazer a limpeza e uma inspeção para ver se não tem nada estragando. E o marido da mulher, que é o caseiro, a cada seis meses dá uma recauchutada nas paredes onde aparece algum sinal de mofo", eu comentei, enquanto conhecia com Marli os cômodos da casa.

"Parece que mora gente aqui. Está tudo tão bem cuidado...", disse ela com um sorriso.

Enquanto Marli desfazia as malas e guardava nossas roupas no armário, tratei de colocar bebidas no congelador e preparar alguma coisa para comermos. Ela inspecionou o banheiro antes de tomar banho, colocou lá todos os produtos de higiene, passou na cozinha para me dar um beijo e foi para o chuveiro.

Enquanto eu fritava uns pastéis de queijo – desses que vêm prontos nas caixinhas – e saboreava meu primeiro copo daquela noite, pensava em como deveriam estar as coisas em Brasília.

O Eduíno disse que eu viajasse tranquilo, que ele seguraria a barra e só me ligaria em caso de morte.

"Que é isso, Eduíno? Quer me assustar?"

"Estou sendo sincero com você. Que vai acontecer confusão, vai, nós sabemos. Mas de que vai adiantar ligar para você? Só vou estragar suas férias. Então, só ligo se for algo muito sério mesmo. E não vou dizer para ninguém onde você está."

Acreditava nele. Eduíno era, como se dizia naquele tempo, a pessoa mais papo firme que eu conhecia. O que ele dizia era para valer. Sempre.

E o contato conosco, caso ele quisesse fazer, não era tão simples. A casa não tinha telefone, muito menos o caseiro, que era o nosso contato com o dono da casa. Aliás, preciso dizer que esse dono da casa foi um grande colega meu e do Eduíno. Na verdade, um colega que, na época do caso Ana Clara, estava encostado no departamento de recursos humanos porque enfrentara o delegado de seu DP, que ficava no Lago Sul, após o desaparecimento de umas armas apreendidas em uma batida policial na casa de um contrabandista.

Ele acusou o sumiço de duas pistolas inglesas que foram apreendidas juntamente com o contrabandista. Levou o caso ao delegado, que o mandou esquecer o assunto. Ficou furioso e ligou para um amigo que trabalhava na direção da Polícia Civil. Naquele tempo, não havia corregedoria, e os casos assim eram tratados diretamente pelo gabinete do diretor.

Sei que o assunto cresceu e chegou aos ouvidos do secretário de Segurança, que era amigo do delegado. Resultado: o policial foi afastado das funções e removido para trabalhar na burocracia. E as pistolas, claro, nunca mais foram vistas.

"Devem ter sido vendidas por um dinheirão. Quem sabe para os próprios donos...", disse Eduíno quando contou a história para mim. "Sim, porque os contrabandistas foram soltos uma semana depois, pagando fiança", completou.

Voltando ao assunto anterior, a verdade é que seria difícil falar com a gente. Precisariam deixar um recado com a vizinha do caseiro, cujo filho trabalhava na cidade e o qual, por sua vez, traria o recado até nós. Em seguida deveríamos buscar um telefone público, que só havia na cidade, a uns sete quilômetros da nossa casa, para retornar a ligação. Ou seja, as chances de recebermos algum telefonema eram quase nulas, a não ser, como disse de forma dramática o Eduíno, que alguém morresse.

Com essa certeza, decidi relaxar e aproveitar minhas duas semanas de férias com Marli. Tomaria muito sol e banho de mar, caminharia muito pelas areias da praia, comeria muita moqueca de peixe.

"Preciso estar cem por cento quando voltar para o trabalho", pensei.

Senti o cheiro de perfume e olhei para trás. Marli estava parada, secando o cabelo com uma toalha.

"O chuveiro estava ótimo. Vou terminar de me arrumar e venho te ajudar."

Naquele momento, eu descobri que estava ficando apaixonado por aquela mulher.

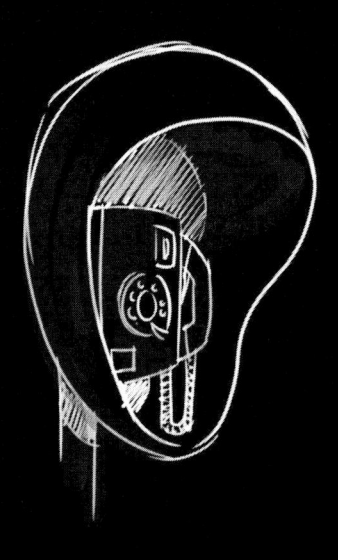

Capítulo 36

Não vou cansar o leitor com detalhes sobre as nossas férias na praia. Não estou escrevendo este livro para falar de mim, mas preciso dizer, em poucas linhas, que aquelas férias foram maravilhosas. Saiu tudo como eu havia planejado. E não é que Eduíno tinha razão? Foi uma verdadeira lua de mel, com direito a fogueira na praia e jantar à luz de velas, ou seja, todas essas coisas consideradas românticas. O melhor mesmo foi passar aqueles dias ao lado de Marli. Dormindo, tomando café da manhã, almoçando e jantando, todos os dias, com ela ao meu lado. Dizem que só conhecemos uma pessoa quando viajamos juntos. Pois posso dizer que, naquelas férias em uma praia quase deserta no norte do Espírito Santo, eu conheci a Marli em todos os sentidos e acredito que ela possa dizer o mesmo de mim. Pena que a nossa relação não durou muito. Em boa parte, por culpa daqueles cretinos da cúpula da Polícia Civil, mas isso eu conto depois.

    Enquanto eu guardava as malas no bagageiro, preparando o nosso retorno, e Marli ajeitava as últimas coisas dentro da casa, o caseiro chegou esbaforido. O nome dele era Arcádio. "Um nome raro", pensei. Clássico, por assim dizer. Seu Arcádio vinha com um papel na mão, e nele estava escrito um recado para mim.

    Li o que estava escrito, agradeci seu Arcádio e informei a ele que estávamos de saída.

    "Ficaram pouco tempo", disse ele.

    "Já amolamos bastante", eu disse. "Muito obrigado por tudo. Sobrou muita comida na geladeira. Se o senhor quiser, pode pegar. Está tudo limpinho", eu disse e sorri.

    "E vocês vão com cuidado, viu?", disse ele, olhando para Marli, que vinha trazendo algumas sacolas nas mãos. "Tá ameaçando chover e, quando chove, essa BR fica lisa que nem sabão."

    "O senhor é mineiro?", perguntou Marli.

    "Sim. Mineiro de Manhumirim. Vocês passaram por lá quando tavam vindo para cá."

    "Sim, claro", eu disse. "Passamos por Manhumirim e Manhuaçu."

    "Pois é, eu sou de lá. Cidade muito boa, mas aqui tem mais condição para a gente, né?"

    Deixamos seu Arcádio com um sorriso no rosto e prometemos voltar uma próxima vez. Coloquei no bolso da bermuda o bilhete, que havia sido ditado pelo Eduíno.

    Quando o carro começou a andar, eu tirei o papel do bolso e mostrei a Marli.

    "Não é para você ficar preocupada não, viu? É apenas um alerta do Eduíno."

    Ela leu em voz alta o bilhete:

"Peço não irem para as casas de vocês quando chegarem. Lugares vigiados. Encontrem-nos amanhã (segunda-feira), na hora do almoço, na churrascaria Vento dos Pampas. Assinado, Eduíno."

"Ele marcou em uma churrascaria que fica fora da cidade, na rodovia de quem chega de Belo Horizonte. Deve ser algo muito sério para o Eduíno mandar esse bilhete", eu disse.

"Ele deve ter ficado preocupado sabendo que chegaríamos hoje à noite, ou amanhã cedo, e resolveu nos precaver de alguma coisa."

"Pois é, esse 'vigiado' não explica tudo. Deve ter acontecido alguma coisa que o Eduíno prefere nos contar pessoalmente."

"E por que ele não pediu para você ligar para algum número?"

"Talvez não seja nada urgente, mas sim algo que necessite de uma conversa nossa antes que eu volte para o trabalho. Estou tentando imaginar o que seja. Talvez os caras tenham dado o bote, tenham conseguido desarticular alguma coisa da nossa investigação, e o Eduíno quer me deixar a par da situação para que eu não chegue quebrando a louça. Deve ser isso."

"Mas por que ter essa conversa em uma churrascaria na beira da estrada?", perguntou Marli.

"Coisas de Eduíno. Ele sabe que está sendo vigiado e que os caras estão aguardando o meu retorno para ficar no meu encalço também. Então, ele achou melhor combinar em um lugar longe dos olhares de todos."

"Mas ele não está sendo vigiado?"

"Nessas horas ele sabe como despistar os brutamontes da polícia."

Pegamos a estrada em silêncio. Todo o encanto daqueles quinze dias parece ter sido quebrado em poucos minutos de conversa. Marli notou a tensão no ar e disse uma coisa que eu nunca mais esqueci:

"Eu não sou da polícia. Aliás, estou mais próxima do outro lado: sou uma contraventora, não é esse o nome? Mas pode contar comigo para o que der e vier, viu, Tino? Não quero saber dos segredos e dos detalhes da operação de vocês, claro. Não sou da sua equipe, mas, se precisar da minha ajuda, pode falar."

"Você será uma testemunha importante, Marli. Você viu o carro marrom, viu o sequestrador e Ana Clara e anotou a placa do carro. Somente essas informações já colocam você como pessoa chave na peça de acusação."

"Eu sei, Tino, mas falo de outras coisas. De ajuda mesmo para enfrentar a barra que está vindo por aí. Não preciso dizer que a minha casa é a sua casa também."

Peguei a mão dela e beijei seus dedos, um por um. Concentrei-me novamente na direção e pedi que ela escolhesse uma fita K-7 para ouvirmos no ziguezague que era a estrada de Vitória até Belo Horizonte.

Dormimos em Três Marias, uma cidade que fica a umas cinco horas de carro de Brasília. Minha ideia era sair cedo de lá e chegar à churrascaria antes de Eduíno. O problema é que, no meio do caminho, um dos pneus do carro furou. Perdi mais de hora colocando o pneu de estepe e procurando uma borracharia na beira da estrada. Resultado: quando chegamos lá, Eduíno já havia almoçado e estava encarando um prato de sobremesa.

"Gostou tanto das férias que não quer mais voltar, é, seu Tino Torres?"

Beijou a Marli e me deu um abraço forte.

"Só voltei para vender meus badulaques e pedir as contas na repartição. Eu e Marli vamos montar um restaurante à beira do mar. Não é, Marli?"

Ela confirmou com um sorriso sagaz e emendou:

"O Tino disse que você é bom na peixada, e nós vamos precisar de um mestre-cuca como sócio."

"Bem que eu gostaria, viu, Marli? Já pensou? Acordar cedo, tomar um banho de mar, depois ir para a cozinha, deixar tudo pronto, sentar-se na varanda e deixar o vento bater na cara. Não quero outra coisa para mim."

"Pois é, quem sabe um dia, quando essa confusão acabar, né? Mas vamos ao que interessa, Eduíno. Me conte tudo. Estou ansioso para saber das novidades."

"Calma, rapaz. Vá fazer o seu prato e peça o que beber. A maionese de batatas está muito boa. E me deixe acabar com a minha sobremesa. Temos muito o que conversar."

Mal comecei a comer, Eduíno deu início ao resumo do que havia acontecido nesses quinze dias em que estive fora.

"Nos primeiros dias, as coisas estavam indo bem. O promotor apresentou a denúncia, a imprensa nacional começou a dar cobertura ao caso, os deputados da oposição apresentaram um pedido de CPI para investigar o tráfico de drogas em Brasília, tudo conforme o imaginado. Mas, quatro ou cinco dias depois, veio a bomba."

"O que foi, homem? Desembucha logo."

"Os caras vieram com a faca nos dentes, como diz o pessoal do Exército. Tiraram o caso das mãos do promotor Alexandre César e deram para outro. Disseram que ele estava sendo influenciado pela imprensa e por setores que queriam desestabilizar o governo federal."

"Não acredito", eu disse, entre uma garfada e outra.

"Não pararam aí, não. A imprensa está proibida de publicar qualquer informação sobre o caso Ana Clara sem antes submeter o texto a um censor. Se algum veículo fizer isso, pode ser enquadrado na Lei de Segurança Nacional. O nosso inquérito foi jogado na lata do lixo."

Parei com o garfo no ar e nada disse.

"Aproveitaram o trabalho feito pela Homicídios, ou seja, nada. E indiciaram apenas o irmão de Ana Clara e o Zé Conde."

Marli olhou para mim com um misto de tristeza e resignação, como quem dissesse "eu sabia que seria assim, mas desejava que não fosse".

"E agora, Eduíno? O que vamos fazer?", perguntei.

"Pois é... por isso, combinei essa conversa aqui. O Geramundo está possesso. Diz que vai rodar um pasquim contando toda a verdade do caso, que será distribuído de noite pela cidade. A Vera entrou em depressão. Chorou três dias seguidos e depois me ligou dizendo que precisamos fazer alguma coisa."

"E o Dr. Fontoura, o que achou de tudo isso?"

"Está perdido, como nós, sem saber o que fazer. O secretário nem deu um telefonema para explicar o que iria fazer. Fez e pronto."

"A tal da CPI vai sair?"

"Parece que sim. Conseguiram as assinaturas, e o presidente do Congresso disse que vai instalar. Mas, cá para nós, essa CPI não vai nem chegar perto do governo. Devem ouvir alguns policiais, alguns especialistas em tráfico de drogas e depois propor uma série de medidas para combater o tráfico na capital. Duvido que convoquem o ministro da Justiça."

Afastei o prato, em que ainda restava um pouco de comida, e me concentrei no copo de refrigerante com bastante gelo, como eu havia pedido.

"A carne está boa... um pouco salgada para o meu gosto, mas está boa", eu disse, enquanto pensava no que dizer e bebericava meu refrigerante.

Marli pediu permissão para falar. Lembrou que não fazia parte da equipe, mas que vinha acompanhando o caso desde o início e que estava preocupada com o abatimento do grupo.

"De certa forma, Eduíno, nós sabíamos que isso iria acontecer. Ou vocês acham mesmo que o governo iria deixar que três ou quatro policiais, com a ajuda de um repórter e o apoio de um promotor, fossem encurralá-lo? Eu preveni Tino sobre isso. É que, como vocês estavam envolvidos diretamente nas investigações, seria difícil mesmo ter essa visão de fora."

Eduíno fez cara de espanto.

"Tino, você encontrou o par perfeito. Além de todas as qualidades, ainda tem senso político, coisa que tem faltado no nosso grupo."

"Espera aí. Acho que a análise da Marli está correta. É isso mesmo. O governo está fazendo o que se espera de um regime assim, mas o nosso papel é tentar furar esse bloqueio. De certa forma, foi o que fizemos ao concluir o inquérito e enviar para a promotoria. Fizeram um gol de mão ao substituir o promotor e acatar o inquérito da Delegacia de Homicídios, mas isso não quer dizer que tenhamos perdido o jogo, não."

"Sim, mas, agora que o nosso artilheiro está de volta, o que vamos fazer?", brincou Eduíno.

"Eu tenho um plano", disse isso e peguei a mão de Marli para dar um beijo. "Para que esse plano dê certo, será preciso a colaboração de mais gente da polícia. Não garanto que consigamos indiciar os figurões que são os verdadeiros culpados pela morte da Ana Clara, mas garanto que vamos colar um selo de culpado na testa dos dois. Vamos para algum lugar onde possamos ligar para Geramundo e Vera e combinar uma reunião. Precisamos agir rápido."

Capítulo 37

Na realidade, eu não tinha plano nenhum. Disse aquilo para não deixar a peteca cair. Tinha apenas uma vaga ideia do que poderia ser feito para não deixar o crime totalmente impune. Sabia que o Eduíno confiava na minha intuição para tentar sair daquela armadilha em que estávamos, e eu precisava dizer alguma coisa. Fomos para um telefone público e conseguimos falar com os dois. Combinamos uma reunião na casa da mãe do Geramundo, que morava no Lago Norte, um bairro praticamente desabitado em 1973. A casa da mãe do Geramundo ficava em uma rua recém-aberta. Parecia mais uma chácara do que uma área residencial. Eu estivera lá uma vez, durante um aniversário do jornalista.

Reunião marcada, fui deixar Marli em casa. Ela convidou e eu aceitei, de pronto, a oferta para ficar lá uns dias.

"Seu apartamento deve estar sendo vigiado, Tino. Fique aqui comigo até as coisas se acalmarem, se é que vão se acalmar."

Ela foi descansar e eu resolvi caminhar pelas ruas de Sobradinho na tentativa de arrumar as ideias e bolar algum plano. Refiz mentalmente toda a nossa investigação, relacionei o rol das provas mais importantes e os nomes das pessoas envolvidas. A decisão de retirar os nomes de seis dos oito envolvidos e desconsiderar todas as provas recolhidas pela nossa equipe havia ferido de morte o caso Ana Clara.

"O próximo passo será inocentar os dois únicos envolvidos, por falta de provas, e o caso vai parar na gaveta", pensei. Não era a primeira vez que isso acontecia. É que desta vez a vítima tinha sido uma criança de sete anos, filha de classe média e aluna de uma escola católica.

"Talvez a nossa arma seja essa", raciocinei. "Vamos usar o fato de Ana Clara ser uma criança que foge do padrão – criança pobre e vítima de violência – e usar isso para mostrar que o caso demonstra que existe todo um esquema por trás da morte dela. Ou seja, Ana Clara não é a primeira criança vítima de violência em Brasília. Deve haver mais casos. O caso dela apenas levantou o véu do problema. Precisamos de informações sobre crianças vítimas de violência, mortas ou não, e tentar relacionar isso com outros crimes. Com isso, chegaremos ao caso de Ana Clara e tentaremos mostrar que a morte dela não é a única – e talvez não seja a última – se nada for feito."

Não chegava a ser um plano, era mais uma tese. Se ela estivesse certa, poderíamos abordar o caso por outra via, mas, se os dados da polícia não corroborassem a tese, adeus.

Tentei lembrar-me de algum caso de criança encontrada morta nos últimos meses. Recordei-me de um no Paranoá, num assentamento que ficava a uns vinte quilômetros do Plano Piloto, aparentemente pacato, mas que começava a aparecer nas páginas policiais.

Era o caso de uma menina que havia sido morta por um vizinho da família enquanto a mãe e o pai estavam trabalhando. O caso repercutiu na imprensa policial, o homem foi localizado e preso, mas dias depois ninguém mais falava no assunto.

"Deve haver mais. É preciso pesquisar", pensei.

Decidi voltar para a casa de Marli e fazer algumas ligações para alguns conhecidos que trabalhavam em delegacias. Minha ideia era apenas sondar para tentar dar base material à minha tese. Liguei primeiro para a minha delegacia, onde eu sabia que iria encontrar o Eduíno. Sem entrar em detalhes, pois eu não sabia se estávamos sendo grampeados, pedi a ele que pesquisasse sobre crimes contra crianças no nosso DP e em outros com os quais ele tivesse algum contato. Ele pareceu ter entendido a senha, pois não perguntou nada e desligou o telefone.

Em seguida, liguei para quatro delegacias onde eu tinha alguns amigos. Em apenas uma delas consegui informações seguras. Era a delegacia de Taguatinga, na época a segunda cidade mais populosa do Distrito Federal. No ano de 1972, segundo a minha fonte, haviam ocorrido cinco casos de violência envolvendo crianças na jurisdição daquele DP: quatro meninas e um menino. Dos cinco casos, dois resultaram em morte. Em um dos casos, o agressor matou a vítima para não ser reconhecido. No outro caso, a vítima morreu em razão dos ferimentos causados pelo agressor. Fiquei impressionado. Em apenas uma delegacia, eu já havia encontrado informações suficientes para começar uma investigação mais ampla sobre a violência contra crianças. O assunto era estarrecedor. Na verdade, o caso Ana Clara era apenas a ponta visível do *iceberg*.

Hoje em dia, o tema da violência contra crianças é bastante documentado, e existem várias entidades que se ocupam do assunto, além de diversas campanhas alertando para a gravidade do problema. Em outros tempos, a questão era vista como "um caso em mil", especialmente se as vítimas eram pobres e pretas.

Mandava-se o criminoso para a cadeia com a recomendação de receber um "tratamento especial" dentro da cela. Não havia, que eu me lembre, um acompanhamento específico para o problema. As crianças eram tratadas como seres iguais aos outros, como se pudessem se defender ou exigir seus direitos. O que me deixou bastante envergonhado foi lembrar que eu só atentara para o assunto em razão da morte de Ana Clara e do fracasso das investigações sobre o seu assassinato.

Só me reconfortei ao pensar que finalmente o assunto poderia vir à tona por iniciativa do nosso grupo, e, mesmo que não conseguíssemos prender os verdadeiros assassinos de Ana Clara, pelo menos poderíamos estar iniciando uma nova cruzada a favor das crianças vítimas da violência.

Cheguei à casa da mãe de Geramundo no horário marcado e, para a minha surpresa, ninguém havia chegado, nem mesmo o filho da dona da casa.

"Entre, Tino. Geraldo deve estar chegando. Sabe como ele é, não é?", disse dona Eulália.

Sim, eu sabia como era o Geramundo. Eu é que tinha essa mania de chegar na hora e sempre, repito, sempre, esperava pelas pessoas. Isso acontecia no trabalho, na vida pessoal, acontecia na escola. Aprendi com minha irmã mais velha, que nunca gostou de deixar ninguém esperando. "O tempo da gente é a coisa mais preciosa que temos, Tino. Nossa vida não é medida em metros, nem em cifras, mas em segundos, horas, dias", dizia Mariana, minha irmã.

Ela foi professora de Matemática, ainda quando morava na roça. Dava aulas para estudantes do Ensino Médio, antigo segundo grau – ou, como se dizia no tempo dela, científico. Havia estudado, feito o curso Normal, licenciatura em Matemática e foi a primeira mulher da nossa cidade a passar em concurso público para dar aulas no único colégio estadual que havia no município.

Lembro que ela formulou uma teoria, que fazia meu pai rir, mas que tinha lá seu fundo de verdade. Segundo ela, o atraso cultural e econômico do Brasil tinha a ver com o acúmulo de pequenos atrasos ao longo de séculos. E dava como exemplo a própria escola em que trabalhava. Segundo ela, todos os dias as aulas demoravam, em média, de cinco a dez minutos para começar, em razão de algum atraso: ou os alunos se demoravam no corredor, o que obrigava o bedel da escola a empurrá-los para dentro da sala; ou a secretária que tinha como obrigação tocar a sineta deixava passar um ou dois minutos do horário; ou ainda ela chegava para dar aulas e a porta da sala estava trancada. Enfim, sempre havia alguma coisa para atrasar as aulas. Às vezes mais, às vezes menos. Então ela começou a anotar em sua caderneta os atrasos.

Ao final de um mês, somou 193 minutos de atrasos apenas para começar a primeira aula do dia. Ou seja, desconsiderou os pequenos atrasos das demais aulas, que, além de serem menores, quase sempre eram compensados com um ou dois minutos além do término da aula, quando os alunos ficavam copiando alguma tarefa da lousa ou terminando algum teste ou trabalho.

Mariana fez os cálculos e descobriu que, em três anos de Ensino Médio, os atrasos somavam cerca de sessenta horas. Derivando esse número para a quantidade de tempo que uma pessoa levava para terminar os estudos (oito anos naquele tempo), os atrasos somados seriam de 160 horas. Imaginando que a pessoa faria também faculdade, por no mínimo quatro anos, o número de horas de atrasos acumulados seria de algo em torno de 240 horas.

"Não é tanto assim, Mariana", tentava refutar o nosso pai. "Se considerarmos que o dia tem vinte e quatro horas, são apenas dez dias de atrasos, em... doze anos de estudos."

"Você está enganado, pai. Precisamos pegar essas 240 horas e multiplicar pelo número de estudantes que temos no Brasil. Aí, sim, você terá o tamanho do problema."

Meu pai ria dessa conta maluca da filha, mas eu entendia a preocupação. Era como se todos esses atrasos somados, da vida de milhões de alunos em milhões de aulas, representassem um passivo para o nosso sistema educacional. O que deixou de ser aprendido durante esses milhões de horas? Seria como uma torneira pingando eternamente. Uma grande e eterna goteira educacional.

Relembrava tais maluquices da minha irmã – sentado sozinho na varanda da casa de dona Eulália, enquanto ela preparava alguma coisa na cozinha que cheirava divinamente – e nem escutei Geramundo chegar.

"Grande Tino Torres!"

Demos um forte abraço e contei para ele, sem entrar nos detalhes, claro, como tinham sido minhas férias.

"Você fez bem em descansar. Nessas duas semanas, ficamos de mãos amarradas. Vimos a cúpula fazer e desfazer, sem poder dar um pio. Nos primeiros dias, até que foi bom. Fiz uma entrevista com o promotor, depois falamos da CPI que estava em andamento. De repente, os caras baixaram o porrete. Substituíram o promotor..."

"Eduíno me contou tudo. Foi um desastre completo."

"Ferraram com a gente, Tino. O jornal recebe um monte de telefonemas, todos os dias, de gente perguntando pelo caso e nós não podemos dar nada. A última matéria, que escrevi faz três dias, dizia que os dois únicos acusados – o Júlio Mattoso, irmão da Ana Clara, e o tal de Zé Conde – seriam indiciados como suspeitos pelo crime. Pouco importa se o carro era do senador, se existem provas de que Ana Clara esteve no sítio do ministro da Justiça ou se os dois jovens, o Jotabezinho e o Fonsequinha, não conseguiram apresentar nenhum álibi para a noite em que o crime ocorreu. Foi tudo desfeito sem maiores explicações. E parece que os dois, Júlio Mattoso e Zé Conde, irão a julgamento ainda este ano."

"Já? Rápido assim?"

"Pois é, rito sumário, Tino Torres. Mas está claro que devem absolvê-los por falta de provas. Ou seja, uma grande farsa."

"E o que vamos fazer, Geramundo?"

"Não sei. Me disseram que você tem um plano!"

"Não chega a ser um plano. É mais uma tese. Mas preciso ouvir a opinião de vocês."

Nesse momento, chegaram, quase ao mesmo tempo, Vera e Eduíno.

"Desculpem o atraso, mas nunca havia vindo aqui ao Lago Norte antes, disse o Eduíno."

Vera Hermano me deu um longo abraço, disse que eu havia engordado e sentou-se ao lado de Geramundo.

"Já sabe de tudo, não é?", perguntou ela, olhando para mim e balançando a cabeça na direção dos outros dois.

"Sim", respondi. "E é por isso que pedi essa reunião."

Expliquei para eles o que pensava da situação atual e qual era meu "plano". Apresentei alguns números que havia conseguido junto às delegacias de Taguatinga e Paranoá, e o Eduíno mostrou alguns dados da central da Delegacia de Homicídios sobre crimes contra crianças e adolescentes. Os números eram tristes e mostravam que, desde 1970, cresciam exponencialmente os crimes contra pessoas com menos de 18 anos.

"Tino, sua tese tem tudo a ver", disse Vera. "O crime contra Ana Clara não foi o primeiro a acontecer na cidade. Foi apenas o mais, digamos, chamativo, pelas razões que todos nós conhecemos. É claro que devem existir mais casos. E até onde sei ninguém fez esse levantamento antes, porém não entendi como vamos fazer para chegar novamente aos assassinos da menina. Os nomes deles não constam mais no inquérito, e a imprensa está proibida de falar no assunto."

"Eu sei, Vera, mas não podemos ficar parados. E essa foi a única forma que encontrei de não deixar o assunto morrer na gaveta. Quem sabe se, com esse levantamento nas mãos, não conseguimos apoio junto aos deputados e aos senadores para fazer uma investigação sobre crimes na capital? Poderia ser no âmbito da própria CPI do Tráfico de Drogas, sei lá. Só sei que precisamos fazer alguma coisa."

Geramundo estava em silêncio, mas parece ter acordado para o assunto.

"Posso propor ao jornal que inicie uma série de reportagens denunciando os crimes contra crianças em Brasília. Mostrar os casos que tiveram solução, os que não tiveram, as estatísticas, o perfil dos criminosos, sei lá, preciso pensar, mas acredito que é possível, sim, fazer alguma coisa", disse Geramundo.

Silenciamos quando a mãe de Geramundo chegou para servir uns petiscos. Enquanto comíamos, eu pensava na nossa situação. Éramos um verdadeiro exército sem armas. Três policiais e um repórter tentando encarar a cúpula da Polícia Civil, a Secretaria de Segurança e o Ministério da Justiça, representante máximo do governo federal. Será que fazia sentido aquilo tudo? Será que não seria o caso de ficarmos quietos por um tempo, esperando a poeira baixar, como propôs Marli?

Mas, desta vez, foi novamente Vera quem deu o tom.

"O assassinato da menina Ana Clara, por pior que tenha sido, é apenas um caso em centenas que acontecem no Brasil contra crianças e adolescentes."

Chegara à reunião imaginando que meus argumentos iriam bater e voltar, que Vera e Geramundo ficariam decepcionados com o meu plano, e aconteceu o contrário. Mesmo que não conseguíssemos incriminar os dois filhos dos figurões do poder central, certamente iríamos mostrar que havia algo de muito errado rondando as crianças e os adolescentes da capital federal.

Capítulo 38

Não sei a quem pode interessar este relato. Quatro décadas se passaram, Ana Clara é apenas uma vaga lembrança dolorida na memória da cidade. Eu, na época, tinha 25 anos, estava há apenas dois na Polícia Civil do DF e achava que poderia usar meu trabalho para tornar o mundo menos injusto. Juro que eu pensava isso. Entrei para a polícia porque queria fazer parte do time dos mocinhos. Pura ilusão. Dia desses, perguntei a uma advogada que defende assassinos e traficantes se ela não se incomodava em trabalhar para essas pessoas. Sabe o que ela me respondeu? Nada daquela resposta clássica, do tipo "todo mundo tem direito à defesa...". Ela disse o seguinte:

"Tino, me desculpe o que vou dizer. Sei que você é policial aposentado, mas os que prendem meus clientes não são muito melhores do que eles não. Sei que não são todos, assim como nem todos os criminosos são pessoas irrecuperáveis. Alguns estão na criminalidade por falta de opção, mas, se um policial é bandido, será por falta de opção ou por falta de caráter mesmo?"

Fiquei sem resposta. Trabalhei por mais de trinta anos na Polícia Civil de Brasília. Fiz dezenas de amigos lá, mas sei que existe muita gente dentro da polícia que não presta. Como em toda corporação. Existem médicos que pensam mais no dinheiro do que na saúde do paciente. Existem jornalistas que só querem fazer sensacionalismo e bisbilhotar a vida de pessoas inocentes. E existem advogados que vendem a alma ao diabo para ganhar uma grande causa. Mas a polícia, por deter o monopólio da força, como legítima representante do Estado, deveria ser incorruptível e nunca descumprir a lei. Agi assim durante 32 anos, contudo perdi a batalha lá dentro. Reconheço que a corporação melhorou de uns anos para cá, mas continua muito aquém quando o assunto é ética. Mesmo quando não comete crime, a polícia age no limite da lei, ultrapassando o limite da ética. Mas como nem toda falta de ética é passível de punição...

Preciso voltar ao ano de 1973. Preciso terminar essa história, pois meu tempo também está se acabando. Vou completar 65 anos, estou doente, com um câncer no estômago, e não sei quanto tempo vou durar. O médico disse que eu dei sorte de descobrir no começo, mas andei lendo sobre o assunto na internet e vi que câncer no estômago é fogo. Pode ser que eu dure mais alguns anos, pode ser que não. Por via das dúvidas, vou deixar este relato pronto até o próximo mês. Além do meu dever com a verdade, escrever este relato também me ajuda a passar o tempo e a conviver com a solidão.

Passei os dias seguintes reunindo informações sobre crimes contra crianças e adolescentes no Distrito Federal. Naquela época, dizíamos "contra de menor". Hoje tratamos corretamente como de fato são: crianças e adolescentes.

Com a ajuda de Eduíno e Vera, fiz um relatório recheado de números, estatísticas e fotos. Os dados mostravam o que já prevíamos. A cada ano, crescia de forma preocupante o número de crimes contra menores de 18 anos no DF. E isso tinha várias explicações, entre as quais o crescimento populacional acelerado da capital, o abandono das periferias das cidades satélites, que cercavam Brasília e, o mais importante, a impunidade. Do total de crimes cometidos entre 1970 e 1973, apenas 28% haviam sido solucionados. E, desses, em menos de 20% os culpados estavam presos. Ou seja, de cada cinco crimes cometidos contra crianças e adolescentes, quatro permaneciam impunes. Era assombroso.

O crime contra Ana Clara constava nas estatísticas e engordava a lista dos "em fase de investigação". Junto com ele, outros 72 crimes, entre agressões e assassinatos, também aguardavam a conclusão do processo investigatório. Alguns se arrastavam há anos.

"Nossas crianças estão sem proteção", disse Vera. "O índice de impunidade nesse tipo de crime é maior do que nos demais", comparou. "O patrimônio sempre foi mais bem protegido do que as nossas crianças", concluiu Vera, com os olhos úmidos.

"Então vamos cumprir a nossa parte e fazer barulho em cima desse relatório", eu disse.

Na mesma hora, liguei para Geramundo e combinamos os próximos passos. Ficou acertado que o jornal faria uma grande reportagem sobre o assunto, ouvindo pais das vítimas, juízes, psicólogos e psiquiatras, além de especialistas em segurança. A ideia era fazer um grande mapa sobre a violência contra a criança no Distrito Federal e mostrar que o caso Ana Clara era apenas mais um a engordar as estatísticas.

"Não sei exatamente qual será o resultado disso tudo", eu disse para Vera e Eduíno, "mas na pior das hipóteses estamos fazendo uma denúncia séria que certamente vai repercutir na política de segurança da cidade."

Dois dias depois, a reportagem foi publicada. Um dia antes de ela sair no *Diário*, alertamos o Dr. Fontoura sobre o relatório que havíamos feito. Ele autorizou seguirmos em frente.

"Quem deveria fazer esse tipo de levantamento é a inteligência da Secretaria de Segurança, mas pelo visto eles estão mais preocupados em agradar ao governo", disse o delegado.

No mesmo dia em que saiu a reportagem no jornal, entregamos cópias do relatório a vários parlamentares e jornalistas de veículos de outros estados. A cúpula da Polícia Civil ficou desnorteada. Os números estavam corretos, não havia nenhuma acusação diretamente contra o governo que pudesse justificar o uso da censura, e as opiniões dos especialistas e dos familiares apenas corroboravam a tese de que a impunidade nesse tipo de crime era alta, o que acabava por responsabilizar toda a República.

O secretário de Segurança finalmente ligou para o Dr. Fontoura, depois de duas semanas de silêncio, e começou com um elogio ao trabalho da equipe do 2º DP, mas logo em seguida mudou o tom dizendo que aquele tipo de relatório deveria ser comunicado a ele antes de chegar à imprensa e acusou a nossa equipe de boicotar o trabalho da corporação.

Nós três estávamos na sala do Dr. Fontoura na hora do telefonema e vimos a força que ele fez para não explodir no telefone com o babaca do secretário de Segurança. De forma diplomática, o delegado disse que também só ficou sabendo das mudanças na investigação do caso Ana Clara pela imprensa, apesar de ser ele o delegado responsável pelo caso. Foi possível perceber que o secretário aumentou o tom da conversa, pois o delegado pousou o gancho na mesa. Deixou o chefe falando sozinho por alguns segundos, que pareceram uma eternidade. Em seguida se despediu de forma lacônica.

"Secretário, suas ordens serão prontamente atendidas", e bateu o telefone no gancho.

"O relatório fez efeito", disse Vera.

"O Geramundo disse que a CPI vai estender as investigações aos crimes contra crianças", completei.

"O pessoal de Taguatinga disse que a ordem lá é acelerar as investigações dos casos que estão parados", finalizou Eduíno.

"Vocês fizeram um ótimo trabalho. Eu tenho orgulho da minha equipe, incluindo você, Vera, que considero da casa", disse o delegado e em seguida tentou sorrir. "Mas o fato é que eles terão a atenção redobrada contra a gente. Querem marcar o julgamento do irmão de Ana Clara e do Conde para o início do próximo ano. Aposto que vão inocentá-los por falta de provas e arquivar o caso."

"Como prevíamos", eu disse. "Mas pelo menos estamos vendendo caro a nossa derrota."

"Meu medo, Tino, é que, depois de encerrado o caso, eles partam para cima de nós. Se não fazem isso agora, podem saber que a vingança virá. O secretário disse isso nas entrelinhas", completou o delegado.

Eu, Eduíno e Vera nos entreolhamos, surpresos. Mesmo com toda a repercussão do nosso relatório, os caras já estavam fazendo ameaças para o que viria depois do julgamento dos dois únicos acusados. Eles continuavam vendendo a história de que a tentativa de incriminar os filhos do ministro e do senador era uma forma de atacar o governo e de que isso estaria sendo feito por comunistas infiltrados na Polícia Civil, na imprensa e no Congresso Nacional.

Decididamente, teríamos de pensar no nosso futuro.

Depois do alerta feito pelo Dr. Fontoura, nós três decidimos submergir. Não havia mais nada a fazer, a não ser esperar que a CPI no Congresso Nacional convocasse algum peixe graúdo para depor, ou que a Polícia Federal entrasse no caso para investigar a relação entre o tráfico de drogas e os casos de violência no DF. Quem sabe com a ajuda dos federais poderíamos chegar aos traficantes que forneciam drogas à dupla Jotabezinho e Fonsequinha?

Até lá, precisávamos sumir. O Dr. Fontoura nos colocou para investigar uma quadrilha de estelionatários de São Paulo que havia roubado um lote de talões de cheques do Banco Real e que estavam passando cheques frios na praça da capital. Esse trabalho nos ocupou a cabeça e tentou mostrar à cúpula da Polícia que éramos apenas dois tiras comuns, sem qualquer envolvimento político com o caso Ana Clara. Analisando hoje o caso, eu acho que o delegado fez um acordo com o secretário. Algo do tipo: nós não passamos daqui e vocês prometem não avançar sobre a minha equipe. Um acordo político.

Só isso justifica o fato de nenhum de nós três ter sofrido com a mão pesada do regime militar. Tudo bem, mofamos na carreira, ficamos quase uma década sem ocupar funções importantes, eu fui parar no almoxarifado e Eduíno antecipou sua aposentadoria, mas não sofremos nenhuma retaliação que colocasse em risco a nossa integridade física. Vera conseguiu uma bolsa para estudar criminalística no exterior e ficou dois anos na França, até que os ânimos se acalmassem. Quando voltou, colocaram-na para cuidar do setor de catalogação de provas materiais. Uma tarefa para lá de burocrática. Ela adoeceu com isso, mas seguiu firme no trabalho e, meses depois, começou a dar aulas no departamento de Direito da Universidade de Brasília. Largou a polícia e virou acadêmica.

Geramundo foi mandado de volta para a editoria de Polícia e lá ficou até os anos 1980, quando foi guindado ao cargo de Diretor de Redação do jornal, no mesmo ano em que Tancredo Neves foi eleito presidente pelo Colégio Eleitoral.

O julgamento do caso Ana Clara aconteceu conforme prevíamos. Os dois acusados, Júlio Mattoso e Zé Conde, foram considerados inocentes por falta de provas, e a investigação foi arquivada. A família de Ana Clara foi embora da cidade e, aos poucos, a população foi se esquecendo do caso.

Anos depois, soubemos que um dos envolvidos, o Jotabezinho, havia morrido em um acidente de carro no Sul do país. Foi enterrado por lá mesmo, longe da família, e seu corpo nunca foi exumado. O outro provável assassino, o Fonsequinha, foi encontrado morto em um apartamento no Rio de Janeiro. Causa provável da morte: suicídio.

Em 1986, o governo do Distrito Federal criou uma comissão para reabrir o caso Ana Clara. Depois de meses de trabalho, eles concluíram que não havia material que pudesse indiciar qualquer dos acusados pelo crime. Treze anos haviam se passado e as provas, que não eram muitas, escassearam ainda mais.

Eu mesmo, de forma quase clandestina, tentei que um promotor conhecido reabrisse o caso, mesmo sabendo que o crime estava prescrito. Apenas por uma questão de "busca da verdade", eu pensava. O promotor também sucumbiu à total falta de informações.

"Amantino, se existem informações sobre a morte de Ana Clara, elas estão muito bem guardadas em algum arquivo do período dos militares", disse.

De fato, dois anos atrás, aconteceu algo que me deixou intrigado e que serve de fechamento para essa triste história. Li nos jornais que o Congresso Nacional estava discutindo um projeto de lei do atual governo sobre a abertura dos arquivos do governo militar. O projeto caiu nas mãos de um deputado, relator do texto, que decidiu estipular um prazo de cinquenta anos, prorrogável por tempo indeterminado, para os chamados documentos ultrassecretos, assim considerados pelos próprios militares. Esse mesmo deputado, me lembro bem, foi amigo de juventude da dupla Jotabezinho e Fonsequinha. Era um autêntico *playboy*, como se dizia na época, e hoje é um respeitável parlamentar de um partido conservador. Seu pai fazia parte do regime de exceção, e ele cresceu em Brasília nos anos 1960 e 1970.

Ou seja, o crime contra Ana Clara continua e continuará impune, a não ser que algum arquivo ultrassecreto seja revelado.

Faltou falar sobre Marli, minha mais doce lembrança daqueles anos. Corajosamente, ela reconheceu diante do júri que o tal Zé Conde era o homem que havia estado com Ana Clara na sorveteria. Descreveu em detalhes as roupas que os dois vestiam e repetiu a placa do carro. Foi o depoimento mais forte durante o julgamento. No entanto, ignoraram tudo o que Marli falou.

Passado o julgamento, ela foi presa por pertencer ao jogo do bicho. Consegui um advogado, mas, mesmo assim, ela ficou uma semana na cadeia. Saiu de lá com a alma ferida. Eu, na minha visão preconceituosa, achava que ela estava acostumada a dormir em celas, uma vez que trabalhava há anos para os bicheiros. Não disse isso, mas devo ter passado essa impressão ao dizer de forma descuidada que os chefes dela deveriam tê-la ajudado.

"Não pedi sua ajuda", disse ela, secamente.

A partir daí, nossa relação azedou. Tentei me desculpar, convidei-a para passarmos um fim de semana em Pirenópolis, uma cidadezinha histórica que começava a ser descoberta pelos moradores de Brasília, mas não adiantou. Parece que o encanto havia se desfeito.

Usei a estratégia de ficar uns dias sem ligar, para ver se o tempo curava a dor. Foi pior. Quando liguei, ela atendeu com a voz gelada e me disse que voltaria para o Maranhão, que não tinha mais clima para trabalhar em Brasília, que os próprios colegas do jogo do bicho a tratavam com indiferença.

Ainda tentei convencê-la a ficar, falei que poderia ajudá-la a conseguir um emprego decente, ofereci a minha casa, jurei amor. Mas nada adiantou. Fui me despedir dela na rodoviária de Brasília. Pedi que ela ligasse, ou escrevesse, e disse que nas férias eu poderia viajar até lá para conhecer o Maranhão. Ela riu meio sem graça, me deu um beijo rápido nos lábios e entrou no ônibus, sem olhar para trás ou aparecer na janela.

Voltei triste para casa. No caminho, liguei o toca-fita e ouvi pela centésima vez a voz da cantora Maysa, uma de nossas prediletas.

Brasília, minha cidade por adoção, havia caído, e com ela meu mundo, pelo menos aquele mundo que eu acreditava existir.

fim

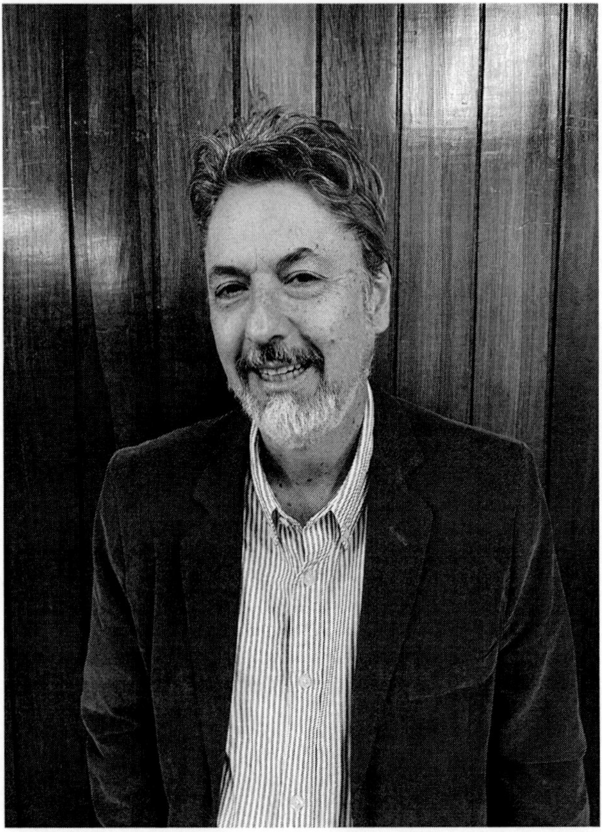

Sobre o autor

Beto Seabra é jornalista, servidor público e escritor. Também foi professor universitário por quase dez anos. Nasceu em Brasília em 1964. Seu avô Geraldo trabalhava no jornal *Última hora*, que fazia oposição ao governo, e precisou fugir para não ser preso. O menino cresceu com essa e outras histórias de injustiça na cabeça, contadas por sua mãe, Maria Betânia.

Silêncio na cidade é seu primeiro livro de ficção. Boa parte da obra nasceu de pesquisas em jornais e arquivos públicos e a partir de verdades contadas por seu pai, Manoel, que era perito da Polícia Civil quando aconteceu o crime que inspirou o romance.

Nos últimos anos, Beto decidiu comprar duas brigas: a preservação do meio ambiente e a solução de crimes impunes. Dessas duas decisões nasceram seus dois livros. O outro é a história infantojuvenil *Uiraçu: em busca das lendas perdidas*, que escreveu com mais dois amigos.

Beto ainda encontra tempo para fazer documentários. Um deles, *Leitores sem fim*, conta as histórias de pessoas que tiveram a vida mudada, para melhor, em razão da leitura.

É casado com Rosana e é pai de três meninos (João, Rodrigo e Danilo), com os quais já jogou muito futebol; mas hoje confessa que prefere ver o esporte apenas pela televisão.

Esta obra foi composta em Crimson Pro
e impressa em offset sobre papel offset 90 g/m²
para a Saíra Editorial em 2023.